아버지니까

아버지니까

함께
BOOKS

고단하고 외로운 아버지의 길

아버지는 한 가정의 역사다. 참으로 고단하고 외로운 길이다. 세상이라는 전쟁터에서 '아버지'라는 이름으로 자식을 위하는 일이라면 섶을 지고 불구덩이라도 뛰어드는 이 땅의 수많은 아버지들을 생각하며 한 자 한 자 글을 썼다.

나는 오로지 '정직과 성실'을 신조로 살았다. 그래선지 하고자 하는 일들이 비교적 무난하게 이루어지곤 했다. 그것은 어쩌면 운이었는지도 모르지만, '나의 노력'의 결과라고 자부하고 싶다. 나는 사실 '부단한 노력파'였으니까. 하지만 그 노력의 양이 최대치였는가 하는 점은 의문이 간다. 왜냐하면 과연 내가 처절하리만큼 노력을 다하고 삶을 유지해 왔는가 하는 점에서이다.

한편으론 내 나름대로 아내와 아이들을 극진히도 사랑하며 살아왔다고 생각한다. 특히 아이들과는 거리낌 없이 소통하며, 그들에게 무한 사랑을 쏟았노라 자부한다. 아이들은 마법사다. 게을러빠진 아버지를 뛰게 하고 춤추게 한다. 자신의 아이를 위해 미친 듯이 달리고 춤추는 순간이 있어 이 세상은 비로소 살 만한 것이 된다. 살다보면 행복과 불행은 늘 겹쳐 있다는 것을 알게 된다. 빛과 어둠, 그리고 동전의 양면과 같은 것이다. 아무리 큰 슬픔으로 비탄에 빠진다 해도, 영원히 그 슬픔이 계속될 것 같아도 슬픔은 언젠가 끝이 나게 마련이다. 또 불행은 한꺼번에 몰려오는 특성을 지녔다. 이제야말로 끝이겠지 하고 한숨 돌리는 순간 또 다른 불행이 빼꼼히 고개를 내민다.

아무 일도 없어보이던 내게 불행이 잇따라 닥쳐온 건 빚을 얻어 시작한 아내의 사업 실패가 신호탄이었다. 설상가상으로 나는 30년 가까이 일한 일터의 명예퇴직 강권에 따라 일자리를 잃었다.

'노동 뒤의 휴식이야말로 가장 편안하고 순수한 기쁨'이라는 칸트의 말을 기억한다. 퇴사 이후 나는 그런 의미의 진정한 휴식을 한 번도 맛보지 못했다. 나 자신의 삶을 유지시켜야 하는 것은 물론 아이들을 위해 쉼없이 일자리를 구해야만 했기 때문이다. 그러나 체면을 무릅쓰고 어렵게 구한 일자리들은 늘 실망만 안겨주고 금전적으로 정당한 보상도 해주지 못했다. 그런 와중에 사랑하는 아들까지 다시는 돌아올 수 없는 머나먼 길을 떠났다. 그때 나는 경제적인 면뿐만 아니라 정신적으로도 파산자였다. 실낱같은 희망도 보이지 않았다.

나를 일으켜 세운 건 남겨진 두 아이였다. 내가 아직 아버지인 이상 나에게 주어진 역할을 다해야 한다는 것, 아이들 스스로 자신의 세상을 살아갈 수 있도록 도와줘야 할 의무가 내게 있다는 것, 더 이상 나로 인해 아이들의 눈에서 눈물이 흐르게 하고 싶지 않다는 소망 한 가지를 붙들고 일어섰다.

먹고살기 위해 신새벽, 지하철을 세 번이나 갈아타고 노가다 현장으로 가면서 나는 이 세상 아버지들의 진면목을 보았다. 가족을 위해, 아이들을 위해 눈썹을 휘날리며 꼭두새벽부터 일터로 달려가는 세상의 모든 아버지들을. 땅에서는 더 이상 나를 받아주는 곳이 없어 나이 예순이 다 되어 나갔던 바다, 그 시퍼런 바다 위에서 고기잡이배를 타고 인생의 격랑과 사투를 벌이는 무수한 아버지들을 만났다.

내가 르포 형식의 이 글을 쓰게 된 건 알게 모르게 잊고 살아가는 아버지의 존재적 가치를 이 세상에 알리고, 일깨우고 싶었기 때문이다.

아버지, 소리 내어 울 수도 없고, 울고 있어도 눈물을 보일 수 없는 고독한 자리! 눈곱만한 개인적 이로움도 고집할 수 없는 이 땅의 모든 아버지께 이 책을 바친다.

2012년 4월
금정산 자락 下下堂에서

Contents

Contents

1. 예고 없는 불행은 없다

　　　　　　　　모든 일이 술술 잘 풀리고 특별한 걱정이 없을 때는 몰랐다. 불행에 대한 경구가 세상에 이토록 많을 줄이야! 고대 로마의 희극작가 테렌티우스 아페르는 말했다.

"불행은 잇따라 온다."고.

나의 경험에 의하면 그 말은 맞다. 불행은 어느 날 단단히 작정을 한 것처럼 한 개인이나 가족에게 연타로 강펀치를 날리고 휘파람을 불며 유유히 사라진다. 조그만 집에서 특별히 잘난 것도, 못난 것도 없는 아내와 아이들과 밥상에 마주앉아 밥을 먹고 출근하고, 퇴근하고 하는 평범한 일상이 어느 날 송두리째 사라졌다. 무엇이 잘못되었던 것일까?

남들이 말하길 '떡두꺼비 같은 3형제'를 슬하에 둔 아내와 나는 경제적으로 그리 풍족하지는 않았지만 제법 단란한 가정을 이루고 살았다. 지방 신문사의 기자생활은 내게는 딱 맞는 옷과 같은 것이었다. 나는 그 옷을 30년 동안 입고 있었다. 다른 옷으로 바꿔 입을 생각은 꿈에도 하지 않았다. 살다보면 '이런 것이 행복인가?' 하는 생각이 슬며시 드는 순간도 있었다. 지금 생각하면 그때 신이든, 아니면 그 누구에게라도 감사하며 머리를 조아렸어야 했다. 좋은 직장을, 50평형대의 아파트를, 그리고 누구보다 예쁘고 사랑스런 아내와 세 아들과 함께 사는 기쁨을…. 나 자신에 대한 자부심도 있었다. 가족을 사랑하고 남편으로서, 아버지로서 의무를 다한다고 자신했다. 한편으로는 성실하고 모범적인 시민이라고 스스로를 생각했다. 분에 넘치는 건 아예 욕심내지도 않았고, 남을 속이거나 피해를 준 일도 없었다. 어떻게 보면 아주 고지식한 사람으로, 주어진 인생을 성실하게 살았던 것이다. 내심으로는 하는 일이 하는 일인 만큼 사회적으로도 나름대로 기여하며 살고 있다고 믿었다. 회사에선 동기들에게 뒤처지지 않고 착실하게 승진했고, 요직을 두루 거쳤다. 정년퇴직이라는 마지막 정점만을 눈앞에 남겨두고 있는 상황이었다. 세 아이들도 모두 공부를 할 만큼 해서 원하는 대학에 들어갔고, 만사가 오케이였다. 주위에서는 SKY족이니, SPY 패밀리니 하며 부러워했다.

하지만 뜻하지 않은 불행은 월드컵 축구의 열기가 채 가시지 않은 2002년 여름에 시작됐다. 위로 두 아들은 서울에서 대학에 다니고 있었고 막내는 고3이었다. 막내인 고3 수험생 뒷바라지에도 부족한 일이겠건만, 어느 날 아내는 생각지도 못한 이야기를 꺼냈다. 지리산 자락의 한 사찰에서 전통찻집을 열고 싶다고.

아내는 척추 디스크 탈출증으로 건강이 좋지 않은 편이었다. 답답할 때마다 지리산 자락에 있는 그 사찰에 자주 갔는데, 절에 머물며 며칠간 108배나 1080배 등 기도와 절을 하고 나면 몸이 가뿐해지고 기분이 좋아져 집에 오곤 했다. 그래서 나는 아내가 절에 간다고 하면 여비를 챙겨주며 반기는 편이었다.

그러던 어느 날, 절에 다녀온 아내가 진지한 얼굴로 얘기를 꺼냈다. 절에 있는 전통찻집을 운영하고 싶다고. 아내는 절에 다니면서 여러 스님들과 교분을 갖고 있었는데, 그 중 한 스님이 찻집을 운영해보는 게 어떠냐고 제안해 왔단다. 아내는 그동안 차에 대한 공부도 하고 다도를 배우면서 많은 차인들과 교류하고 있었다. 그래서 형편만 되면 전통찻집을 해보고 싶은 소망을 갖고 있었다.

그러나 나는 "그런 일은 여러 사람을 상대하는 접객업으로써, 가정을 지닌 여자가 혼자서 할 일이 아니다."고 말했다.

하지만 아내의 결심은 이미 굳은 것 같았다. "찻집이 절 경내에 있어 무엇보다 안전하고, 공기 좋은 곳에서 가벼운 노동을 하면 건강에도 좋을 것 같다."고 강한 집념을 보였다. 그러면서 "당신 혼자 힘든데, 아이들 학비라도 보태겠다."는 말을 덧붙였다.

그래서 내가 물었다.

"임대료가 얼만데?"

"일 년에 1억 원이라는데요."

"뭐! 1억 원?"

나는 놀라지 않을 수 없었다.

"산속에서 차가 얼마나 팔리기에 1억 원이나 하지? 그것도 1년 사용료가…"

"지금 하고 있는 사람도 계속 하려고 하고, 사정이 있어 내놓았는데 서로 하겠다고 박이 터진다는데요!"

그러면서 아내는 나에게 하루 시간을 내어 절에 가자고 했다. 경쟁자가 많으니까 주지 스님을 만나 직접 얘기를 해달라는 것이다. 나는 우리 집 형편에 그만한 돈을 융통할 방법이 없다는 걸 알면서도, 건강에 좋을 것 같다는 아내의 말에 귀가 솔깃해 주말 시간을 내어 아내와 함께 집을 나섰다.

주지스님을 만나 아내의 찻집경영 건을 확정짓고 돌아와 친구 M에게서 3천만 원을 빌려 계약금을 송금했다. 모아놓은 돈은커녕 내게는 금융권의 빚이 7천여만 원이나 있었다. 무리하게 큰 평수의 아파트를 사면서 대출한 은행 신용대출금과 아이들의 학자금 조달 등에 들어간 카드 현금서비스 금액이 모이고 모인 것이다. 당시는 내 신용상태가 좋았고, IMF가 오기 전이어서 신용대출이 손쉽게 이루어졌다.

할 수 없이 아파트를 담보 잡히고 대출을 받아 잔금을 치러야만 했다. 부산에서 '1등 주거지'로 떠오르는 해운대 신도시의 55평형 아파트는 아내의 이름으로 소유권 등기가 돼 있었다. 그래서 내겐 아파트에 대한 법적 권한이 없었다. 어렵게 아파트 잔금을 치르고 소유권 등기를 할 때, 아내는 자신의 명의로 하겠다고 했다. 아파트는 아내의 노력으로 장만한 거나 다름없었으므로 나는 선뜻 그에 응했다. 아내의 명의라 해도 '부부 공동재산'이 인정되고 보면, 누구 명의로 하느냐를 놓고 따질 필요가 없다고 생각했다.

찻집은 계약을 체결했다고 해서 저절로 운영되는 것이 아니었다. 생각지도 않은 돈이 줄줄이 들어갔다. 이전 세입자에게 권리금조로 2천만 원을 줘야 했고, 재료 구입 등 찻집 운영에 필요한 초기 자본금이 의외로 많이 들어갔다. 그럴 때마다 은행대출을 늘리는 등 모두가 빚이었다. 아내의 전화를 받으면 가슴이 철렁했다. 또 돈이 필요하다는 전화인가 해서….

어떻든 아내는 찻집 주인이 되어 혼자 산속으로 떠났다. 그리고 나는 고3인 막내를 뒷바라지하면서 홀아비 아닌 홀아비 생활을 해야만 했다.

그리고 다시 1년 뒤, 아내는 찻집 재계약 문제에 부딪쳤다. 찻집은 1년 단위로 계약을 하게 돼 있었고, 그럴 때마다 1억 원을 새로 내야만 했다. 도무지 이해가 되지 않는 계산법이었다. 경기 침체로 관광객이 크게 줄어들어 찻집 수익이 신통치 않았다는 얘기를 뒤늦게 아내를 통해 전해 들었다. 그 때문에 재계약금은 8천만 원으로 하향 조정됐으나 역시 버거운 금액이었다. 어떻게 된 영문인지 찻집 1년 영업 실적이 아이들 학비를 보태기는 고사하고 재계약할 돈조차 턱없이 모자랐다.

그래서 아내는 전화로 아파트를 전세로 내놓으라고 말했다. 마침 막내는 대학생이 되어 포항에 가 있었고, 그 큰 집에서 나 혼자 지내기도 뭐해 나는 그에 응했다. 그러나 세입자가 은행담보 대출금을 모두 갚지 않으면 입주를 하지 않겠다고 해 전세보증금은 거의 은행대출금 상환에 쓰이고 말았다.

결국 아파트 전세를 내주고도 찻집 재계약금을 맞추지 못해 골머리를 앓던 아내는 뜬금없이 '이혼' 말을 꺼냈다. 이혼하여 혼자 지내는 게 '독신여성 지원제도' 등 자금 융통에 유리하다는 것이었다. 나는 아무리 그렇더라도 이혼까지 할 수는 없다고 아내의 말을 일언지하에 잘라버렸다. 아내는 또 막무가내로 나왔다.

"일단 이혼하는 것이 현재의 난국을 돌파할 수 있는 유일한 길이에요. 아무것도 해준 것도 없으면서 무작정 이혼을 반대하면 어떡하자는 건데요?"

아내의 '아무것도 해준 것이 없으면서'라는 말이 가슴에 대못으로 와 박혔다. 그것은 현실이었다. 아내가 가족과 떨어져 그 먼 시골에서 혼자 장사를 하고 있어도 남편으로서 해준 것이 없었다. 어쩌다 한 번씩 들르긴 했으나 내가 할 일은 없었고, 물질적인 도움을 줄 형편도 되지 않았던 것이다. 찻집을 계약할 때 친구에게 빌린 3천만 원도 아내가 어떻게든 마련해줘야 돌려줄 판이었다.

아무리 생각해도 뾰족한 수는 없었고, 찻집 자금문제로 고통받고 있는 아내를 생각하노라면 바늘방석에 앉은 기분이었다. 그래서 단지 돈 문제 때문이라면 '전략상 이혼'을 고려해 볼 수 있지 않을까 하는 생각이 들었다. 아내가 지고 있는 부채도 문제지만 내가 안고 있는 빚이 더 이상 감당할 수 없을 정도여서 아내 명의로 된 아파트를 지키기 위해서라도 '서류상 이혼'이 '하나의 방책'이라고 스스로를 설득했다.

그래서 이혼절차는 일사천리로 진행되었다. 대학생이지만 아직 법적으론 미성년자인 막내의 친권은 내가 맡기로 했다.

'그래, 우선 형편이 어려우니까, 그리고 아내 건강을 위해 잠시 헤어져 있는 거야. 단지 서류상으로만…' 나는 마음을 이렇게 다지며, 착잡해 할 아내를 더 걱정했다.

이혼 확인서 등본에는 '위 당사자 사이에는 진의에 따라 서로 이혼하기로 합의되었음이 틀림없음을 확인합니다.' 라고 적혀 있었다.

'진의에 따라 이혼하기로 합의되었다니. 내 진의가 뭔데?'

나는 속으로 이렇게 반문하며, 마치 꿈을 꾸고 있는 기분이었다. 그동안 티격태격 싸우기도 했지만, 세 아이를 모두 번듯한 대학에 들어갈 수 있게 뒷바라지하고 합심해 열심히 살아오지 않았는가!

중요한 것은 내가 아직도 아내를 사랑하고 있다는 사실이었다.

'마귀에 홀리지 않고서야 어찌 이런 일이 일어날 수 있을까…'

아내와 나는 이혼절차를 밟으면서도 단 10분도 마주앉아 구체적인 이야기를 나눈 적이 없었다. 빚뿐인 아파트지만 재산을 어떻게 하고, 아이들 양육(교육)을 어떻게 하자는 이야기조차 없었다. 마치 고삐에 끌려온 소처럼, 나는 그렇게 아내에 이끌려 법정에 앉아 단 2분여만에 '이혼' 판결을 받았다.

이미 엎질러진 물, 나는 선선한 얼굴로 구청에 신고는 내가 할 테니 걱정마라고 아내에게 말했다. 아내는 알았다면서 주차장에 세워두었던 승용차에 올라 차창 밖으로 손을 내밀었다. 나는 그녀의 손을 꼭

잡았다. 아내가 살며시 손을 빼냈다.

"조심해서 잘 가요."

"잘 지내세요."

아내는 이 한마디를 남기고 차를 휑하니 몰고 떠나갔다.

아내의 차가 시야에서 사라질 때까지 나는 한참동안 꼼짝도 하지 않았다. 얼마나 시간이 지났을까. 나는 정신을 추슬러 터벅터벅 발걸음을 옮겨 주차장을 빠져 나왔다.

다음날, 회사에 출근해서도 일이 손에 잡히지 않았다.

'아이들이 부모의 이혼 소식을 들으면 얼마나 충격이 클까…'

생각하니 마음이 더 불안해졌다.

마치 정신 나간 사람처럼 두어 달을 보냈다. 아무리 생각해도 이혼은 답이 아닌 것 같아 이혼신고 대신 '이혼철회 신고'를 하러 구청에 간 날이었다. 그런데 깜짝 놀랐다. 아내가 나보다 한 발 앞서 이혼신고를 마친 것이다. 너무나 절묘하게도 바로 그날, 새벽같이 지리산에서 차를 몰고 와 이혼신고를 하고 돌아간 것이다. 이혼신고든 철회신고든 먼저 신고한 것이 효력을 발휘하게 돼 있었다. 철회신고가 먼저 받아들여지면 이혼판결은 무효가 된다. 아내는 이혼신고를 하겠다는 나의 말을 믿지 않았는지도 모른다. 그리하여 이혼은 돌이킬 수 없는 사실이 돼버렸다.

그래도 아내가 걱정되어 나는 책상 앞에 앉았다.

당신에게…

우리의 선택이 올바른 길이길 바랄 뿐이오. 당신에게 조금이라도 도움이 되길 바라는 마음에서 '지금보다 당신이 더 행복할 수 있다면야!' 하는 생각으로 내렸던 어려운 결단이었소. 그렇게 당신을 보내고 생각하니 못난 나를 만나 그동안 당신이 겪은 고생이 정말 미안하고 송구할 따름이오. 몸을 아끼지 않고 아이들을 키우고 가르쳤으며, 어떻게든 가정을 일으켜 세우려고 애쓴 당신의 마음을 잘 아오. 나는 늘 그런 당신을 자랑스러워했고, 그런 당신을 굳게 믿고 있소.

사랑하는 당신, 지금 비록 살림살이가 곤궁하고 어렵더라도 언젠가는 당신, 그리고 세 아들과 함께 남부럽지 않게 살 수 있을 거라고 나는 믿소.

당신이 찻집을 하겠다고 했을 때, 처음엔 반대했지만 당신 건강을 위해 좋다고 생각해서 당신의 제의를 받아들였소. 당신의 건강이 내게는 제일 큰 관심사였으니까 말이오.

우리가 지금은 헤어져 살지만, 언젠가는 우리 가족이 다시 만날 수 있을 거라고 믿고 있소. 아이들 뒷바라지할 일이 걱정되기는 하지만, 아이들이 모두 똑똑하고 착하니까 잘 극복하고 스스로 잘 해낼 것이오.

어디에 있든 아이들을 위해 기도해주면 고맙겠소. 그리고 어려운 일이 있을 때면 언제든 연락 주기 바라오. 미력하나마 힘닿는 데까지 돕겠소. 그럼 이만 안녕….

당신의 영원한 남편

이후에도 나는 여러 차례 편지를 보내 다시 재결합할 것을 바랐지만, 아내는 내 제의에 긍정적인 신호를 보내지 않았다.

나는 회사를 위해 헌신하는 유형의 인간이었다. A신문 공채기자로 입사했다가 1980년 언론통폐합으로 인해 B신문으로 건너갔다. 그리고 1988년 초여름 노동조합 핵심간부로, '편집권 독립'을 기치로 내걸고 '언론 민주화 투쟁'을 앞장 서 벌였다. 신문발행 중단으로 이어진 7일간의 파업은 마침내 성공을 거두어 한국 언론사상 최초로 노조의 '편집국장 3인 추천제'가 이루어졌다.

그리고 '6.29 선언' 이후 자유로워진 언론환경으로 인해 폐간되었던 A신문의 복간운동이 펼쳐졌다. '7일 파업'의 승리로 주류에 설 수 있는 여건에도 불구하고 나는 B신문에 사표를 던지고 A신문 복간작업에 참여했다.

하지만 신문 복간은 그리 쉬운 일이 아니었다. 어렵게 복간호를 내고 신문발행에 들어갔으나 경영권 다툼과 운영자금 부족 등으로 회사가 어려워지자, 나는 또 다시 노조설립을 주도하고, 새로운 경영진을 영입하기 위해 앞장섰다. 마침내 L그룹이 경영에 참여하면서 회사는 정상화되었다.

이처럼 나는 '언론민주화 투쟁'이든, '회사정상화 투쟁'이든 공익을 위해 앞장섰지만 목표가 이루어진 뒤엔 취재를 하고 기사를 쓰는 기자 본연의 일에만 충실했다. 하지만 나의 열정, 성실과 정직, 그런 것은 나에게 하나도 도움이 되지 않았다.

'무엇이 잘못된 것일까?' 인간관계도 꼬이고 일이 잘 풀리지 않을 때면, 나는 생각하고 또 생각했다. 평소 나는 후배들을 위해 카드를 긁어 술과 밥을 살지언정 윗사람들에게 잘 보이려는 생각은 하지 않았다. 심지어는 올바르지 않은 일이라 생각되면 상사에게도 대들었다. 그런 상사의 눈 밖에 나서 인사상 불이익을 받으면서 어느새 비주류로 전락한 나는 한직을 전전해야만 하는 신세가 됐다.

폐간 후유증은 의외로 크고 오래갔다. L그룹의 지원으로 한동안 안정을 취했던 회사는 1997년 후반 IMF를 맞으면서 다시 어려움에 처했다. 특히 '국민의 정부' 시절 대기업의 언론사 겸영 금지 정책으로 인해 L그룹이 발을 뺌으로써 경영난에 봉착했던 것이다.

L그룹이 임명한 마지막 경영진은 그룹이 남겨준 백 수십억 원의 종자돈을 관리 잘못으로 몽땅 날리면서 회사를 더욱 위기로 몰아갔다. 그들이 불명예퇴진한 후, 한 종교단체가 경영에 참여하는 등 1년여 동안 무려 세 명의 사장이 바뀌는 우여곡절을 겪었다.

그들 중 사장 S씨는 경영난을 구조조정으로 해결하려고 했다. 실제 많지도 않은 자금으로 회사를 인수한 사람은 모 종교단체 인사였다. 노조가 있었지만 '회사의 장래를 위한다'는 명분으로 인력감축에 묵시적으로 동조했다.

정년은 만 59세였다. 그러나 회사와 노조는 정년을 4년이나 단축시켰다. 나는 그 첫 번째 대상이 되었다. 빚더미에, 아내와의 이혼에, 계속해서 밀려드는 불운에 정신을 차릴 수 없는 상황이었는데 또 하나의 불행이 덮친 것이다.

나는 어느 날 갑자기 아무런 준비도 안 된 상태로 실업자가 되었다. 이 땅의 아버지들이 그런 것처럼!

구조조정 희생양은 나를 포함한 대부분 비주류였다. 정년 단축 대상에 딱 걸린 나는 그래도 나은 편이었다. '앞길이 구만 리'인 젊고 유능한 후배들이 단지 '우리 편'이 아니라는 이유로 권고사직을 받고 회사를 떠났다.

나는 더 이상의 희생이 없었으면 하는 바람으로 인트라넷에 글을 남겼다.

회사를 떠나며

이제 30년 가까운 기자생활을 접고 정든 회사를 떠납니다. '떠날 때는 말없이'라는 구절이 떠올라 그냥 가려 했습니다. 그러나 너무나 많은 생각들이 스쳐 사랑하는 후배 여러분에게 한 마디 인사라도 남겨야겠다고 생각했습니다.

먼저 내 무능의 소치를 반성합니다. 나는 회사가 어려움에 처해 있어도 아무런 역할을 할 수 없는 제 자신이 부끄러웠습니다. 그리고 이번 사태를 맞아 아무짝에도 쓸모가 없는 '기자의 자존심' 때문에 정년퇴직을 택했습니다. 어차피 노사가 정년단축을 합의한 상태여서 최종 결정이 나면 자동적으로, 자연스럽게 퇴사를 맞이하겠기 때문입니다. 업어 치나 메치나 무능해서 나가는데 낫고 못함이 있겠습니까만, 그래도 '정년퇴직'이 그나마 구겨진 자존심을 지킬 수 있다고 본 것입니다. 그러나 생때같은 후배들이 강제로 사표를 내는 것을 보면서, 나의 그것이 마치 '버티기' 식으로 비쳐지고 있지는 않은지 하는 마음에 '명퇴 추가신청'을 했습니다. 그러고 보니 오히려 모양만 더 우스운 꼴이 되고 말았습니다.

회사경영을 맡은 경영진과 간부들이 먼저 책임을 졌으면 합니다. 회사가 이 지경에까지 이르게 된 것은 전적으로 그동안의 대표이사를 비롯한 경영진과 어떻든 경영에 참여한 실장들과 국장, 그리고 이들을 지원했거나 동조한 노조에 그 책임이 있다고 봅니다. 그런데 현 상황은 정작 책임을 져야 할 사람들은 꿈쩍도 않고, 일선에서 묵묵히 일만 해온 평사원들이 덤터기를 쓰고 있는 꼴입니다.

회사는 후배 여러분의 것입니다. 지금은 분명 위기입니다. 위기를 몰고 온 책임을 후배 여러분들이 져야 할 일은 아니라고 봅니다. 그러나 회사의 운명을 결정짓는 건 경영인도 간부도 결코 아니라는 점입니다. 설사 대기업이 다시 경영을 책임진다 해도 결국 회사의 명운을 좌우하는 것은 사원일 수밖에 없습니다. 그들은 결국 언젠가는 떠날 수 있지만, 영원히 회사를 지키고 발전시켜야 할 주체는 후배 여러분이라는 사실을 명심했으면 합니다. 이런 때일수록 선후배, 동료간에 동지애를 발휘하기 바랍니다. 서로 격려하고 도우면서 아무리 힘들어도 참고 견디어 회사의 부흥에 매진해 주시기 바랍니다. 나는 죽는 날까지 회사의 번창과 후배 여러분의 건승을 위해 기도하겠습니다.

2006년 12월 29일

이 글을 본 후배들의 마음은 착잡했던 것으로 알려졌다. 여러 후배들이 댓글을 달아 나름대로의 심경을 전했다.

퇴직과 동시에 맞은 2007년 새해 벽두. 생각지도 않은 퇴직을 당하고서도 실감이 나지 않아서 그랬는지 크게 고민은 하지 않았다. 무슨 일을 하든 열심히 해서 아이들의 공부 뒷바라지는 물론 빚도 조금씩 청산해 나갈 수 있으리라 생각했다.

1억 원이 조금 넘게 받은 퇴직금으로는 일부 금융권 부채를 갚고 한문 또는 논술 교습소라도 차릴 요량으로 조그마한 가게가 딸린 집을 전세로 얻었다. 백면서생인 내가 할 수 있는 일은 그 정도라 생각했다.

퇴직 후, 첫 번째로 시도한 것이 '한문서당' 개업이었다. 이는 어쩌면 내 이상향이었다. 현실에서는 도끼자루가 썩는 줄도 모른 채….

한문서당은 내 뜻대로 되어주지 않았다. 전단지를 집집마다 돌리는 등 나름 열심히 홍보를 한다고는 했으나, 찾아오지도 않는 원생들을 마냥 기다리고 앉아 있을 수는 없었다. 그리하여 또 다른 종류의 창업도 해보았으나 준비소홀과 경험부족으로 실패하고 오히려 빚만 늘려 갔다.

그러는 동안 큰아이가 입대했다. S대 법과에 다니면서 고시준비를 하던 맏이는 아버지가 어려움에 처하자 군대부터 간 것이다. 그리고 2학년을 마치고 형보다 먼저 입대했던 둘째는 제대를 하고 Y대에 복학했다. 서울 신림동에 보증금이 조금 걸린 월셋집을 마련해 학교에 다니도록 해주었다.

이공계인 P대를 택한 막내는 전액장학금은 물론 기숙사를 제공받을 수 있었기 때문에 큰돈이 들어가진 않았으나 둘째의 경우는 달랐다. 무슨 일이 있어도 아이가 마음 놓고 공부할 수 있도록 지원을 해줘야만 했다. 그래서 일자리를 찾아 발이 부르트도록 헤매었다. 매일 생활정보지를 가져다 눈이 빠지도록 살펴보면 월수입 100만 원 내외의 일자리는 많았다. 그러나 나로선 최소 월 200만 원의 소득은 있어야 빠듯하게나마 생활이 유지될 수 있었다.

둘째의 등록금 등 학비는 학자금 대출을 이용한다고 해도, 두 아이의 생활비와 용돈, 그리고 대출금 이자와 아이들의 통신비 등. 아무리 쪼개봐도 월 200만 원 이상이 필요했던 것이다. 내 생활비는 그나마 조기노령연금(60만 원 정도)으로 그럭저럭 해결할 수 있다고 보았다.

하지만 세상은 그렇게 호락호락하지 않았다. 나를 반겨주는 사람도, 나를 기다리고 있는 일자리도 찾아보기 어려웠다. 대책 없이 먹은 나이가 구직전선에 최대의 장벽으로 작용했다.

기자 생활 30년 동안 나는 도대체 무엇을 했단 말인가! 내 한 몸 비비고 들어갈 틈조차 없는 세상보다도 나 자신에 대한 실망이 더욱 컸다. 그래도 난, 그대로 주저앉아 있을 수는 없었다.

방문판매원에서부터 마트의 카트 정리 일, 지름 80센티 강관 속에서 땅굴을 파는 일 등 육체노동을 닥치는 대로 했다. 하지만 이런 육체적 노동은 심신만 피폐케 할 뿐 소득적인 만족감을 얻을 수가 없었다. 그리하여 육지에서는 더 이상 할 수 있는 일이 없다고 판단, 바다로 간 것이다.

내가 나이를 속이면서까지 바다로 간 것은 연 2천만~3천만 원의 소득이 보장된다는 광고를 보고서다. 또 하루가 멀다 하고 여기저기서 걸려오는 빚 이자와 카드대금 상환 등 독촉전화의 시달림에서 벗어나고 싶었기 때문이기도 하다.

그러나 바다마저 나를 외면했다. 고깃배에서 그물질을 하다 오히려 부상만 당한 채 하선해야 했던 것이다. 그리고 '실용주의 노선을 선택한다'는 명분으로 그해 말 실시된 제 17대 대통령 선거운동에 엉뚱하게 매달렸다. 이명박 후보의 부산 지역캠프 특보 일이었다. 그러는 과정에서 둘째에게 생활비를 보내주지 못하는 등 아이를 내팽개쳐 두다시피 하고 있었다. 매일 새벽에 일어나 사람들을 만나고 작성한 리포트를 중앙선대본부에 전송하는 등 이명박 후보를 대통령으로 당선시키기 위해 애를 썼다. 그러나 이 후보는 대통령으로 당선되었지만, 나에게 돌아온 건 아무것도 없었다. 아니, 생각하기도 싫은 더 끔찍한 불행이 나를 기다리고 있었다.

도무지 정신을 차릴 수 없을 정도로 불행은 잇따라 닥쳐왔다. 처음엔 하늘을 원망하고, 다른 사람들을 탓하는 마음이 컸다. 하지만 어느 날 정신을 가다듬고 생각하니 바로 나 자신에게 모든 불행의 원인이 있었다. 《팡세》에서 파스칼은 말했다.

'몸이 굽으니 그림자도 굽다. 어찌 그림자 굽은 것을 한탄할 것인가! 나 외에 아무도 나의 불행을 치료해 줄 사람은 없다. 행복을 내 마음이 만드는 것과 같이 불행도 나 자신이 만들 뿐이요, 그것을 치료할 수 있는 것도 나 자신뿐이다.'

내 몸이 굽은 것은 생각지 못하고 그림자가 굽은 것을 한탄하는 사람들에게 프랑스의 소설가 발자크도 경고했다. "불행은 예고 없이 도처에서 우리를 기다리고 있으며 어떠한 총명도 미리부터 불행을 막을 길은 없다."고.

그러나 내 생각은 다르다. 그동안 나의 경험을 비추어볼 때 불행은 반드시 전조 증상이 있다고 생각한다. 부주의하거나 무신경한 나머지 그것을 알아채지 못해서 고스란히 불행을 맞이하는 것이다. 사실 조금만 미리 신경 쓰고 조심하면 막을 수 있는 불행도 있고, 그게 아니라면 그 크기를 최소화 할 수도 있다. 나중에 생각해 보니 아내가 집을 떠나 지리산 산사에서 찻집을 하겠다고 한 것은 다 그럴 만한 연유가 있었다. 아이들이 대학에 진학하면서 돈이 많이 들었고, 남편의 박봉만으로 살림을 꾸려가는 게 큰 스트레스였을 것이다. 나는 아내의 그런 불안을 없애주진 못할망정 지출 창구를 일원화한다는 명분으로 아내가 사용하던 내 명의의 카드까지 중지시켰다.

아내는 그동안 의미심장한 말을 몇 번 던졌는데 어리석은 나는 그런 점을 간과했던 것이다. 남편의 무시와 안일한 태도를 아내는 참기 어려웠을 것이다. 아내의 마음을 헤아려주고 그녀의 이야기에 더 귀를 기울였다면 얼마든지 막을 수 있는 불행이 아니었을까.

신문사 조기퇴직 문제도 마찬가지다. 회사 재정상태는 오래 전부터 어려웠고, 구조조정도 이미 여러 차례 있었다. 그러나 나는 그 심각성을 깨닫지 못했던 것이다. 불안했지만, '설마 내게 무슨 일이 있으려고!' 하며 대수롭지 않게 여기고 말았다. 예고된 퇴직이었는데 퇴직 후의 일에 전혀 대비하지 않았던 것은 나의 큰 실책이었다. 거기다 둘째아이에게 나는 무슨 짓을 했던가! 세상에는 여러 가지 불행이 있지만 절대 있어서는 안 되는 불행도 있다. 그런데 그 일이 바로 나에게 일어난 것이다.

둘째아이가 세상을 떠났다. 청천벽력과 같은 소식이 아닐 수 없었다. 세상에 이보다 놀랍고 비통한 소식이 또 있을까! 아버지가 나 몰라라 하니 둘째는 서울에서 닥치는 대로 아르바이트를 하여 학비와 최소한의 생활비를 벌었던 것이다. 그러는 동안 아이의 우울증도 깊어간 것이다. 아이는 어느 날 너무나 지쳤는지 스스로 세상을 하직했다. 4학년 개학을 얼마 앞두고의 일이다.

둘째가 떠난 후, 나는 패닉 상태에 빠졌다. 지금까지 내게 닥친 불행 가운데 이보다 더 가슴 아픈 일은 없었다. 아이를 잃고 나는 세상을 살아갈 엄두가 나지 않았다. 아비의 무능으로 인해 녀석을 죽게 했다는 자괴감으로 잠을 이룰 수 없었고, 녀석이 보고 싶어 미칠 것만 같았다. 술이 없으면 하루도 버티지 못했다. 사람들은 왜 소중한 것을 잃고 나서야 땅을 치고 후회하는 것일까? 뒤늦게 생각해 보니, 아이가 보내는 SOS 신호도 눈치 못 채고 아들이 굶고 있는지, 어떤지도 모르면서 단 몇 푼의 돈벌이도 외면하고 엉뚱한 일에 정신이 팔렸던 나 자신을 용서할 수 없었다. 녀석은 아버지의 지원 없이 서울에서 홀로 공부하느라 얼마나 힘들었을까?

사정을 뻔히 알면서도 돈을 보내주지 못하니 나는 미안해서 전화를 자주 하지 못했다. 녀석은 또 녀석대로 아버지에게 부담을 줄까봐 전화를 잘 하지 않았을 것이다. 그렇게 부자 사이의 정은 소리 없이 무너져 내리고 있었던 것이다.

'내가 조금만 더 용기 있고 현명했더라면! 퇴직했을 때 모든 걸 접고 서울로 가서 아이의 뒷바라지를 해주었더라면….'

둘째를 잃고 '이 꼴로 세상을 살아 뭐하나!' 하는 생각이 들었지만 그러나 이대로 무너질 수는 없었다. 나에게는 소중하게 지켜야 할 두 아들이 아직 남아 있지 않은가.

2. 무너진 바리스타의 꿈

시간은 무정해서 사람들의 사정 따위는 헤아려주지 않는다. '기억은 마음 내키는 곳에 드러눕는 개와 같다'더니, 나는 기억할 것도 추억할 것도 하나도 없는 사람처럼 멍한 시간을 보냈다.

아침이면 눈 비비고 나갈 직장이 없는 상태에서 한 해를 보내고 2007년 새해를 맞았다. 직장이 없다는 것이 잘 실감 나지 않았다. 30년 가까이 계속해온 출·퇴근이었으니 그럴 만도 했다.

'이런 것도 하루라고 할 수 있을까?' 하는 생각을 하며 잠자리에 들었다. 아침 일찍 눈을 뜨면 벌떡 일어났다가 맥없이 자리에 누웠다. '허물어지듯 누웠다'는 표현이 적당할 것이다.

어느 날, 퇴직금이 정산됐다는 소식이 날아들었다. 그동안 일터를 세 번이나 옮기는 바람에 퇴직금이라고 해봤자 뻔했다. 일터를 옮긴 것도 내 의사와는 무관하게 이루어진 일이었고 50대 중반이라는 이른 나이에 세상 밖으로 떠밀려 나온 것도 의지 밖의 일이었다.

역사와 개인의 삶은 무관하지 않다. 나의 경우를 보면 무관하지 않은 정도가 아니라 아주 긴밀하게 연결되어 있는 것을 알 수 있다. 1980년 언론 통·폐합 조치에 의하면 지방지는 '1도 1사'가 원칙이었다. 즉 한 도에 한 개의 신문만 허용이 됐다. K신문은 B일보에 통합되어 나는 어쩔 수 없이 경쟁사에 들어가 기자생활을 계속해야 했고, 1988년에야 다시 친정(K신문)으로 복귀할 수 있었다. 그때마다 퇴직금이 정산되었으니 정년(명예)퇴직을 맞았을 때 어느 정도 예상했음에도 불구하고 퇴직금을 받고 나는 허탈하기 짝이 없었다.

친구들에게서 빌린 돈과 은행 대출금을 얼마간 상환했다. 아파트를 살 때 중도금을 치르기 위해, 또 기존의 대출금을 상환하기 위해 빌렸던 돈이었다. 또 그동안 현금 서비스로 빌려 썼던 돈을 갚았다. 퇴직금을 모두 털어 빚부터 갚은 것은 지긋지긋한 이자 때문이었다. 십 년 넘게 빚 이자와 대출금 상환에 월급의 대부분이 나갔으니 부족한 생활비는 다시 빚을 내 충당하는 등 악순환의 연속이었던 것이다.

금융권 대출금이 많이 남아 할부 상환으로 변경하거나 매년 일정액씩 상환하기로 했다. 직장을 구하든, 창업을 하든 빨리 해야 했다.

퇴직금 중에서 1천만 원 정도는 남겼다. 직장을 구할 동안 필요한 아이의 교육비와 최소한의 생활비 명목이었다. 큰아이가 입대하고 둘째만 신경 쓰면 되는 상황이었다. 막내는 대견하게도 학교 기숙사에서 생활하며 학비도 스스로 해결하고 있었다. '실업수당도 받고 하면 그럭저럭 1년 정도는 버틸 수 있겠지!'가 막연한 나의 바람이었다.

퇴직 후 한두 달은 직장에 다니는 것 못지않게 바빴다. 이사를 하고, 그동안 신문에 연재된 나의 기사를 묶어 책을 발간하느라 그 준비로 바빴다. '송동선이 만난 사람'이라는 제목의 와이드 인터뷰를 1년 6개월 정도 연재했는데 평소 알고 지내던 출판사 발행인이 책을 내자고 제안해온 것이다. 서울에 있는 출판사라 서울과 부산을 몇 차례나 오르내렸지만 내게는 즐거운 일이었다.

발행인의 제안으로 출판기념회도 열렸다. 처음에는 사실 번거롭기도 하고, 출판사와 지인들에게 공연히 폐를 끼치는 게 아닌가 싶어 극구 사양했다. 그러나 발행인이 책도 홍보할 겸 꼭 열어야 한다고 고집하여 그의 말을 따를 수밖에 없었다. 인터뷰에 응해준 사람(인터뷰이)들을 초청해 밥을 한 끼 사는 것도 괜찮겠다고 생각했지만 그리 용이한 일은 아니었다. 퇴직 기념으로 책을 한 권 낸다고 생각하고 가벼운 마음으로 참석했다. 하객이 없어 썰렁하면 어쩌나 걱정했는데, 출판기념회에는 자리가 넘칠 정도로 많은 사람들이 찾아주었다. 아들들도 참석해 이것저것 잔심부름을 거들었다.

장학금도 전달했다. 홀어머니를 둔 16세의 영재 피아니스트를 포함하여 어렵게 공부하는 학생 2명에게 약소하지만 장학금을 전달했다. 책을 판 수익금 중 얼마를 사회에 환원한다는 취지였다.

축하공연도 있었다. '송동선이 만난 사람' 가운데는 예술인들이 상당수 있었는데 그들이 자청해서 프로그램을 맡았다. 저녁식사를 하면서 공연은 화기애애하게 진행됐다. 내가 바로 주인공! 잊을 수 없는 날이었다.

내 이름으로 책이 나오고 출판기념회가 열렸다고 해서 달라질 건 아무것도 없었다. 연금공단과 노동청 고용지원센터 등을 다니며 실업급여와 연금 수령문제를 알아보았다. 고용지원센터에서 교육을 받고 실업급여 신청을 했는데, 퇴직금이 1억 원이 넘는 사람에겐 3개월이 지나야 실업급여가 지급된다고 했다. 일당 4만 원씩 월 120만 원의 실업급여를 받으려면 4주일마다 구직활동 보고서를 써야 했다. 연금공단에서는 실업급여를 받는 기간엔 연금 지급이 유보된다고 했다. 나의 경우 연금은 월 62만 원이었다.

어느 날, 서울의 M미디어 연구소장 G씨를 만났다. 지역신문발전위원회 등에서 신문사에 대한 컨설팅을 할 때 일로 만난 사람이었다. 그는 내가 퇴사했다는 사실을 알고 다짜고짜 "전문연구위원을 뽑는데 함께 일합시다!"고 손을 내밀었다. 그동안 수의계약을 하다가 올해부터 공개입찰로 사업을 수주한다는데 편집·취재 전문가가 필요하다는 것이었다. 월급은 180만 원 정도이지만 지방에 출장 갈 때마다 출장비를 주는 등 그런대로 할 만한 일이라고 했다. 공채가 원칙이지만 나와 함께 일하고 싶다니 '고소원固所願이나 불감청不敢請'이 이럴 때 쓰는 말이 아니겠는가. 나는 그의 제안을 반갑게 받아들였다.

이야기가 일사천리로 풀렸으니 기분 좋게 저녁을 먹었다. 노래주점으로 자리를 옮겨 술도 마시고 여흥을 즐겼다. 비용은 물론 내가 부담했다. 적잖은 돈이 들었지만 아깝다는 생각은 하지 않았다. 일자리를 얻게 되지 않았는가! 그가 말한 대로 이력서를 이메일로 보내놓고 연락이 오기만 목이 빠지게 기다렸다. 그런데 아무런 연락이 없었다.

한 달쯤 지나 지인을 통해 알아 본 결과, 그 자리는 엉뚱하게도 다른 사람이 차지하고 있었다. 월급이 적어 내심 하찮게 여겼던 일자리였다. 그런데 뒤통수를 맞은 것이다.

신문 연재 건으로 인터뷰를 했던 한 소년의 얼굴이 떠올랐다. 남북 어린이 첫 바둑대국에 출전했던 12세의 바둑 소년 김현동 군이었다. 바둑을 하면서 얻은 교훈이 있냐고 묻자 소년은 망설이지 않고 이렇게 대답했다. "상대를 얕보지 마라!" 아이의 입에서 나오기엔 연륜이 묻어나는 말이었다.

'일자리든 사람이든 만만하게 여기고 얕보다가는 이런 낭패를 당하는구나!' 또 하나의 교훈을 얻은 셈이었다.

지인들을 만나 부탁해 봐도 별 뾰족한 수가 생기지 않았다. 대학을 부산에서 다녔지만 이렇다 할 학맥도 갖지 못한 나였다. 정치부와 문화부 기자로 일하면서 내로라하는 정치인이나 경제인을 만날 기회는 많았지만 어디까지나 일로써 만난 관계였다. 직책을 활용해 내 개인적 영달을 도모하려는 생각은 꿈에도 없었다.

그래도 용기를 내어 아는 사람들을 찾아가거나 전화를 걸어 일자리를 타진해 봤다. 편지를 써서 보내기도 했다. 대부분은 '젊은이들도 취직이 잘 안 되는 현실'을 거론하며 완곡히 거절했고, '어렵다!'고 일언지하에 거절하는 사람도 있었다.

그게 '세상인심'이었다. 현직에 있을 때는 좋든 싫든 립 서비스라도 성의를 보였는데, 퇴직했다는 사실을 알고는 나를 대하는 태도들이 달랐다. 서운했지만 어쩔 수 없는 일이었다.

　마지막이라 생각하고 당시 정권의 실세라고 할 수 있는 사람의 누이를 만나러 서울로 올라갔다. 오랫동안 잘 알고 지내는 고향 사람이었다. 다행히 그녀는 나를 반갑게 맞아주었다. 식사를 마치고 나서 동생에게 전해주라며 내 이름으로 나온 책 2권과 함께 이력서를 그녀에게 맡겼다. 그녀는 '인사 청탁이라 생각하지 않고 사람을 소개하는 차원에서 동생에게 이야기해 보겠다'는 요지의 발언을 했다.

　"최소한의 체면과 품위가 유지된다면 국가와 사회에 봉사하는 심정으로 무슨 일이든 할 수 있다는 뜻을 전해주었으면 합니다!"

　내가 할 수 있는 이야기는 그 정도였다. 더 이상 무슨 말을 하겠는가!

　취직이 되길 기다리며 아까운 시간만 허비하고 있을 형편이 아니어서 창업을 염두에 두고 여러 가지 알아봤다. 학원 및 교습소 설립도 쉬운 일이 아니었다. 교습소는 면적에 크게 구애받지 않고 신고만 하면 되었으나 학원은 면적이 90㎡ 이상이 돼야 하고 허가를 받아야 했다.

　그런 가운데 노동청 고용지원센터를 찾아갔다. 실업급여를 신청하기 위해서였다. 담당자는 16일분의 급여 64만 원이 통장에 입금된다고 일러주었다. 일당이 4만 원이니까 실업수당을 받는 동안은 아르바이트든 뭐든 모든 형태의 노동 대가는 반드시 신고해야 한다고 강조했다. 이를 어겼을 경우, 받은 실업급여의 두 배에 달하는 과태료를 물어야 한단다.

"실업급여만으로는 생활이 되지 않으므로 창업을 계획 중입니다"
라고 말했더니 그는 개업 한 달 전에 또 신고해야 한다고 말했다.

교습소도 정식으로 인가가 나고 사업자 등록이 될 경우 재취업 촉진 장려금으로 나머지 실업급여의 3분의 2를 한꺼번에 목돈으로 받을 수 있다는 것이다.

나는 목돈을 받게 된다는 말에 한문학당을 내기로 마음먹었다. 이름을 '선비학당'으로 정하고, 교육청을 찾아가 교습소 설립신고서를 제출했다. 담당 직원이 방문해 설치 장소를 확인하고, 면적을 재는 등 필요한 행정절차를 밟는 데 1주일 정도 걸렸다.

교육청에서 내준 인가증과 세무서에서 발급받은 사업자등록증 등 서류를 갖춰 노동청에 신고하니 실업수당을 한꺼번에 지불해 주었다. 이미 받은 16일분의 수당을 제외하고 500만 원쯤 되었다. 받을 수 있는 실업급여 총금액(240일, 960만 원)의 60% 정도였으니 적은 돈이 아니었다.

인테리어와 간판 설치 등 선비학당 개설에 200만 원이 들었다. 홍보 전단지를 만들어 인근 지역에 배포했다. 주로 주택가를 돌며 전단지를 우편함 등에 꽂아두었다. 인근에 대규모 아파트 단지가 있었으나 아무나 드나들 수 없게 돼 있어 신문보급소에 돈을 주고 맡겼다. 비용은 하루 2000장 기본으로 2만 원. 2개 지역 신문보급소에 모두 맡겼다.

반응은 빠른 편이어서 여기저기서 문의 전화가 왔다. 사람들이 가장 관심을 보인 것은 수강료였다. 교육청에 신고한 교습비는 10만 원이었는데 그 금액을 말하면 모두들 화들짝 놀랐다. 할 수 없이 5만 원으로 낮추었으나 등록하는 사람이 아무도 없었다. 한두 명이라도 수강생이 있으면 좋으련만 기다리던 여름방학이 되어도 찾아오는 사람이 없었다.

전단지를 몇 차례 더 돌리면서 수강생이 찾아오기를 기다리던 그 시간, 초조하고 불안했다. 선비학당은 사실 내 이상향이었다. 마음껏 책도 읽고 글도 쓰고 학생들에게 내가 가진 지식을 나누어주는….

그것은 어쩌면 내가 꿈꾼 무릉도원인지도 모른다. 도끼자루가 썩어가고 있다는 사실도 알지 못한 채 꾸었던 허망한 꿈!

내겐 최소한 월 200만 원의 돈이 필요했다. 그러나 200만 원은커녕 20만 원도 벌기가 쉽지 않아 보였다.

아까운 시간만 축내고 있던 나는 선비학당에 목을 매달고 있을 처지가 아니라는 것을 깨달았다. 생활정보지란 생활정보지는 모두 갖다 놓고 구인란을 눈이 빠져라 들여다보기 시작했다.

학원 강사 쪽이 비교적 수월해 보였다. 그러나 학원 구인광고는 대부분 영어와 수학, 과학 과목 강사에 한정돼 있었다. 내 전공인 국어 과목도 종종 눈에 띄었으나 전화를 해보면 이미 자리가 찼다거나 나이가 너무 많다며 난색을 표했다. 2급 인증까지 있는 한문 과목은 뽑는 곳이 없었고, 경험은 없지만 자신 있다고 여긴 논술 부분 역시 내가 들어갈 수 있는 자리는 없었다.

이제 업종이나 하는 일을 가릴 때가 아니었다. 한 달에 200만 원만

주는 곳이 있다면 그곳이 어디든 몸이 부서져라 일을 하겠다는 각오까지 섰다. 하지만 내게 월급 200만 원을 주겠다는 곳은 어디에도 없었다. 50대 중후반은 이미 세상에서 늙은이 취급이었다.

'나이와 경력 무관'을 적시한 구인광고는 주로 작은 규모의 가내공장이나 건설현장 인부, 경비와 주차관리원, 미화원 등에 한정되어 있었다. 그런데 이들 직종은 월급이 100만 원을 넘는 경우가 드물었다. 조선소와 같은 대규모 사업장에서 일하는 일용직은 일당이 7만 원으로 비교적 후했지만 그런 곳은 나이가 50세 이하로 제한되었다.

나는 나이가 이토록 거추장스러운 것인 줄 몰랐다. 그리고 내가 그동안 얼마나 세상물정을 모르고 살았는지 깨달았다.

기자는 세상 구석구석을 살피고 세상 돌아가는 꼴을 글로 써서 보고하는 직업이다. 그런데 그동안 나는 도대체 무엇을 했다는 말인가! 수강생 한 명 없는 선비학당에서 선풍기 바람에 더위를 쫓으며 생활정보지만 들여다보고 있자니 깊은 한숨이 절로 나왔다.

유난히도 더운 어느 날, 연마공을 뽑는다는 광고를 보고 사상공단의 한 공장을 물어물어 찾아갔다. 이유는 딱 하나! 나이 제한이 없었기 때문이다.

공장지대에 들어서니 공기부터 달랐다. 쇳내가 풍기는 것 같았다. 쇠를 자르거나 연마하는 등 노동현장에서 나는 소리는 귀를 먹먹하게 만들었다. 그 앞을 지나치며 어느 공장 안을 들여다보니 산소절단기와 용접기에선 불꽃이 튀고 있었다.

N테크라는 연마공장에 들어서니 서너 명의 일꾼들이 작업에 한창이었다. 사무실로 들어가자 중년여성이 나를 맞이했다. 사장의 아내로 사무를 보는듯했다. 건네받은 이력서를 한참 들여다보더니 의혹에 가득 찬 시선으로 그녀가 물었다.

"이런 일 해봤습니까?"

"아니요. 하지만 얼마든지 할 수 있습니다."

나는 주먹을 불끈 쥐고 두 팔을 위로 올려보였다.

"경력이 참 화려하시네예."

"모두 다 지나간 일입니다. 저는 이제 새로운 출발을 하겠다고 다짐했습니다. 무엇이든 맡겨만 주십시오."

그녀가 고개를 갸웃하며 빙긋 웃었다.

"인상이 정말 좋으시네요, 함께 일하고 싶습니다."

나는 아부도 서슴지 않았다.

"우리에겐 너무 부담이 돼서 안 되겠네요. 월급도 얼마 되지 않고요."

그녀는 내게 이력서를 돌려주었다. 그리고는,

"어디서 많이 본 분 같네예!"라고 했다.

아마도 신문에서 내 얼굴을 보았으리라. 1년 반 동안이나 연재한 '송동선이 만난 사람' 와이드 인터뷰 고정 컷에 내 얼굴 사진이 들어 있었으니까.

돌려받은 이력서를 쭉 훑어보았다. 나도 모르게 얼굴이 붉어졌다. 기자 시절의 경력이 자세히도 적혀 있었고, 교사자격증과 한문급수

인정증은 물론 두 권의 저서도 빠트리지 않고 기록된 이력서였다.

나는 완전 헛다리를 짚은 것이다! 이곳에서 정말 일하고 싶었다면 다른 이력서를 들고 왔어야 했다. 3D 업종에 속하는 공장 직공, 경력자도 아니고 종업원을 뽑는다는데 나의 기자 경력이나 두 권의 저서가 무슨 소용이란 말인가!

그 일이 있은 뒤, 나는 대여섯 종류의 이력서를 만들어 컴퓨터에 저장해 놓고 상황에 따라 맞는 것을 선택해 제출했다.

퇴직 후 바로 직업훈련을 받지 않은 것도 후회스러웠다. 산소용접 기술이라도 익혀두었더라면 생활정보지 구인란을 가장 많이 차지하고 있는 '생산직'이나 '단순 노무직' 일자리는 어쩌면 쉽게 얻었을지도 모른다.

나는 맥이 빠져 터덜터덜 사상공단을 빠져나왔다. 온몸에서 팥죽 같은 땀이 흘렀다. 그런 중에도 전봇대나 담벼락에 붙어 있는 구인광고를 빠짐없이 살폈다. 광고지에 적힌 전화번호로 전화를 걸어보면 나이에서 먼저 걸렸다. 나이 많은 초보자를 반갑게 맞아주는 곳은 아무데도 없었다.

J스님을 만났다. 종교계 지도자로, 구도자로 내게 늘 삶에 대한 가르침을 주시는 분이다. 스님은 나보고 절에 와서 살라고 했다. 머리를 깎는 것도 괜찮다고 하셨다. 그의 눈에는 내가 신심이 돈독하고, 불교 공부를 많이 하는 사람으로 비쳐졌을 것이다.

한국 불교 조계종에서는 스님이 될 수 있는 나이를 40세로 제한하고 있다. J스님은 그런 규정에 상관없이 내가 원한다면 머리를 깎아주 겠다고 했다. 나는 스님 말에 따르고 싶었다. J스님의 상좌가 되는 일 은 내게 더없는 영광이고, 스님 옆에서 말년을 편히 보낼 수도 있다고 생각했기 때문이다.

하지만 나중엔 몰라도 지금으로선 있을 수 없는 일이었다. 내게는 세 아들이 있지 않은가!

"속세에 아직 빚(해야 할 일)이 많이 남아 있어 이를 다 갚고 나서 머 리를 깎겠습니다."

내 대답에 스님은 찻집을 해보면 어떻겠냐고 물었다. S라는 전통 찻집이 있는데 스님의 도움으로 개업한 주인이 사정이 있어 그만 두 기로 했다는 것이다. 그 찻집에는 나도 몇 번 간 적이 있었고, 여주인 얼굴도 아는 처지였다. 평소 다도에 관심이 많던 나는, 차 공부를 하 면서 K대학교 부설 평생교육원의 다도 지도자 과정도 2년 이수했다. 다도를 가르칠 수 있는 자격증까지 있으니 순간 못할 것도 없다는 생 각이 들었다.

"한 번 알아보겠습니다."

쇠뿔도 단김에 빼랬다고, 나는 스님과 헤어져 곧바로 그 찻집에 들 렀다. 여주인은 나를 반갑게 맞이했다. J스님과 나눴던 이야기를 전 하니 가게를 내놓은 건 사실이라고 했다. 하지만 전세보증금 액수도 생각보다 높았고 권리금도 4천만 원이나 되었다. 나로선 도저히 감당 할 수 없는 사업이었다.

낙망해서 집으로 돌아오는 길에 한 카페(다방) 셔터에 붙은 '가게

임대'라고 적힌 종이쪽지를 보았다. 당장 전화를 거니 기다렸다는 듯 건물 주인이 받았다. 건물 주인은 전세보증금 2천만 원에 월세가 30만 원이라고 했다. 카페 여주인의 건강이 안 좋아 부득이하게 내놓은 것이라니 마음이 더 급해졌다.

집에 돌아와 건물 주인이 알려준 번호로 전화를 걸었다. 다음날 오전 10시에 그녀를 카페에서 만나기로 하고 전화를 끊었다.

다음날, 약속시간에 맞춰 카페에 가니 여주인이 기다리고 있었다. 지하인데다 오랫동안 문을 닫아두어선지 실내에서는 퀴퀴한 냄새가 났다.

"장사가 안 돼 내놓은 겁니까?"

나는 그녀에게 단도직입적으로 물었다. 여주인은 영업은 잘 되는데 몸이 안 좋아 부득이하게 접기로 했다는 것이다. 가게 분위기로 봐 그 말은 상투적인 대답 같았다.

그녀는 시설비(일종의 권리금)로 1천만 원을 요구했다. 나는 요즘 같은 불경기에 권리금 같은 게 어디 있냐고 그녀의 말을 단칼에 잘랐다. 그러자 그녀는 눈도 깜짝하지 않고 계속 권리금을 우기는 것이다. 자기가 가게를 인수받을 때는 1,300만 원을 줬다나! 그러니 1천만 원이라도 꼭 받아야겠다고 했다.

자세히 살펴보니 지하이긴 하지만 30평 정도로 넓고 비교적 월세가 적은 것이 내 마음을 끌었다. 법조타운 부근이어서 입지조건도 괜찮은 편이었다. 한참을 입씨름하다가 결국 권리금으로 700만 원을 주기로 합의했다. 내부 시설이 깨끗해서 따로 큰돈 들 일이 없을 것 같았고 의자(소파) 등 비품도 그대로 사용하면 괜찮을 것 같았다. 당시로서는 고가인 수백만 원을 주고 샀다는 원두커피 제조기가 특히 마음에 들었다. 일이 일사천리로 진행되는 것도 희망적으로 생각하고 싶었다. 믿을 곳이 없는 사람은 지푸라기라도 잡고 싶은 법이니까.

카페 운영에 대해 골똘히 생각해 봤다. 커피 다방(커피 전문점과는 다른)으로는 승산이 없다고 보고 새로운 아이템이 없는지 찾아보았다. 커피는 물론 전통차와 함께 간단한 식사 메뉴를 곁들이는 것이 좋을 것 같았다. 건물 주인도 칼국수 등 가벼운 음식을 하는 것이 좋을 것이라고 추천했다. 주위가 법조타운인 점을 감안, 샐러리맨이나 젊은 여성 직장인들의 기호를 맞추는 게 중요했다.

그동안 나는 수강생이 없는 선비학당을 활용하는 방안을 다각도로 모색하고 있었다. 그래서 빵과 건강식품의 경우 내가 그 사업을 하겠다고만 하면 적극 지원해 주겠다는 약속을 여기저기서 받아둔 것이다.

스낵바를 겸한 카페의 바리스타!

나의 꿈이 점점 구체화되고 있었다. 팥칼국수나 동지팥죽 같은 것을 오래 전 어머니 어깨 너머로 배워 아이들에게 만들어 준 일도 있었다. 아이들은 맛있다며 식당을 내자고 했었다. 생각해 보니 참 행복한 시절이었다.

전세보증금과 권리금을 마련하는 일이 시급했다. 근로복지공단과 소상공인 지원센터에서 실직자들을 지원하는 프로그램이 없는지 알아보았다.

나는 자격요건이 되지 않았다. 실직수당 급여가 끝난 후 6개월이 지나야만 한다는 것이다. 나는 실직수당급여 기간에 해당하여 신청할 자격이 아예 없었다. 소상공인 지원센터 담당자는 연계은행인 S은행을 소개해 주었다.

"30여 평 규모의 스낵바를 운영하고 싶습니다."고 하자 그 정도 규모면 3천만 원은 대출이 가능하겠다고 했다. 그러나 대출을 받으려면 사업자등록증이 있어야 하는데 신용상의 문제만 없으면 대부분 대출이 이루어진다고 했다. 신용보증재단이 발급한 보증보험증권도 필요하다고 하여 나는 꼼꼼하게 메모했다.

나는 이미 대출을 받은 사람처럼 자신만만하게 집으로 돌아와 계약금부터 마련했다. 사업자등록을 하려면 구청에 사업신고를 해야 하고, 그러기 위해선 임대차계약서가 있어야 하기 때문에 계약을 서둘러야 했던 것이다. 다행히도 선비학당을 열며 받은 실업급여가 남아 있어 계약금 200만 원은 해결할 수 있었다.

이젠 권리금이 문제였다. 나는 카페 주인을 만나 권리금 일부를 줄 것이니 영업권 양도서를 써달라고 요구했다. 선금으로 200만 원을 주겠다고 했더니 그는 단호히 거부했다. 최소한 500만 원은 주어야 한다는 것이다. 200만 원 정도는 신용카드 현금서비스를 받을 수 있지만 500만 원은 마련할 재간이 없었다. 형제와 친구 등 지인들에게 전화해 사업계획을 밝히고 돈을 빌려달라고 통사정했다. 그들은 하나같이 자기도 지금 형편이 말이 아니라며 난색을 표했다. 괜한 부담을 준 것 같아 미안했다.

나는 며칠 동안 잠을 이루지 못했다. 그런 중에도 음식점을 하려는 사람에게 필수인 위생교육을 받았다. 위생교육을 받지 않고선 구청의 허가를 받을 수 없었다. 하루 6시간 이상 강의가 이어지는 강행군이었다.

위생교육 수료증은 받았으나 돈 문제가 해결될 기미는 보이지 않았다. 입술이 바짝바짝 타들어 가는데 친구 M을 떠올렸다. 그는 아내가 지리산에서 찻집을 낼 때 3,000만 원이라는 거금을 빌려준 친구였다. 퇴직금을 받아 갚기는 했으나 다시 돈을 빌리겠다는 건 정말 염치없는 일이었다. 다른 방법이 없어 전화를 걸었다. 단도직입적으로 500만 원만 빌려달라고 했다.

"오죽 급하면 내게 전화를 했겠나!"

친구는 아무것도 묻지 않고 내게 계좌번호를 가르쳐달라고 했다. 그리고 돈을 바로 송금해 주었다. 고마움에 눈물이 핑 돌면서도 안도감에 가슴을 쓸어내렸다.

다음날, 카페 여주인을 만나 500만 원을 건네며 영업권을 넘겨달라고 했다.

"700만 원을 모두 받지 않고는 영업권을 넘겨줄 수 없어요!"

그녀는 자신이 한 말을 잊은 듯 시치미를 뗐다.

"200만 원에 양심을 팔 사람이 아닙니다. 나를 믿어 주십시오!"

그것은 애원이었다. 그녀는 마음이 조금 움직인 듯 "사람을 못 믿는 것이 아니라 돈을 못 믿는 거예요!"라고 하더니 한 번 믿어보겠다고 했다. 그리고는 내가 준비해간 '영업권 양도양수 약정서'에다 '잔금 일을 넘기면 이 약정은 무효로한다'는 문구를 적어 넣으라고 요구했다. 나는 다급한 나머지 하라는 대로 그 문구를 써서 넣고 약정서에 서명하고 도장을 찍었다. 우리는 그 문서를 한 부씩 나누어 간직했다. 우리는 함께 구청을 찾았고, 소정의 절차를 거쳐 내 이름으로 된 영업 신고증을 발부받았다.

택시를 타고 세무서로 달렸다. 내친김에 사업자등록을 하기 위해서였다. 등록증은 불과 20여 분 만에 발부돼 내 손에 쥐어졌다.

사업자등록증을 가지고 이번엔 S은행으로 갔다. 시간을 아끼기 위해 또 택시를 탔다. 일은 일사천리로 진행되는 듯했다. 은행 담당자에게 서류를 내밀었더니 '보증상담 신청서'에 확인도장을 찍어주면서 "신용보증재단으로 가서 보험증권을 받아오십시오."라고 말했다. 나는 지하철을 이용해 시내 중심가에 있는 보증재단으로 갔다.

상담신청서를 적어냈더니 담당자가 잠시 기다리라고 했다. 그런데 조회해 보더니 '승인불가'라는 것이 아닌가! 대출금액이 너무 높아 대출 승인이 어렵다고 했다. 청천벽력과 같은 소리였다. 엘리베이터를 타는데 몸이 휘청했다. 순간 정신이 번쩍 들었다. 카페 계약을 하기 전 보증재단에 먼저 대출 가능 여부를 확인했어야 했다. 은행직원의 말만 믿고, 대출이 이루어지리라는 막연한 믿음으로 덜컥 가게 계약부터 서두른 것이 실수였다. 아니, 은행직원은 분명히 내게 '신용에 문제만 없으면…'이라는 단서를 달았다. 그러나 나는 그 말을 귓등으로 흘린 것이다. 많은 은행 빚을 지고는 있었지만 이자를 연체한 적이 없으니 문제가 없을 것이라 막연히 믿었다. 신용대출금 한도는 생각 조차 하지 못했으니 이 얼마나 어리석은 일인가!

'계약금만 줬으면 그나마 다행인데, 빌린 돈으로 권리금 500만 원 까지 주었으니 이를 어쩐단 말인가!'

입술이 바짝바짝 말랐다. 그러나 언제까지나 탄식만 하고 있을 수 는 없는 노릇이었다. 'OO캐피탈'이라고 하는 제 3금융권에 대출을 시도해 보았다. 직원들은 매우 친절하게 맞이해 주었지만 여기서도 나 이가 문제였다. 55세가 넘으면 아예 대출을 해주지 않는다는 것이다.

집에 와서 어제 눈여겨본 '상호저축은행' 홈페이지에 들어가 대출 을 신청했다. '대출 불가'라는 회신이 떴다. 전화를 걸어 담당직원에 게 확인해 보았지만 "승인이 나기 어렵습니다!"하는 앵무새 같은 답 변만 돌아왔다. 충격이었다.

백방으로 노력해 보았지만 직장을 구하는 일도 창업도 내게는 불 가능했다. 상상조차 할 수 없던 일이 닥친 것이다.

정부에서는 중소기업과 영세업자, 그리고 서민들을 위한 정책을 펼쳐나가고 있다고 떠들어댔지만, 직접 겪어보니 혜택 받을 수 있는 것은 아무것도 없었다. 영세 자영업자나 서민들에게 대출은 여전히 '그림의 떡'이었던 것이다.

신용보증제도만 해도 그렇다. 신용을 보증하겠다는 명칭과는 달리 신용이나 능력은 거의 고려대상이 되지 못하고 있었다. 돈이 중요한 잣대일 뿐이었다. 돈이 없어 불가피하게 빚을 지고 있는 형편인데 그

빚을 갚지 않으면 신용보증을 해줄 수 없다는 게 말이 되는가 말이다.

'700만 원을 벌어도 부족한 판에 빌린 돈까지 모두 까먹다니, 이를 어찌할꼬!'

나는 몇 가닥 남지 않은 머리카락을 쥐어뜯으며 수도 없이 탄식했다. 너무 괴로워 자신도 모르게 머리통을 벽에 세게 부딪히기도 했다. 그러나 뾰족한 방안은 없었다. 도움을 줄 만한 사람 역시 주위에 한 명도 없었다.

나는 결국 창업의 꿈을 접기로 했다. 700만 원이라는 거금이 날아가게 됐지만, 여기서 깨끗이 작파하는 게 더 나을지도 모른다는 생각을 했다. 스낵바의 바리스타가 되겠다는 나의 야무진 꿈은 일순간에 와르르 무너져버렸다.

3. 방문판매에서 배운 인생 마케팅

커피와 칼국수를 파는 카페의 꿈을 타의에 의해 접은 나는 돈만 날리고 다시금 생활정보지 구인난을 샅샅이 살펴보는 날들이 계속됐다. 이번에는 돈 안 들이고 가진 기술로 할 수 있는 '운전직'을 중점적으로 살펴보았다. 버스 및 택시 기사와 특수차량 기사, 대리운전 기사 등 종류도 다양했다. 어느 날 '일반운전' 파트의 구인광고를 보고 눈이 번쩍 뜨였다.

가전 '기사 겸 관리' 고졸 이상 40~60세 월 260만 원,
상여금 500%, 퇴직금 有, 중식 제공, 토요일 격주 휴무, ○○산업.

60세까지 지원이 가능하고 월급은 260만 원, 상여금을 500%나 준다니! 거기다 중식 제공에 퇴직금도 있고 토요일은 격주 휴무라니 한마디로 꿈의 직장이 아닌가!

근무시간 또한 오전 9시부터 오후 6시까지였다. 차량을 지원하며 차량 유지비는 별도로 준다고 했다.

나는 쾌재를 부르며, 그 가운데 한 곳에 전화를 걸었다. 전화를 받은 사람은 여성이었다.

"구인광고를 보고 전화했는데요!"라고 했더니, 이력서를 가지고 사무실로 오라는 것이다. 회사 위치를 확인한 뒤 나는 전화를 끊었다.

마음이 설레였다. '이런 조건이라면 30년 종사했던 언론사보다 낫지 않은가!'하는 생각마저 들었다. 물론 의심쩍은 면도 있었다. 그렇게 좋은 직장이라면서 왜 매일같이 똑같은 광고를 싣는가 말이다. 그동안 쭉 살펴본 결과 이들 '일반운전' 모집광고는 생활정보지의 최고 단골 메뉴였다. 조건으로 봐선 너도나도 서로 근무하려고 할 텐데, 구인광고를 날마다 내는 것을 보면 미스터리가 아닐 수 없었다.

다음날, 그 내막이나 알아봐야겠다는 마음으로 부산역 부근의 사무실을 찾았다. 방문 목적을 말하니 안내직원이 친절하게도 담당자에게 안내해 주었다. 회사 분위기는 괜찮아 보였다. 사무실이 널찍한데다 근무하고 있는 사람들은 모두 말쑥하게 차려입고 있었다.

담당자는 K씨로, 국장 직함을 가진 여성이었다. 'OO산업' 명의로 광고를 낸 사람이 바로 그였다. 명함을 건넨 후 그는 나를 회의용 원탁에 앉게 하고 커피를 한잔 가져왔다. 자사는 의료기구 및 정수기 제조·판매 회사로써 사업확장으로 인해 물류관리 책임자와 배송기사가 필요하다는 설명이었다. 광고내용과 거의 일치했다.

그래도 의심스러워 다단계 회사가 아닌지 조심스레 물었더니 그녀는 펄쩍 뛰었다. 다단계 회사든 아니든 봉급을 받고 일만 하면 될 것이므로 상관없다는 생각이 들었다. 배송기사보다는 '물류관리 책임자'가 더 적격이라 여기고 그에 대해 물었다.

"물품창고를 관리하면서 입고와 출고를 책임지고 배송기사에게 물품을 내어주고 A/S 기사들을 관리하는 일이 주임무"라는 대답이 돌아왔다. 부장 대우로 첫 달에 210만 원, 다음 달엔 230만 원으로 임금이 인상된다고 했다. 보너스가 500프로에 점심식사도 제공된다고 했다. 3개월 후에는 4대 보험에도 가입된다니 귀가 솔깃했다.

"조건이 상당히 좋은데, 지원자가 많이 없나요?"

"기왕이면 좋은 사람을 뽑으려다 보니 그렇습니다."

나의 물음에 대한 그녀의 대답은 명쾌했다.

"월요일부터 사흘간 교육이 있습니다."

나는 교육에 참석하겠다고 의사를 밝히고 준비해온 이력서를 건넸다. 잘하면 좋은 직장이 생기겠다는 기대로 모처럼 주말을 들뜬 마음으로 보냈다.

월요일에 교육을 받으러 갔다. 30여 명의 남녀 지원자가 모여 있었다. 얼핏 봐도 내가 가장 나이가 많은 것 같았고 4, 50대가 대부분이었다. 30대로 보이는 젊은 사람도 간혹 눈에 띄었다.

지사장이라고 자신을 소개한 사람이 큰 칠판 앞에서 회사 소개를 했다. 건강 의료기기 제조 · 판매 회사인데 주로 방문판매를 한다는 것이다. '소장'들이 지사 사무실에서 에이전트agent들을 거느리고 영업하며, 위로 국장—처장—전무(부사장) 등으로 직위와 직급이 나뉜 철저한 능률급제라고 했다. 판매액의 20%를 영업사원이, 그리고 또 그 금액의 20%를 소장들이 판매수당(일종의 리베이트)으로 받는다는 것이다. 한 달에 적게는 300만 원에서부터 1천만 원 이상의 판매수당을 받는 사람도 있다고 했다. 국장과 처장, 전무 역시 판매액에 대한 소정의 판매수당을 받는 형식의 급여체계였다.

입사하면 에이전트로서 한 달간 필드체험(방판활동)을 하는데, 일정한 실적을 올려야 한다는 점을 강조했다. 그러면서도 다단계가 아니라고 강변했지만 조직체계와 급여체계를 보면 완전 다단계였다. 그의 강연은 결국 방판사원을 만드는 것에 포커스가 맞춰져 있었다. '물류관리 책임자와 배송기사'는 미끼였던 셈이다.

두 번째 시간에는 나를 상담했던 K여사가 강사로 나섰다. 이 회사의 주력상품은 이온정수기인데 정수는 기본이고 산성수와 알칼리수로 분리시키는 기능이 있어 건강에 좋다는 것이다. 알칼리수엔 수소가 많이 포함돼 있는데 체내의 활성산소를 제거함으로써 자연치유력을 키우고 면역력을 기른다는 것이 그녀의 설명이었다. 이에 대한 임상실험과 일본 병원의 치료사례를 담은 비디오도 보여주었다.

한 교육생이 손을 번쩍 들더니 정수기의 소비자 가격을 물었다. 190만 원쯤 된다고 했다. 또 한 명의 교육생이 손을 번쩍 들었다. "실적을 얼마나 올리면 소장이 될 수 있습니까?" "1,000만 원 정도의 판매고를 올리면 됩니다." 재빨리 계산해 보니 다섯 대 이상을 팔아야 소장이 될 수 있었다.

다음 시간에는 '21세기 마케팅'이라는 주제의 강연이 있었다. 처장 직함을 가진 강사는 '마케팅'을 한마디로 '사람의 마음을 사는 일'이라고 정의했다. 그럴듯했다. 비즈니스에 있어서 고객은 상품의 질이나 효용성을 따지기 전에 판매자의 인상과 태도에 많이 좌우된다고 했다. 겸손한 태도와 웃음 띤 얼굴로 진정성을 가지고 대하는 것이 첫째요, 용기와 끈기를 가지고 조그마한 기회도 놓쳐서는 안 된다고 강조했다. 그리고 고정관념을 버려야 한다고 했다. 상대를 알면 아는 대로, 모르면 모르는 대로 추측하지 말고 마음을 열라는 것이다. 긍정적인 사고로 임하고 실패에 대한 두려움을 갖지 않는 것이 무엇보다 중요하다고 했다. 강사는 '눈덩이snowball의 원리'를 설명했다.

처음 눈을 굴릴 때는 너무 작은데 손은 시리고 이걸 언제 다 만드나 싶어 포기하고 싶지만, 자꾸 굴리다 보면 점점 커지면서 눈사람의 모양을 갖추게 된다는 것이다. 그땐 손이 시리다는 것도 잊고 눈덩이를 더욱 크게 만드는 데 집중하게 된다는 원리였다. 그리고 언덕 위나 높은 곳으로 올라가 아래로 굴리면 눈덩이가 금방 어마어마하게 커지는 원리를 설명했다. 실패를 거듭하면서 계속 노력하다 보면 언덕 위에서 아래로 눈덩이를 굴리듯 요령이 생기고 노하우와 지혜가 쌓이는 거라고 했다.

귀에 쏙쏙 들어오는 강의였다. 취직과는 상관없이 인생을 살아가는 데 많은 도움이 될 것 같아 메모도 열심히 했다.

다음날은 오전부터 하루 종일 교육을 받았다. 시간이 지날수록 우

리가 받는 것이 교육이라기보다는 판매사원을 만들기 위한 세뇌교육
이라는 걸 알게 됐다. 첫날보다 인원이 절반으로 줄었다.

교육 마지막 날, 이 회사의 간부들이 대부분인 강사들은 노골적으
로 지원자들을 판매사원 쪽으로 밀고나갔다. 자신들의 성공담을 들려
주면서 그동안의 고생과 방판의 난관을 극복한 이야기도 빠트리지 않
았다. 나처럼 물류관리와 배송기사가 되려고 이 회사에 지원한 사람
들이 대부분이었는데 질문하면 강사들은 "그 파트로 가는 사람도 있
긴 있는데 자리가 많지 않다."며 얼버무리곤 했다.

사흘간의 오리엔테이션이 끝났다. 교육을 끝까지 받은 사람들은
물류관리와 배송기사에 미련을 버리지 못하고 따져 물었다. 소장들은
한결같이 "연락이 갈 것!"이라고만 말했다. 그러나 내 생각에 판매사
원을 자원하지 않는 한 연락이 오는 일은 없을 것 같았다.

이렇게 조건 좋은 곳에서 왜 사람을 구하지 못하여 매일 광고를 싣
는가 하는 미스터리 하나는 푼 셈이었다. 그러나 가슴이 답답하기는
마찬가지였다.

K국장이 내게 "교육을 받아보니 어떻습니까?" 하고 물었다.

나는 내가 원했던 물류관리 자리는 처음부터 없거나, 있어도 뽑아
주지 않을 것으로 판단하고 있었다. 그래서 "판매사원을 해보는 것도
괜찮겠다는 생각이 드네요." 하고 대답했다.

그러자 K국장은 "잘 생각하셨습니다!" 하면서 손을 덥석 잡았다.
무자본 무점포 대리점을 운영하는 소장이 되기 위해선 1개월간 에이

전트로 현장을 뛰어야 하는데 그게 바로 방문판매사원이었던 것이다. 짐작은 했지만 허탈하고 화가 치밀었다.

'그렇게 물어도 끝까지 시치미를 떼더니!'

소정의 실적을 올리면 한 달 후 팀장으로 승격, 사무실에서 소장을 보조하면서 운영을 배운다니 말이 좋아 운영을 배우는 것이지 방판사원 테두리를 벗어나지 못할 것으로 보였다.

무엇이라도 배워 사회에 뿌리를 내리고 싶은 마음이었을까? 모든 것을 짐작하면서도 끝까지 미련을 버리지 못했던 나도 참 어리석은 인간이었다.

다음날 출근해서 조회를 하는데 시작이 참으로 요란했다. 구호를 외치고, 줄을 지어 서로의 등을 안마해주는데 벌써부터 질리는 기분이었다. 이날 회사에 나온 사람은 나를 포함해 다섯 명에 불과했다. 이날 교육의 골자는 한 달에 최소한 1,000만 원의 매출을 올려야 한다는 것과, 아무리 어려운 일이 있어도 중도에 포기하지 말고 끝까지 노력해 성공하라는 것이었다. 제품설명에서부터 청약서 작성법까지 방판 실무교육을 받았다. 그리고 판매대상 리스트를 만들었다. 리스트엔 친한 친구들, 내 부탁을 차마 거절하지 못할 것으로 생각되는 지인들의 명단이 올랐다.

첫 번째 오더를 성공시키는 것을 I.B, 즉 'Ice Break'의 약자로, 얼음을 깬다는 뜻의 용어란다. 나는 그 대상을 광주에 있는 친구 김金으로 정하고 전화로 약속을 잡았다.

광주로 가는 일요일, 비바람이 몰아치는 등 일기가 고르지 못했다. 고속버스를 타고 오후 7시쯤 터미널에 도착해 친구에게 전화를 하니 득달같이 달려 왔다. 인근 식당으로 가서 앉자마자 단도직입적으로 얘기를 꺼냈다. 술을 마시고 나면 일이 어떻게 될지 몰랐기 때문이다.

"친구야, 내게 용돈으로 200만 원쯤 줄 수 있지?"

나는 친구의 눈을 똑바로 바라보았다.

"그럼, 이 사람아. 왜, 돈이 필요해?"

그는 내가 퇴직했다는 사실을 알고 있었다.

"실은 현금을 달라는 게 아니고, 썩 괜찮은 상품을 줄 테니까 하나 팔아달라는 얘기야."

"뭔데 그래?"

"앞으로 대리점을 하나 하려고 하는데 실적을 올려야 해서…."

나는 가방에서 카탈로그를 꺼내 이온정수기에 대해 간단히 설명하고 청약서를 내밀었다. 친구는 카탈로그를 대충 훑어보더니 "알았으니 술부터 한잔 하자."고 했다.

김은 말 그대로 '고추친구'였다. 그는 사업에 뛰어난 재주를 갖고 있었다. 20대 젊은 시절에 맨주먹으로 건설업에 뛰어들어 마침내 성공했다. 나는 그를 좋아했고, 그의 삶 자체를 존경했다. 김도 나를 자랑스럽게 생각한다고 늘 말하곤 했다. 우리는 돈독한 우정을 나누어 왔을 뿐 금전적 거래를 한 적은 한 번도 없었다. 오랜만에 친구와 소주잔을 기울이며 회포를 풀었다.

그러나 나는 취하기 전에 청약서부터 쓰자고 하며 서류를 꺼냈다. 친구는 계약금 없이 대금을 일시불로 내 계좌에 송금해 주기로 했다. 우리는 자정 가까운 시간에 헤어졌다. 심야버스 막차를 타고 버스가 부산에 당도할 때까지 깊은 잠을 잤다. 큰 짐을 하나 던 것 같았다.

새벽에 돌아와 잠자리에 들었으나 잠이 오지 않았다. 잠시 뒤척이다가 목욕탕에 갔다. 목욕을 하고 나니 정신이 돌아왔다. 출근시간에 맞춰 K국장에게 전화를 걸어 I.B 성공을 알리고 10시까지 출근하겠다고 했다.

아침식사를 거른 채 회사로 갔다. 사무실에 들어서자마자 I.B를 성공했다고 사람들이 내 주위를 둘러싸고 요란스럽게 축하해 주었다. 내 이름이 적힌 게시판에는 '축! I.B 성공' 이라는 격문과 함께 꽃이 달려 있었다.

두 번째 오더를 받아내기란 쉽지 않았다. 식당을 하는 지인 등 평소 내가 도움을 준 사람들을 위주로 찾아다녔으나 모두 거절당했다. 정수기와 함께 회사에서 취급하고 있는 의료기기를 병원에 납품하면 좋을 것 같아 백방으로 노력해 보았으나 불발로 그쳤다.

중학교 교장으로 재직 중인 친구를 찾아갔다. 방문 목적을 말했더니 집안 어른 중에 필요로 한 사람이 있을지도 모른다며 이온정수기와 홈닥터 카탈로그부터 받아 챙겼다. 나는 회사가 만든 카탈로그 외에 내가 직접 만든 제품별 '설명서'를 가지고 다녔다. 제품의 특성과 효능 등을 이해하기 쉽게 적은 A4 용지 2~3장 분량의 요약 설명서였다.

이온정수기를 교장실에 한 대 설치하면 좋겠다고 했더니 다음날 집안 아저씨를 만나러 가는데, 권해 보겠다고 말을 돌렸다. 완곡한 '거절'이었다.

"첫 만남에서 계약서 작성이 이루어지지 않으면 그 오더는 실패한 것!"이라는 강의 내용을 떠올렸지만 상대를 끈덕지게 물고 늘어지는 건 아직 자신이 없었다.

방문판매의 경우 처음에는 친분이 있는 사람을 대상으로 이루어진다. 리스트는 친숙도, 경제적 능력, 가계 결정권 등을 감안해 성공 가능성이 높은 대상을 우선순위로 하여 짜게 된다.

나는 리스트의 1번을 광주의 친구 김金으로 했고, 보란 듯이 성공을 거두었다. 그러나 두 번째 오더를 성공시킬 수 있는 가능인물로 리스트에 올린 지인들로부터 약속이나 한 듯 거절을 당했다. K교장도 그 가운데 한 사람이었다.

방판의 두 번째 단계인 T.B., 즉 Tree Break(나무를 부러뜨리는 과정)이다. 얼음을 깨뜨리는 과정인 I.C 보다 더 어려운 단계라고 할 수 있다. '얼음'은 온도가 높으면 저절로 녹게 돼 있다! 그러니까 열정이 뜨거울수록 I.C는 쉽게 이루어진다. 성공의 길을 열어가는 데 있어 열정보다 무서운 도구는 없는 것이다.

'R.B.'는 그 다음 단계로 Rock Break. 'S.B'는 그 다음 단계로 Steel Break. 'D.B.'는 마지막 단계로 Diamond Break, 즉 다이아몬드를 깨부수는 과정이다.

이렇게 몇 가지로 단계를 정한 건 오더를 따내는 일이 갈수록 그만큼 어려워진다는 뜻이다. 하지만 한 단계 두 단계 이루어 나가다 보면 자신감이 생기고, D.B.까지 성사시키면 그 다음부턴 탄력이 붙게 된다는 건 의심의 여지가 없는 사실이었다.

상대를 감동시키는 스피치('절대피치')를 연구하고, 실행하려 애쓰지만 정작 상대와 부딪쳤을 때 마음의 상처를 받는 일은 허다하다. 친하다고 생각했던 사람, 내 청을 거절하지 못할 것이라고 믿었던 사람들에게서 당하는 거절은 몽둥이와도 같다. 하지만 방판원의 철칙은, 그들을 원망하거나 미워해서는 안 된다는 것이다.

'거절'은 거절 그 자체로 끝내버려야 한다!

마음속에 오래도록 담아두어서는 안 된다는 것이 원칙인데 나 같은 초보자의 경우 그것은 결코 쉽지 않은 일이었다. 모욕적인 거절을 당하고 나면 나도 몰래 눈물이 핑 돌았다.

방문판매에 나서고 보니 나라는 사람이 어떻게 인생을 살아왔는지 적나라하게 알 수 있었다. 그 첫 번째는 인간관계이다. 사람들과 어떤 관계를 맺어왔는지, 내가 어떤 사람으로 그들 눈에 비쳐지고 있는지 확인하는 것은 두렵지만 결코 비켜갈 수 없는 일이었다.

어떤 이유로든 내가 사람들에게 신뢰감을 얻지 못했다면 철저한 자기반성에서부터 다시 출발해야 한다. '나에게는 분명 문제가 있다!'는 통렬한 깨달음에서부터 나의 미래는 새롭게 출발한다.

나는 방판 교육과 실전을 통해 이 같은 원리를 익혔으며, 이를 실천하려고 애썼다. 그러나 나는 모질거나 당차지 못한 성정으로, 상대의 거절을 거절 그 자체로 쉽사리 받아들였다.

'그래, 당신도 형편이 어려울 건데….' 생각하면서 거절하는 상대에게 오히려 연민의 정을 느끼고 빈손으로 돌아오는 경우도 많았다.

기대감에 차 있는 K국장에게 '빈손이다'는 보고를 할 때마다 부끄러웠다. 그리고 그가 사 주는 점심을 먹을 때마다 송구하기 이를 데 없었다.

신문사에서 일할 때 가까이 지냈던 친구 L을 커피숍에서 만났다. 단도직입적으로 용건부터 꺼냈다. 카탈로그를 보여주며 "물건 하나만 사줘!"라고 말했다. 카탈로그를 살펴보던 그가 충격적인 말을 했다. 자기와 함께 같은 부서에서 일을 했던 O씨가 이 일을 했다는 것이다. 그는 나도 잘 아는 사람이다.

O씨는 의욕적으로 일하다가 엄청난 카드빚을 지고 지금도 그 빚을 갚느라 생고생을 하고 있다고 했다. L은 그에게 물건을 팔아주기도 하고 친척과 지인들도 소개해 주었는데 문제는 정수기부터 시작하여 상품들의 성능이 좋지 않아 쓰지 않고 처박아두고 있다는 것이었다. 가슴 철렁한 이야기였다. L은 O의 권유로 하루 시간을 내어 교육까지 받았는데 '이건 아니다!' 싶어 작파했다고 한다. 그러면서 그는 "거기서 하루라도 빨리 빠져나오는 것이 좋을 것"이라고 충고했다.

그런 그에게 오더를 기대하는 것은 불가능한 일 같았다. 나는 좋은 정보를 줘서 고맙다고 인사하고 아무 소득도 없이 그와 헤어졌다.

그냥저냥 2주일이 흘렀다. 불볕더위가 기승을 부리고 있었다. 월요일엔 회사에 나가지 않고 구인광고에서 눈여겨봐둔 초량동의 한 회사로 갔다. 사무실 분위기가 지금 다니는 회사와 흡사했다. 담당자를 만나 설명을 들으니 아니나 다를까 외판원을 모집하는 것이었다. 눈에 보이는 상품을 판매하는 게 아니고 투자자를 유치하는 것인데, '지분'을 매개로 주식을 판매하는 일종의 금융상품이었다. 투자금을 유치하면 그에 대한 리베이트로 몇 프로를 받는 식인데 잘하면 큰돈을 벌 수 있을 것 같긴 한데 나와는 상관없는 일이라는 판단이 들었다. 투자를 권할 만한 사람도 없거니와 만약 잘못되면 그 원망을 어떻게 감당할 것인가!

느지막하게 회사에 출근했다. 그렇게 헤어진 후 K교장의 전화를 애타게 기다렸지만 종무소식이었다. 전화를 걸면 "회의 중"이라며 나중에 다시 전화를 하란다. 아무래도 나를 피하는 것 같았다.

'이 일을 계속하다가는 몇 안 되는 친구도 다 잃지 않을까!'

마음이 천근만근 무거웠다.

어느 날, 친구 P교수에게서 전화가 걸려와 서면의 한 찻집에서 만났다. 그는 대구의 한 대학교에 근무 중이었다. 오랜만에 얼굴이나 보자는 얘기였지만 나는 혹시나 하여 카탈로그를 가방에 넣어 갔다. 차를 마시며 이온정수기 카탈로그를 보여주었다. 대리점을 내려 한다고 했다.

카탈로그를 살펴보던 친구는 "집에 있는 정수기가 오래되어 바꾸려던 참이었다"며 두말없이 청약서를 써주었다. 구세주를 만난 것 같앉다. 실적을 올리게 된 기쁨도 컸지만 카탈로그를 보고도 얼굴빛을 바꾸지 않고 정답게 대해주는 친구가 정말 고마웠다.

그 길로 회사에 가서 K국장에게 청약서를 건네주었다. 그랬더니 또 요란한 축하 세리머니가 펼쳐졌다. 나도 모르게 어깨가 으쓱해지면서 '이런 맛에 사람들이 이 일을 계속하나 보다!' 하는 생각이 들었다. 한편으로는 오래 전 읽은 이동하의 소설 한 편이 생각났다. 〈헹가래〉라는 제목이었다. 무슨 일 때문인지 사람들이 모여들어 주인공을 축하한다며 헹가래를 치는 장면이었다. 주인공의 몸이 공중 높이 떠 있는 동안 다른 일이 생기자 사람들이 흩어졌다. 주인공의 몸은 사정없이 밑으로 곤두박질쳐졌다. 하고 많은 소설 중 왜 그런 소설 그런 장면이 기억 속에 남은 것인지….

한 달 가까이 나를 반기지 않는 사람들을 억지로 만나고 다녔으나 실적은 미미했다. 여섯 대를 목표로 잡았는데 겨우 3분의 1인 두 대 판매에 그쳤다. 한 달이 되어가자 조바심은 더욱 커져 회사에 나가는 것조차 부끄러웠다. 며칠째 회사에 나가지 않자 K국장에게서 전화가 왔다. 목표량을 채우지 못해도 좋으니 출근하라고 했다. 나는 "사정이 생겨 그 일에 매달려 있을 형편이 안 됩니다."라고 말했다. 그와 통화하는 동안 그만두어야겠다는 생각이 굳혀져 갔다.

며칠 후, 내 통장에는 70여만 원이 입금되었다. 한 달 동안 정수기 두 대를 판 대가였다.

4. 마트의 멀티 플레이어

막막한 마음으로 구직활동을 재개했다. 생활정보지를 들여다보고 전화를 걸고 물어물어 찾아갔다가 거절당하거나 혹은 실망만 잔뜩 안고 돌아오는 생활이 계속되었다. 어떻게 된 일인지 자세히 알아보면 사무직은 결코 사무직이 아니었고 홍보직은 홍보와는 아무런 상관이 없었다. 일부 배달직이나 방문판매 계통의 판매직을 제외하곤 거의 모든 직종이 나이를 제한하고 있었다.

나는 나이라는 것이 이렇게도 거추장스러운 것인 줄 몰랐다. 아무 짝에도 쓸모없는 나이. 어쩌다 나는 아무것도 이루지 못하고 나이만 이리 잔뜩 먹은 것일까! 나는 자괴감에 빠졌다. 내가 할 수 있는 일은 경비, 운전, 막노동 정도. 그런데 그 일조차 내게는 쉽지 않았다.

머리를 짜내다 결국 찾아간 곳이 개업 준비 중인 S마트였다. 사장은 내 이력서를 보더니 나이는 숫자에 불과하다며 의욕적인 모습이 좋아 보인다고 바로 출근을 결정했다.

임금은 봐가면서 책정하고, 홍보를 중점적으로 해서 전체적으로 마트 일을 봐주면 그에 상응하는 직책도 마련하겠다고 했다. 나는 성심껏 일을 하겠다고 약속했다.

사장은 내가 자신의 큰형님 나이라며, 친동생처럼 생각하고 마음 편하게 일을 봐달라고 했다. 담당 이사와 점장 등을 소개시켜 주기에 "나이 많다고 어려워 말고 마음 편히 무슨 일이든 시켜주십시오!" 하고 공손히 인사했다.

그렇게 출근을 결정짓고 집으로 돌아왔다. 임금 문제를 정확하게 말하지 않은 게 마음에 걸렸으나, 그런 상황에선 누구라도 그럴 수밖에 없었을 것이라 자위했다. 그리고 지금 나의 형편이 봉급이 많고 적다고 따질 입장이 못 되었다. 일단 한 달 열심히 일한 뒤 임금을 받아보고 그때 가서 다시 말하면 될 것이라고 느긋하게 마음을 먹었다.

오랜만의 출근이라 마음이 설레였다. 아무려면 걸려오지 않는 전화를 하루 종일 기다리고, 가망 없는 일인 줄 알면서도 여기저기 전화를 걸어보던 방문판매 회사보다는 훨씬 낫지 않을까?

업무개시 시간은 오전 10시였다. 출근시간 30분 전에 회사에 당도하니 직원들이 모두 나와 있었다. 개업 전인 매장은 어수선하고 황량했다. 어질러진 물건들을 치우고, 냉장고와 냉동고 등의 설비를 배치하고 매대를 설치하는 등 이것저것 닥치는 대로 일을 거들었다. 점심을 먹고 잠시 쉬고 있는데 퇴근하란다. 이틀 뒤엔 상품이 입고되기 때문에 눈코 뜰 새 없이 바쁠 것이라고 했다.

다음날부터 개업 준비로 온종일 바빴다. 나는 청소하고 쓰레기 치우고 온갖 잡일을 다했다. 퇴근시간은 오후 7시, 8시, 9시로 점차 늦어졌다.

산더미처럼 납품되는 상품들의 목록을 일일이 컴퓨터에 입력하는 것이 가장 큰 일이었다. 타이핑이 그리 능숙한 건 아니지만 서무를 보는 박군, 매장 관리원 조군과 함께 그걸 할 수밖에 없었다. 특히 바코드 13자리 숫자를 입력하는 일은 여간 신경 쓰이는 게 아니었다. 숫자 입력이 잘못되면 계산대의 계산기에 오류가 생겨 큰 혼란이 초래되기 때문이다. 오픈 준비를 하면서 여러 날 밤을 새웠다.

대기업이 운영하는 초대형 마트는 아니지만 전체 매장 면적이 1,200㎡(약 400평)가 넘는 나름대로 규모가 큰 마트였다. 사장은 내 나이와 경력 등을 감안해 '반장'이라는 직함을 주고, 내 이름을 박은 명함까지 만들어 주었다. 하지만 난 그 명함을 단 한 장도 사용하지 않았다. 어쨌거나 나는 그 마트에서는 '반장'으로 통했다. 계산대의 직원들도, 매대의 직원들도 모두 나를 '반장님'이라고 불렀다.

10여 일 간의 준비가 끝나고 드디어 마트가 오픈했다. 오픈 첫날은 정말 정신없이 바빴다. 오픈기념 행사 중의 하나인 경품 행사 때문에 많은 사람들이 한꺼번에 몰려왔다. 계산대 앞은 밀려드는 손님들로 아수라장이었다. 설상가상으로 일부 상품의 바코드에 오류가 생겨 혼란은 가중됐다. 전산시스템 업체 담당자와 점장을 비롯해 매장 업무를 맡은 나와 조군이 정신없이 매달려 바코드를 바로잡았다. 오류가 생긴 상품들을 카트에 싣고 메인 컴퓨터가 있는 사무실로 가서 박군과 함께 납품명세서와 상품에 찍혀 있는 바코드를 일일이 대조해 가며 바로잡은 것이다.

밤 10시30분에 마트 일을 마감하고 녹초가 되어 집에 돌아오면 11시가 넘었다. 씻고 바로 잠자리에 들었다가 몇 시간 눈을 붙이고 다시 출근하는, '다람쥐 쳇바퀴' 같은 생활이 계속되었다. 그나마 다른 직장에 비해 출근시간이 조금 늦다는 게 다행이었다.

출근하자마자 매장 냉장진열장의 온기 차단 커튼을 올리고 조명을 켠다. 그리고 쓸고 닦고 구석구석 청소하고 나면, 새벽시장에 가서 담당자가 사온 채소와 과일류를 수송차에서 내려 옮기는 게 일이었다. 종류별로 포장한 뒤 가격표를 붙여 매대에 진열하는 것도 간단치 않은 일이었다. 그뿐인가. 대형 카트를 끌고 다니며 공산품 매장 진열대에서 팔려나간 상품을 조사해 창고에서 가져와 리필을 하는 것도 나의 일이었다. 특히 주류 코너 진열대의 빠져나간 술병을 채우는 일은 내 전담이었다. 지상은 물론 지하 2층, 3층 주차장에 흩어져 있는 카트를 매장으로 끌어오고, 여기저기 널려 있는 플라스틱 장바구니를 매장 입구로 가져와 가지런히 정돈하는 일도 나의 임무였다. 채소 코너 담당 판매원이 퇴근하고 나면 채소도 직접 팔았다. 나는 말 그대로 '마트의 멀티 플레이어'였다.

내가 채소 코너에 있으면 대부분이 주부인 고객들은 처음에 거북해 하는 눈치를 보였다. 그럴수록 나는 더욱 공손하고 친절하게 고객을 맞이했다. 시간이 지나면서 낯이 익자 고객들이 먼저 반갑게 인사를 하며 다가왔다. 채소를 팔 때는 무게를 달고 나서 가격표를 붙인 뒤 한줌 더 봉지에 담아주곤 했다. 또 무거운 장바구니를 들어주거나 카트를 끌어주기도 했다. 그럴 때마다 고객들은 "나이든 어르신이 참 친절하시네요." 하면서 고맙다는 인사를 아끼지 않았다.

점심과 저녁 식사는 10분 안에 후다닥 해결하고, 커피 한잔 편하게 마실 여유가 없는 생활이었다. 나는 나이 먹어서 모범을 보이고 싶다는 생각에 아무 생각 없이 그저 열심히 일만 했다. 매장을 돌며 매대 사이를 누비거나 지상과 지하 2, 3층을 오르내리며 걸은 거리는 아마도 수십 킬로미터는 되지 않았을까?

마트 일을 시작한 지 2주일 만에 처음으로 휴무를 얻었다. 1주일에 한 번씩 직원들이 돌아가며 쉬게 되어 있으나 개업 초창기라 너무 바빠 쉴 수가 없었다.

나는 마트에서 받을 월급이 최소한 180만 원 정도는 되기를 바랐다. 그래야 아이들 학비도 보태고 대출금 이자라도 조금씩 갚아 나갈 수 있었다. 큰아이는 군복무 중이고 막내는 스스로 학비를 해결하고 있었기에 서울에서 유학중인 둘째에게만 생활비를 보내주면 되었다. 나는 몸이 부서져라 일했다. 그래야 원하는 월급을 받을 수 있을 것 같았다. 오전부터 오후까지는 온갖 잡일을 다하고 담당 판매원이 퇴근하는 오후 5시부터는 채소와 과일 코너를 맡아 물건을 팔았다. 교대할 판매원을 채용해야 했으나 사장은 인건비를 아끼기 위해 사람을 뽑지 않았다. 마트가 아직 자리를 잡기 전이라 적자가 심하다는 것을 나는 눈치 채고 있었다. 그래서 어려움에 처한 사장을 도와준다는 일념으로, 나이 많은 나를 믿고 뽑아준 고마움으로 열심히 일했다.

그런데 내가 맡은 코너에 문제가 있었다. 과일도 그렇지만 채소는 시간이 조금만 지나면 시들어 버리기 일쑤여서 절반 가격으로 떨이 세일을 해야만 했다.

"자, 지금부터 단배추가 반값입니다! 한 단 값에 두 단을 드려요!"

손뼉을 치며 외쳐대면 고객들이 모여들었고, 순식간에 단배추는 매진되었다. 특히 알타리무(총각무)와 시금치 등은 폐기처분을 하듯 헐값에 팔아치우는 일이 많았다. 판다기보다는 거저 주었다고 하는 게 맞을 것 같다. 아무튼 애물단지로 전락한, 시들거나 상하기 일보 직전의 채소를 모두 처분하고 나면 앓던 이가 빠진 듯 속이 시원했다.

S마트에서 채소와 과일 코너는 계륵과도 같은 존재였다. 채소와 과일은 정과장이 구매 담당으로 매일 새벽, 청과시장에 가서 직접 고른 과일과 채소를 차로 싣고 왔다.

채소와 과일은 생물이기에 수요와 공급을 잘 맞추지 않으면 안 되었다. 팔리지 않고 재고로 남은 채소나 과일은 눈에 띄게 선도가 떨어져서 보고 있자면 애가 바짝바짝 탔다. 특히 딸기는 '선도'에 있어서 너무나 정직한 과일이었다. 고객들은 시든 채소와 과일을 귀신같이 정확하게 분간했다.

매일 13시간씩 서서 일을 하는 것도 고되고 힘들었다. 적당히 쉬어가면서 해도 되련만, 내 천성이 이를 용납하지 않았다. 늦게까지 마트 일에 매달리다보니 개인적인 여가를 가질 수 없는 것도 아쉬웠다.

먼저 조군이 보름을 버티지 못하고 그만두었다. 그는 일이 고된 것은 차치하고, 인격적인 대우를 받지 못하는 것이 견딜 수 없다고 내게 하소연했다. 몸살감기를 심하게 앓게 되어 일과시간 중에 잠깐 병원에 다녀오겠다고 했더니 면박을 주더라는 것이다.

나는 "조금만 더 견뎌보자."고 권유했으나 조군은 "일하고 싶은 마음이 싹 가셨다."며 뒤도 돌아보지 않고 나가버렸다. 나 역시 나이 어린 간부들로부터 걸핏하면 타박을 받고, 욕을 먹는 형편이었다. 혈기왕성한 그들의 젊음과 용기가 부럽다는 생각마저 들었다.

그로부터 며칠 후, 채소·과일 구매 담당자 정 과장도 회사를 그만두었다. 그가 전격적으로 사퇴하게 된 건 나와도 관련이 있다.

어느 날 오후, 그가 퇴근한 뒤 사건이 발생했다. 내가 채소 코너를 맡고 있을 때였다. 한 고객이 채소 몇 가지를 사고 계산을 하다가 상한 오이를 뒤늦게 발견했다. 반품하면서 큰소리로 불평을 늘어놓고 있는데 마침 사장이 그 광경을 목격하게 된 것이다. 사장은 진열대로와 직접 상품들을 점검했다. 그 과정에서 시들고, 상하기 직전인 채소와 과일들을 상당수 골라냈다. 그리고 연이어 쓰레기통에 처박혀 있는 상한 과일과 채소들을 목격하고는 이렇게 탄식했다.

"구렁이알 같은 돈이 버려져 있구나!"

사장은 그 자리에서 담당 이사로 하여금 과일과 채소의 구매 및 판매를 직접 관장토록 지시했다. 나 또한 평소 팔리지 않고 버려지는 과일과 채소 때문에 속을 끓이는 형편이었다. 오해가 있을까봐 담당자인 정 과장에게 "과일과 채소는 특히 수요를 잘 맞춰야 하는데, 그게 말처럼 쉬운 일이 아니죠?" 하고 완곡하게 내 의견을 표현하곤 했다.

그러면 정 과장은 "채소나 과일은 여차하면 손해를 보는 품목인데, 고객들이 많이 찾으니 안 들여놓을 수도 없고 입장이 참 곤란합니다." 하고 고충을 토로했다.

나는 궁리 끝에 두툼한 '보고서'를 만들어 총무이사에게 제출했다. '매출신장 기획(안)'이라는 제목의 이 보고서에서 나는 경영 목표를 '고객 중심, 사원 중심, 이익의 극대화'로 설정하고, 고객에게 감동을 주는 마트로써 모든 걸 고객의 입장에서 출발하며, 고객의 눈높이에 맞춰 고객의 요구를 즉각적으로 반영해야 한다고 적시했다. 또한 직원은 마트의 얼굴이자 생산(매출)을 높이는 근원이므로 긍지와 자부심을 갖도록 하는 환경 조성이 선행돼야 하고, 직원은 마트의 주인이라는 정신으로 정직하고 성실하게 복무하며 창의적이고 자발적인 업무 수행에 노력할 것을 강조했다.

나는 마트가 위치한 지역적 특성으로, '서민 밀집지역, 재래시장 의존형, 새로운 상권 형성의 가능성' 등을 적시했다. 부산시 가운데 이 지역은 '변방'에 속하면서 서민 밀집지역이라 할 수 있고, 이로 인해 1인 구매력은 '소품종 소액 위주'라고 분석했다. S마트가 판매중인 유제품의 경우 고가품인 P사의 유제품이 재고가 많은 것을 예로 들었다.

특히 지역민들은 전통적 재래시장인 G시장에 대한 인식과 인지도가 높은 편이었다. 따라서 공산품을 제외한 채소류와 과일, 정육 및 생선 등 식료품은 G시장 이용자가 많고, 가격 등을 G시장과 비교하는 실정이므로 이에 대한 대책이 필요하다는 의견을 제시했다.

현재 마트에서 멀지 않은 곳에 지하상가가 형성 중이고, 도시계획 차원에서 이 일대 지역이 새롭게 정비되는 등 상권이 살아날 전망이어서 주민들의 기대심리가 큰 편이라는 것도 밝혔다. 이는 내가 출퇴근 시간에 지하상가 조성현장을 확인하고, 부산시의 '도시정비 계획'에 관한 정보를 접하는 등 나름대로 치밀한 조사를 한 결과였다.

최근 들어 가족 형태에 따라 소비성향도 바뀌어 큰 묶음보다는 '소형화(소포장)' 추세라는 점을 강조했다. 고물가 시대를 반영한 때문인지 미니상품이 잘 나가고, 합리적인 소비 바람으로 소형 케이크나 반으로 자른 수박 등 작은 단위의 상품이 인기를 끌고 있다고 구체적으로 밝혔다.

경영 전략으로서는 조회(아침 미팅)와 퇴근 전 미팅이 생활화되어야 한다고 강조했다. 보고가 그때그때 제대로 이루어져야 간부와 직원의 소통과 원활한 마트 운영이 가능하다고 생각한 것이다.

마지막으로 채소와 과일 구매 전략회의의 필요성을 언급했다.

'사장(또는 이사)과 채소·과일 구매 담당자는 매일 회합을 갖고 당일의 판매동향과 재고 등을 파악하여 다음날 판매할 물품과 수량을 의논한다. 사장 등 경영인이 최종 판단하여 구매 품목과 수량을 결재하고, 상품성이 떨어져 폐기처분하는 물량에 대해서도 정확한 보고가 필요하다.'

며칠간 밤을 새워가며 컴퓨터로 작성한 문서를 받아들며 총무이사는 고맙다고 건성으로 인사했다. 그리곤 대충 훑어보는 시늉만 했다. 나는 그들이 나의 기획안을 어떻게 평가하고 수용하는지 크게 관심을 갖지 않았다. 보고서를 작성한 것으로 나의 소임은 끝났다고 생각했다.

짐작대로 총무이사를 비롯한 간부들은 나의 보고서를 대수롭지 않게 여겼다. 보고서가 책상 위에 그대로 내팽개쳐져 있었기 때문이다. 그런데 점장과 정 과장의 안색이 안 좋았다. 염려한 부분이지만 사실 그들에게 이 문서는 뼈아픈 것이었다. 나는 매장을 지나다가 그들이 이 보고서를 언급하며 기분나빠 하는 광경을 우연히 목격했다.

정 과장이 전격적으로 사퇴의사를 밝혔다. 그리고 사표는 즉각 수리되었다. 까마귀 날자 배 떨어진다더니…. 나는 무척 당혹스러웠다.

정 과장이 마트를 총총히 빠져나가는 모습을 보며 가슴이 짠했다. 그리고 미안한 마음을 가눌 길이 없었다. 또 한 사람의 아버지가 거리로 내몰린 것이다. 채소와 과일 코너 운영에 문제가 있었던 것은 사실이지만, 담당자가 책임을 져야 할 일은 아니었다. 분명히 해결책이 있을 것이고, 그 해결책을 만들어 보자는 게 보고서를 쓴 의도였는데…. 내 인생은 왜 이리 꼬이기만 하는 것일까? 탄식이 절로 나왔다.

조군이 나가도, 정 과장이 그만두어도 인원은 보충되지 않았다. 그들이 하던 일은 내가 거의 도맡았다. 정 과장이 하던 새벽시장 보기는 영업이사가 담당했다.

한 달이 지났다. 아침에 출근하니 총무이사가 나를 불러 앉혔다. 그리고 조심스럽게 입을 열었다.

"반장님 월급은 우선 120만 원으로 책정했습니다."

그러면서 나의 눈치를 살폈다. 오픈 첫 달 적자가 1억 원에 육박하는 상황이라 어쩔 수 없다는 것이었다. 자리가 잡히면 월급을 올려주겠다고 했다.

나는 너무도 당혹스러웠다. 200만 원을 받아도 부족할 정도로 엄청난 노동량이었다. 세상에 태어나서 이렇게 열심히 몸이 부서져라 일해 본 경험은 처음이라고 해도 과언이 아니었다.

눈앞이 캄캄해 왔다. 당초 근로계약을 제대로 맺지 않은 게 실수였다. 사장이 알아서 월급을 주겠다고 했을 때, '중국집 배달원도 180만 원을 받는다던데 그 정도는 주겠지!' 하고 속편하게 생각하고 제멋대로 기대했다. 일이 손에 잡히지 않아서 무거운 마음으로 남은 일과를 마치고 퇴근했다.

다음날, 출근해서 자동입출금기에 통장을 찍어보니 정확하게 120만 원이 입금돼 있었다. 참담했다.

점심을 먹고 나서 총무이사를 만나 그만두겠다고 말했다. 총무이사는 짐작하고 있었다는 얼굴로 "마트가 워낙 안 돼 기대만큼 대우 해주지 못해 미안합니다!"라고 한마디 했다. 내가 오후 7시까지만 일하고, 퇴근하겠다고 하자 선선한 얼굴로 그러라고 했다.

그만두겠다는 말을 하고 나니 시원섭섭했다. 붙잡지 않는 것도 한편으로 생각하면 다행이었다. 사람의 착각은 도대체 어디까지일까?

'내가 이렇게 열심히 일하니 내가 없으면 이곳(혹은 이 사람)은 무척 곤란해질 것이다!'

그러나 그것은 내 생각이었다. 내가 없어져도 세상은 눈 하나 깜짝하지 않는 게 현실이었다. 마지막 순간까지 해야 할 일을 끝내고 구내식당에서 저녁식사를 했다. 그리고 사장에게 하직인사를 하고는 마트를 나왔다.

5. 아버지는 지금 바다로 간다

아버지는 지금 바다로 간다.

둘째와 막내에게 문자를 보내고 바로 핸드폰 전원을 껐다. 메시지를 받은 아이들이 전화를 걸어올지도 모르고, 통화를 하다보면 구구한 말들이 쏟아져 나올 것 같았기 때문이다. 큰아이는 군대에 있어 소식을 전할 수도 없었다. 하는 일마다 족족 실패를 맛보니 더 이상 세상을 살고 싶은 생각이 없었다. 생각하면 수치스러웠다. 혼자서 희망을 품었다가 속고 번번이 배신당하는 현실이…. 그런데 또 어떻게 생각해 보면 스스로가 자초한 부분도 있었다.

내가 바다를 선택한 것은 살기 위한 의지였다. 사랑하는 아이들에게 더 이상 부끄러운 아버지의 모습을 보여주고 싶지 않았다. 땅은 더이상 나를 받아주지도 품어주지도 못했다. 땅은 나를 밀어냈다. 그래서 나는 바다로 떠났다. '모든 인간관계의 핵심요소는 아버지'라는,

그 비슷한 제목의 책도 있다. 아이들에게 아버지는 그렇게나 중요한 존재다. 그런데 나는 내 아이들에게 어떤 아버지였던가?

흔들리는 배의 갑판에 중심을 잡고 서서 하늘을 우러러 보았다. 하늘은 에메랄드 빛이었고 얼굴을 스치는 바람은 상쾌했다. 바다의 짙은 향기가 사방에서 나를 에워쌌다. 그러나 내게 '바다의 낭만'을 즐기고 있을 여유는 없었다.

KY 07호는 200톤급의 어선이다. 더 자세하게 설명하자면 똑같은 배 두 척이 짝을 이루어 연근해에서 어로작업을 하는 쌍끌이 저인망 어선이다. 연근해라곤 하지만 멀리 동지나해까지 진출한다고 들었다.

내가 타고 있는 KY 07호는 1호선으로 수석 선장이 키를 잡고 있고, 그는 이 선단의 총책임자였다. KY 07호에는 나 이외에도 한 명의 선원이 있다. 성이 배씨인, 서른여섯 살의 청년이었다. 선원 생활 초짜인 나와는 달리 그는 경험이 풍부했다. 사람들은 그를 '배 반장'이라고 불렀다.

바다는 나에게 새로운 세상이었다. 이제부터는 바다 위에서 새로운 사람들과, 전혀 새로운 일에 적응하는 것이 급선무였다. 내가 무슨 일을 어떻게 해야 하는지 가르쳐주는 사람은 아무도 없었다. 함께 승선한 사람들이 누구며 직책은 무엇인지 소개해주거나 인사 시켜주는 사람도 없었다. 그래서 인사를 나눈 배 반장의 뒤통수만 내 시선은 줄기차게 좇았다. 그는 나의 시선을 외면했다. 아이들에게 문자를 보내 놓고 뱃전에 기대어 모처럼 시 한 편을 떠올리고 있던 나는 배 반장을 따라 황급히 선실로 들어갔다. 그는 자기 침상을 먼저 정하고 내게 맞은편 침상을 사용하라고 가리켰다. 간신히 들어가 새우처럼 몸을 굽히고 잠만 잘 수 있는 공간이었다. 음습했고, 퀴퀴한 냄새가 풍겼다. 매트리스를 들춰보니 물이 흥건히 젖어 있었다.

컨설팅 회사(말이 좋아 컨설팅 회사지 소개소 같은 곳)에서 받아온 큼지막한 가방에는 매트리스와 얇은 이불 한 장이 들어 있었다. 매트리스를 꺼내어 기존의 매트리스 위에 겹쳐 깔았다. 매트리스 천은 면이 아니고 화학섬유였다. 면이면 어떻고 나일론이면 또 어떤가? 솔직히 그런 것을 따질 처지는 아니었다. 가방에는 셔츠와 같은 속옷 몇 벌과 작업복, 면장갑과 양말, 우의와 장화, 슬리퍼 등 잡다한 생활용품이 빼곡히 들어 있었다. 한눈에도 싸구려 같았지만 이 일자리를 소개한 컨설팅 회사 담당자는 나를 위해 준비한 옷과 용품 가격이 35만 원이라고 했다. 첫 월급에서 공제되는데 적어도 열흘 이상은 일해야 그 돈이 나온다는 것이다. 일찍 하선하게 되면 모자란 만큼의 돈을 물어내야 한다는 것! 침상 안쪽에 만들어진 조그마한 수납장에 나는 집에서 가져온 배낭과 이들 물품을 대강 쑤셔 넣었다.

짐을 정리하고 바로 선실 청소를 했다. 1년이 넘도록 청소하지 않은 것처럼 더러웠다. 빗자루가 따로 있는 것도 아니어서 헌 수건으로 먼지와 쓰레기를 훔쳐내었다. 수건은 순식간에 시커먼 걸레로 변했다.

청소를 마치고 식당으로 나왔더니 배 반장이 "수고했습니다!" 인사를 건넸다. 나보고 쉬라고 했지만 신참이 어찌 그런 안락을 누리겠는가. 식탁에는 배 반장을 비롯한 몇 사람이 앉아 담소를 나누고 있었다.

"잘 부탁합니다. 열심히 하겠습니다."

그들은 나에게 앉으라고 권했다. 의자라고 해야 나무판때기로 된 긴 걸상이었다. 그들의 최대 관심사는 내 나이였다.

"나이가 어떻게 되능교?"

"쉰셋입니다."

"아따~ 그런데 그리 나이가 많이 들어 보이능교?"

"다들 그렇게 봅니다."

나는 시치미를 딱 떼었다. 이곳으로 오기 전 소개한 회사 관계자로부터 "누가 나이를 물으면 쉰셋이라고 하세요!" 하는 당부를 들었기 때문이다. 그만큼 한 살이라도 많은 나이는 취업에 장애요소였고, 중요한 잣대로 작용했다. 실제 나이에서 일곱 살이나 줄여 말했음에도 선원들은 내 나이가 많은 것이 매우 못마땅하다는 눈치였다.

"일이 힘든데 할 수 있겠능교?"

소설가 이외수처럼 머리를 묶어 꽁지를 등 뒤로 기다랗게 늘어뜨린 사람이 비꼬듯 물었다.

"뱃일이 힘들다는 것은 알고 있습니다만, 열심히 하겠습니다."

나의 다짐에도 그들은 반신반의하는 눈치였다.

"이전에 예순 먹은 아저씨가 왔는데요, 하루도 못하고 욕만 실컷 얻어먹고 돌아갔어요."

"나는 아직 쉰셋밖에 안 됐는데요, 뭐."

내가 거듭 '쉰셋'을 강조하자 그들은 "이제 한창 일할 나이지요." 하면서도 마치 내 실제 나이를 아는 것처럼 '예순 먹은 아저씨' 이야기를 꺼냈다. 겁이 났다. 내 나이는 실제 만 59세인데 주민등록상의 나이는 세 살 적어서 지금껏 나는 원래의 나이보다 세 살 어리게 살아왔다.

그들이 다음으로 관심을 보인 건 멀미였다.

"배멀미는 안 합니꺼?"

"배를 오래 타보지 않아서 잘 모르겠습니다만 지금으로 봐선 심하게 할 것 같지 않습니다."

"멀미하면 반 죽습니다. 그래도 많이 묵고 정신 차리야 됩니다. 많이 묵고 견뎌내야지, 그렇지 않으면 일 몬합니더."

그들은 내가 일을 제대로 해낼 수 있을지 계속해서 의구심을 표했다. 체격과 외모로 보아 뱃일을 제대로 해낼 것 같지 않은데다, 멀미까지 한다면 일은커녕 오히려 짐이 되지 않을까 걱정이 되나 보았다.

배멀미라면 나 자신도 알 수 없는 일이었다. 예전에 세미나 참석차 제주도에 배편으로 간 적이 있었다. 그때 멀미를 한 기억은 없지만 이 배는 호화여객선이 아니라서 어떻게 될지는 나도 몰랐다.

바다로 떠나기로 하고 컨설팅 회사를 찾은 건 쫓겨나다시피 마트 일을 그만둔 뒤 육지에서는 내가 할 수 있는 일이 없다는 결론을 내렸기 때문이다. 일을 그만두겠다고 한 것은 분명히 나였지만 어쩐지 쫓겨난 기분이 들었다.

퇴직금으로도 다 못 갚은 금융권의 빚이 하루하루 내 목을 옥죄어 왔다. 대출금과 신용카드 현금서비스 등으로 진 빚의 이자 미납 독촉

전화에 나는 신경쇠약에 걸리기 직전이었다. 그 지긋지긋한 독촉전화에서 잠시나마 몸을 피하고 싶었다.

'배를 타면 어떨까?' 하는 생각이 뇌리를 스쳤다. 생활정보지 등을 보고 찾은 곳이 부산역 부근의 H선박 컨설팅 회사. 더 알아보고 자시고 할 것도 없이 나는 곧바로 승선계약서에 서명했다. 월급은 96만 원, 4대 보험이 적용되고 어로 수익금의 5%를 받는 조건이었다. 실적급(어로 수익금)은 6개월 이상 승선 조업을 해야만 받을 수 있다고 담당자는 못박았다.

6개월간 배 한 척이 3억 원의 이익금을 낼 경우 1,500만 원의 모갯돈을 받을 수 있다는 얘기였다. 6개월 동안 내가 받는 월급이 576만 원이니까 실적급 1500만 원을 합치면 총 소득은 2,000만 원이 넘는 셈이었다. 그들이 생활정보지에 낸 광고에서 연봉을 3,000만~4,000만 원이라고 밝힌 게 터무니없는 거짓말은 아니었던 것이다.

승선 수속을 마치고 대기실에 잠시 머물렀다. 나 이외에 40대 초반의 구씨라는 사내와 한 청년이 함께 대기하며 시간을 보냈다.

담당자가 저녁식사를 주면서, "여수에서 배를 타는데, 저녁 9시께 사람이 데리러 올 겁니다!"라고 말했다. 나는 밥을 먹고 나서 무료한 나머지 방안에 있는 무협지를 읽었다. 책장엔 다양한 무협지가 여러 질 꽂혀 있었다. 데리러 온다는 사람이 사정이 생겨 오지 못하게 됐다고 담당자가 전했다. 나는 총 24권짜리 무협지를 절반 정도 읽고 잠자리에 들었다.

아침에 일어나 세수하고, 구씨와 함께 인근 식당으로 갔다. 그는 해장국을 시키고 소주도 한 병 주문했다. 그가 내게 술을 한잔 따라 주었으나 나는 마시지 않았다. 술을 좋아하는 편이지만 중요한 일을 앞두고 아침부터 술을 마실 생각은 나지 않았다.

구씨는 초조감을 술로 달래는 것 같았다. 무엇이 두 아이의 아버지 인 그를 이렇게 만들었을까?

낮 12시에야 우리를 데리러 사람이 왔다. 밴을 몰고 온 운전자는 40대 초반으로 보였는데 이 바닥의 거친 냄새가 물씬 풍겼다. 그는 고속도로에 진입하더니 시속 160킬로미터를 넘나드는 속력으로 차를 몰았다. 운전자는 선원 운송을 탕뛰기로 도맡고 있었다.

"어젯밤 밤을 새워 선원을 실어다 주고 눈도 붙여보지 못하고 곧바로 왔다 아입니꺼."

그는 자랑스럽게 하는 말인데 나는 더욱 마음이 초조하고 불안해졌다. 자칫 졸음운전이라도 하지 않을까 걱정이 되어서였다. 그러나 나는 아무런 참견도 하지 않고 손잡이만 꽉 붙잡았다. 모든 걸 운명에 맡겼다.

나는 두 건의 교통상해보험에 가입돼 있었다. 이 나이에 교통사고를 당하는 건 생각해 보면 그리 무서운 일이 아니었다. 내가 교통사고로 죽게 되면 아이들은 2억 원이 넘는 보상금을 받을 수 있는 것이다. 보상금으로 아비의 빚을 모두 갚고도 아이들은 얼마간의 돈을 상속받을 수 있을 것이었다.

나는 배를 타기로 결심한 뒤 아이들에게 유언을 남겼다. 유언장에 보험증권 번호와 수령방법 등을 소상히 적어 두었다. 어떻게 생각하면 나는 여러 가지 형태의 죽음 중에 교통사고에 의한 죽음을 원하는 것 같았다. 이유는 간단하다. 그 모두는 내 아이들을 위함이 아니겠는가.

그렇게 곡예운전을 했음에도 우리는 무사히 여수에 도착했다. 세 시간이 조금 넘게 걸렸다. 광양시와 여수 시내를 통과할 때 도로가 막혔기 때문이었다.

여수에 우리를 내려 준 운전자는 큼지막한 가방을 건네주었다. 컨설팅 회사 담당자가 말했던 선상용품이 든 가방이었다. 집에서 가져간 배낭을 등에 짊어진 채 묵직한 가방을 받아들고 나는 일러준 배에 올랐다.

다른 선원들을 보니 선실 침상에서 잠을 자거나 식탁에 모여 앉아 잡담을 하고 있었다. 선실 청소를 마치고 나니 나는 할 일이 없었다. 배 반장은 내게 잠을 자두라고 했다. 대낮에 잠을 자라니…. 나는 그 의미도 알지 못한 채 속으로 '잠이 와야 잠을 자지!' 하고 생각했다. 나는 다시 갑판으로 나왔다. 배는 바다 깊숙이 들어가고 있었지만, 눈 가까이 보이는 것은 크고 작은 섬들이었다. 다도해, 배는 바야흐로 그 아름다운 절경 다도해를 헤쳐가고 있었다. 생각지도 못한 아름다운 풍광 앞에 가슴이 부풀어 올랐다.

물결은 잔잔했고, 하늘은 여전히 푸르렀다. 따가운 햇살도 나쁘지 않았으며, 살갗을 살짝 건드리고 달려가는 바닷바람은 의외로 상쾌했다. 뱃전에 기대어 나는 기대했던 것보다 훨씬 멋진 바다의 정취를 만끽하고 있었다. 내 인생에 앞으로 어떤 일이 기다리고 있을지 알 수도 없었고 알고 싶지도 않았다. 단 한 가지 바라는 것이 있다면 아이들이 건강하게 탈 없이 지내는 것과 군복무 중인 맏이의 무사 만기 제대였다.

아이들을 생각하면 언제나 가슴이 뻐근했다. 못난 부모 만나서 살뜰한 보살핌도 받지 못하고 어린 나이에 제힘으로 살아가는 법부터 배운 아이들. 공부도 스스로 해서 좋은 대학에 들어가고 학비나 생활비도 스스로 마련하려 노력하며 부모 원망할 줄도 모르는 착한 아이들! 녀석들을 생각하면 살아야겠다는 강한 의욕이 솟구쳤다.

출항한 지 두어 시간쯤 지났을까? 멀리 한라산 봉우리가 눈에 들어왔다. '제주도 근해인가 보다!' 생각하고 있을 때 벨이 요란하게 울렸다. 선원들이 일제히 바삐 움직이는지라 영문을 모르는 나도 바쁘게 보조를 맞추었다. 배반장에게 물으니 그물 내릴 준비를 한다고 했다. 아무것도 모르는 나는 배반장 곁에서 그가 하는 대로 따라 하기만 했다.

선원들은 선장을 제외하고 모두 9명이었다. 선장 외에 항해사가 있었고, 기관장과 기관사 각 한 명, 갑판장 한 명과 나를 비롯한 갑판원이 네 명이었다. 여기에 선원들의 식사를 책임지는 조리사가 한 명 있었다. 항해사는 선장을 도와 배 전체를 컨트롤하는 중요한 역할을 맡고 있었다. 해도를 읽어 항로를 찾고, 통신을 하고, 어군을 탐지하는 일 등이 바로 그것이었다.

기관장과 조리사 역시 어로작업에서 제외되었다. 역시 내세울 수 있는 전문 기능을 갖춘 사람은 육지에서나 바다에서나 궂은일을 하지 않고 자신의 일에만 매진할 수 있는 자격이 부여되는가 보다.

그물을 내리거나 올리는 일이 갑판원의 주요 임무였다. 갑판장 밑에 배 반장이 있었고, 중국인 두 명과 나도 있었다. 기관사는 기관장을 도우면서, 실제론 우리와 함께 어로작업을 했다. 기관장도 가끔은 고기상자 밴딩 작업을 할 때 일이 너무 많으면 거들었다.

40대 후반쯤 돼 보이는 갑판장은 이 바닥 통인 듯했다. 작가 이외수를 닮은 그는 소설가보다 더 긴 머리카락을 질끈 묶어 등 뒤로 길게 늘어뜨리고 있었다. 바짝 마른 체구도 비슷했다. 갑판원으로 승선한 나는 바로 그의 직속 부하였다. 모든 것을 그의 지시에 따라 움직이면 되었다. 예나 지금이나 나는 일 자체보다 사람의 비위를 맞추는 것이 어려웠다. 나는 그의 눈 밖에 나지 않기 위해 주의를 기울였다.

조리사 역시 이 바닥 통인지 닳을 대로 닳은 사람으로 보였다. 그는 막 잡아 올린 생선으로 굵직굵직하게 회를 떠주거나 매운탕을 맛있게 끓였다. 음식솜씨는 괜찮은데 위생관념이 투철하지 못했다. 하기야, 여기가 크루즈 여행을 하는 호화요트도 아닌데 식기를 열탕소독하고 행주를 삶아 빨아 하얗게 말리고 있겠는가! 아무튼 처음에 나는 식사시간이 고역이었다. 수저는 늘 기름기로 미끌미끌 했고 그릇도 불결해 보였다.

어느 날 선장이 이를 지적하여 "설거지 좀 제대로 하지 못합니까!" 하고 핀잔을 주었을 때 속이 다 후련했다. 그가 만드는 음식도 사실 내 입맛에는 맞지 않았다. 하지만 어쩌겠는가! 살아남기 위해선 입맛이 없어도 꾸역꾸역 먹어야만 했다.

조리사는 무뚝뚝한 외모와 달리 보기보다 인정이 있는 편이었다. 나이 많은 내가 신경 쓰이는지 맛이 없어도 건강을 생각하고 먹어야 한다며 이것저것 잘 챙겨주는 편이었다. 무슨 엄청난 모의를 하는 사람처럼 눈을 찡긋대며 다른 선원들 몰래 종이컵에 따른 소주를 건넬 때는 귀염성도 보였다.

뒤에 알게 된 일이지만, 갑판원 등 승선 정원은 13명 이상이 되어야 했다. 그러나 선원 희망자가 절대적으로 부족한데다, 기존 선원들도 인원이 늘어나는 것을 원치 않아 정원을 채우지 않고도 출항했다. '실적급'이라논 임금체계가 그들로 하여금 높은 강도의 노동을 감내할 수 있게 만들고 있었다. 일은 힘들지만 고기를 잡아 얻은 수익을 13명이 나누는 것보단 10명이 나누는 것이 더 반갑지 않겠는가!

생각지도 않게 뱃사람이 되어 배에 오르고 보니 오래 전 일본에서 출간되었던 고바야시 다키지의 소설 《게공선》이 생각났다. 바다 위게 통조림공장 〈게공선〉의 참혹한 노동현장 이야기로 글 첫머리가 "어이, 지옥으로 가는 거야!"였다. 똥통 같은 숙소와 가혹한 폭력이 행해지던 캄차카 바다 위의 아귀 같은 노동자들과 그 끔찍한 노동현장을 떠올리니 지금 내가 탄 배는 양반이라는 생각이 들었다. 살다보면 이런 식의 위로도 필요한 법이다.

선원 10명 가운데 배 반장과 나, 조리사는 이번 항차에서 KY 07호를 처음 탄 사람이었고 나머지는 쭉 함께 일을 해온 것 같았다. 중국인 가운데 유씨는 30대 후반이었고, 조씨는 30대 초반이었다. 그들은 같은 고향 출신으로, 이 일을 한 지 1년이 다 되어간다고 했다. 그들은 고국에 처자식을 두고 한국으로 와 배를 타고 있었다. 국적은 다르지만 그들도 누군가의 아버지였던 것이다.

선장과 기관장, 항해사와 조리사 등 네 명을 제외하고 나를 포함한 여섯 명이 갑판 양쪽으로 갈라서서 그물 내리는 일을 했다. 나는 선미쪽이 아닌, 그물이 감긴 대형 롤 바로 곁에 서서 그물 내리는 것을 거들었다. 간단해 보였지만 세상에 쉬운 일은 하나도 없었다.

그물 맨 끝에는 잡힌 고기를 한데 모아 올리는 집어망集魚網이 있고, 거기에 그물이 이어져 있다. 그물코는 끝에서 안쪽으로 올수록 성글게 짜여 있고 그물은 마직 벼리로 연결돼 있다. 벼리는 배 가까이 올수록 굵고, 그것은 다시 지름 30mm가 넘는 철사동아줄(강삭)에 연결돼 있다. 이 철사동아줄의 한쪽 끝은 2호 선박인 KY 08호에 연결돼 있다. 두 척의 배가 이 그물을 끌고 가며 고기를 잡는다. 그래서 '쌍끌이 저인망'이라는 이름이 붙은 것이다.

'쌍끌이'라는 말은 간단하게 말해 '싹쓸이'를 의미한다. 쌍끌이 저인망은 닥치는 대로 노획해 어종의 씨를 말리는 어획방법이다. 몸집 작은 새우에서부터 대형 다랑어까지 크고 작은 고기가 가리지 않고 촘촘한 그물에 걸려들었다. 씨알이 굵은 것만 선별해 어창에 보관하고, 나머지는 바다에 돌려보내거나 사료용으로 상자에 담아 냉동시킨다. 사료용은 주로 양식장으로 간다고 했다.

정부 당국에서는 어족 보호를 위해 그물코를 규제하고 있다는데 쌍끌이 저인망 어획이 버젓이 행해지는 현실은 잘 이해가 되지 않았다. '그물코가 조금만 더 커도 새끼고기는 빠져나가 바다에서 자유롭게 지낼 수 있을 텐데!' 그물에 잔뜩 잡힌 새끼고기들을 보면 하루 종일 마음이 편치 않았다.

그물을 내릴 때도 문제였다. 그물의 특성상 서로 꼬이지 않게 여간 신경을 쓰지 않으면 안 되었다. 특히 축구공처럼 생긴 부이buoy를 매단 줄이 꼬이지 않고 바다로 잘 들어가는 것이 중요했다. 만약 꼬이게 되면 롤에 되감아 올려 바로잡아 다시 내리는 번거로운 작업을 해야만 했다. 부이가 그물을 적당히 떠있게 하는 역할을 하기 때문이었다.

그물과 부이는 일정한 속력을 유지하며 바다로 내려가기 때문에 최대한 빠르게 움직여야 했는데 어쩌다 부이가 엉키면 선장으로부터 욕사발을 얻어먹어야 했다.

선장은 조타실에서 확성기를 통해 투망投網(그물 내리기)과 양망揚網(그물 올리기) 작업을 지휘하고 통제한다. 그런데 나는 그 확성기 소리를 도무지 알아들을 수가 없었다. 특수한 용어가 많은 것도 아닌데 부글부글 끓는 듯한 확성기 소리와 끝이 흐린 선장의 어투는 내 귀를 괴롭혔다.

선장에겐 경어나 존대어 같은 건 애초에 존재하지 않는 듯했다. 그물을 내리거나 올릴 때 조금이라도 지체되거나 잘못되면 그의 입에선 욕부터 터져 나왔다. 나이가 좀 많다고 해서 나도 예외는 아니었다. "씨발놈!"은 예사고, 여태껏 들어보지 못한 희한한 욕지거리를 원없이 들었다.

두 중국 선원은 한국말을 잘 알아듣지 못하면서도 영리하고 발 빠르게 움직여 선장으로부터 욕먹는 일이 드물었으니 다행이라는 생각이 들었다. 가족과 고향을 멀리 떠나 고된 일을 하는 외국인 노동자가 욕먹는 모습을 계속 보아야 한다면 힘들었을 것이다.

오후 7시께 투망 작업이 모두 끝났다. 처음 해본 작업이었는데도 불구하고 할 만했다. 저녁을 먹고 잠시 휴식을 취한 뒤 어창魚艙 청소를 했다. 오래 비워둔 뒤여서 결빙이 녹았는지 바닥엔 물이 흥건했다. 두 중국인 선원과 나, 세 사람이 역할을 나눴다. 한 사람은 통에 바닥의 물을 퍼 담고 또 한 사람이 그것을 받아 위로 올려주면 갑판 위에서 내가 그것을 받아 버렸다. 3인 1조로 나누어서 하니 청소는 30여분밖에 걸리지 않았다. 식당에 앉아 쉬고 있던 배 반장이 고생했다며 씻고 자라고 했다. 양치질을 하고 선실 내 침상에 누우려고 하는데 2층 침상에서 중국인 조씨가 비스듬히 누워 책을 읽고 있는 모습이 보였다. 얼핏 보니 중국 고등학교 국어 교과서인 듯했다. 독학으로 고교과정을 밟고 있는지도 몰랐다. 늘 밝은 얼굴로 열심히 일하는 그가 공부에도 뜻을 두고 있다니 더욱 기특하게 생각되었다.

그들은 한국말이 서툴고 나는 중국어를 모르니 우리는 가끔 한자로 필담을 나누었다. 그들의 성은 나이 많은 쪽이 유씨, 적은 쪽이 조씨였다. 유씨는 딸이 소학교에 다니고 있고, 조씨는 이제 돌이 지난 아들이 있다고 했다. 가족관계 등 신상에 대해 알게 되니 더욱 친근감이 들었다. 나는 가져간 작은 수첩에 시간대별로 일과를 기록하고, 눈을 붙여보려고 애썼으나 허사였다. 평소에도 나는 잠을 쉬 이루지 못하는 편이었다. 그러니 육지도 아니고 바다 위, 흔들리는 선실에서 바로 잠을 잔다는 건 기적에 가까웠다.

언제 잠이 들었는지 가수면 상태에서 요란하게 울리는 벨소리를 들었다. 시계를 보니 밤 11시. 자고 있던 선원들이 모두 일어나 갑판으로 집결했다. 이제 그물을 올려야 할 시각이었다.

선상의 일들은 대부분 벨소리에 따라 이루어진다. 벨소리를 식별할 수 있게 된 건 여러 날이 흐른 뒤였다.

"따르르릉~" 하고 길게 한 번 울리면 전원이 작업을 준비하라는 신호, "따릉 따릉" 짧게 두 번 울리면 기관장을 부르는 신호, 세 번 울리면 요리사를 부르는 신호였다. 갑판장을 부르는 신호도 따로 있었는데 나는 구분을 잘 하지 못해서 갑판장이 움직이면 덩달아 뛰쳐나가곤 했다.

그물을 올리려면 그물을 함께 끌고 있는 두 척의 배가 가까이 접근해야 한다. 2호선 갑판의 선원(주로 갑판장)이 가느다란 밧줄을 1호선 갑판 위로 던지면 1호선 갑판장이 이를 받아 선원들이 합심해서 이 밧줄을 끌어당기는 것이다. 밧줄 끝에는 철사동아줄이 매어져 있는데 밧줄이 올라오면 이를 롤에 연결돼 있는 강삭鋼索(와이어로프)에 연결하고, 2호선에서는 동아줄을 선체에 고정시켰던 앵커의 안전장치를 풀어준다. 이때 롤을 돌려 동아줄을 잡아당기면 본선(1호선)이 끄는 그물 한쪽과 합체되어 갑판 위로 올라오게 되는 것이다. 투망할 때의 반대 순서로 강삭과 벼리, 부이, 그물이 대형 롤에 감기게 된다.

이때 여간 조심하지 않으면 안 된다. 강삭과 그물벼리, 부이가 꼬이면 안 되고 질서정연하게 롤에 감겨야 하기 때문이다. 이때는 모두 힘을 합쳐 안간힘을 쓸 수밖에 없는데 잘못하면 강삭이나 그물에 손발이 말려들어 가기 때문이다. 한두 번 나의 손도 말려들어갈 뻔했다. 다행히 선장이 재빨리 기계를 멈추어 사고를 모면했다. 욕을 바가지로 먹어도 고맙기만 했던 아찔한 순간이다.

마지막으로 집어망이 선미를 통해 올라오면 선상의 크레인이 이를 매달아 올린다. 이때 갑판원이 집어망의 밑을 꿰매 놓은 노끈을 풀어주면 고기가 갑판 위로 쏟아지게 된다. 크레인 조작은 선장이나 항해사가 하고, 집어망 노끈을 푸는 일은 주로 중국인 유씨가 했다.

집어망이 열리면 선상에는 희비가 교차한다. 고가의 어종이 다량으로 들어 있으면 절로 신이 난다. 일손은 더욱 바빠지는데 피곤할 겨를이 없다. 그러나 돈이 되지 않는 잔챙이들만 그득 있으면 힘이 쑥 빠진다. 죽도록 일을 해봐야 소득이 없으니 그럴 수밖에 없다.

첫 작업결과는 성공적이었다. 사람 허벅지만큼 굵은 다랑어가 가득했던 것이다. 다랑어는 참다랑어, 가다랑어로 분류되는데 흔히 참치라고 부르는 생선이다. 참치는 엄밀히 '참다랑어(혼마구로)'를 의미한다. 참치캔에 들어있는 생선은 '가다랑어'로 참치류에 속하지만 유사 참치인 것이다. 시중 참치횟집에서 내놓는 참치는 대부분 가다랑어다. 참다랑어는 그만큼 귀하고 맛도 있다. 큰 놈은 몸길이가 3m, 몸무게는 500kg을 넘기도 한다. 등 쪽은 짙은 푸른색이고 중앙과 배 쪽은 은회색으로, 해수면 바로 아래에서 헤엄친다.

89

다랑어는 1년 중 4~6월에 잡힌 것이 가장 맛있다고 한다. 산란 직전이어서 살에 지방이 많기 때문이다. 참다랑어의 속살은 전체적으로 붉은색을 띤다. 살 전체가 흰색에 가까운 것은 참치가 아니라 황새치일 가능성이 높다.

참다랑어는 주로 낚시로만 잡는다. 잡은 즉시 영하 65도 이하에서 급속 냉동해야 횟감으로 쓸 수 있다. 가다랑어는 대개 그물로 잡는데, 영하 20도로 냉동해 통조림을 만들거나 횟감용으로 유통된다. 가다랑어 외에도 눈다랑어, 황다랑어 등이 넓은 의미에서 참치류에 속한다. 입이 뾰족한 황새치, 백새치 등 '새치류'는 참치류와 구별되는데 맛은 비슷하다. 일본에서 육수를 내는 데 많이 쓰는 '가쓰오부시'는 대표적인 천연조미료로 가다랑어를 가공한 것이다.

가다랑어나 참다랑어나 참치가 거기서 거기인 줄 알고 있던 나는 처음으로 보는 다랑어의 크기에 우선 압도당했다. 선별 작업을 해보니 다랑어가 20여 상자로 가장 많았고 오징어와 조기와 갈치 등이 각 10상자 내외였으며, 붉은새우도 네다섯 상자나 됐다. 이들은 선도를 유지하기 위해 급속냉동실에 저장된다. 씨알이 작은 것들은 삽으로 플라스틱 팬에 퍼 담아 일반 냉동창고로 직행한다. 상품성이 떨어지는 꽃게 등은 사료로도 쓸 수 없어 바다에 버려지는데 그 양이 매번 적지 않았다.

고기 선별작업도 중요한 일이었다. 고등어와 작은 가다랑어는 생긴 것이 비슷해서 같은 상자에 막 집어넣었다가 욕을 들었다. 선별작업은 갑판에서 쭈그리고 하는 일이라 오래 하다보면 허리가 끊어질

듯 아파왔다. 잠시 허리 좀 펴려고 몸을 일으키면 무릎이 아파서 휘청했는데 그럴 때마다 선장의 욕설이 쏟아졌다.

뭐니 뭐니 해도 분류한 생선상자를 들어서 옮기는 일이 제일 힘에 부쳤다. 40kg이 넘는 무게였고, 너무 무거워서 떨어트리기라도 하면 큰일이었기 때문이다. 상자를 냉동고에 넣는 일은 팀워크가 잘 짜져야 했다. 한 사람은 어창 위에서 창고 아래로 고기상자를 내려주고, 그 아래 어창에서 한 사람이 그것을 받았다. 그리고 또 다른 사람이 이를 가져다 냉동고 선반에 진열하는 것이다.

어창에 들어가는 사람은 한여름에도 방한복을 입고, 방한화를 신어야 했다. 나는 갑판에서 고기상자를 가져다 어창 위에 있는 사람에게 건네주는 일을 주로 했는데 늘 힘에 부쳤다.

냉동고에 들어가는 일은 두 중국 선원이 전담했다. 어창 위에서 상자를 내려주는 일은 배 반장이 맡았으므로 나는 타이밍에 맞춰 배 반장에게 고기 상자를 넘겨줘야 했는데, 그것이 쉽지 않았다. 나중에는 그 일을 갑판장과 기관사가 대신했고, 나는 갑판 멀리 떨어져 있는 사료용 고기상자를 가져오는 일을 주로 했다. 그것도 무거워서 번쩍번쩍 들지 못해 갈고리로 끌고 왔다. 그 일이 끝나면 나는 미안한 마음에 갑판청소를 도맡아 했다. 펌프로 대형 호스를 통해 품어 올린 바닷물을 갑판에 뿌리는데 깨끗이 씻겨나가는 갑판 바닥을 보면 내가 샤워를 한 듯 속이 시원했다. 새벽 3시 30분에 모든 일이 끝났다. 4시간이 넘게 걸린 고되고 고된 노역이었다. 손발을 씻고 잠자리에 들었으나 몸은 천근만근인데 잠이 오지 않아 뒤척였다. 비몽사몽간에 눈을 뜨니 6시를 지나 있었다. 양치질과 세수를 하고 갑판 여기저기 구석진 곳을 찾아 청소했다. 그리고 아침을 먹었다.

2호선 그물이 바다에 드리워져 있었다. 잠시 후면 2호선에서 그물을 올려 고기를 선별하고, 어창에 보관하는 작업을 하게 된다. 시간 맞춰 우리는 또 그물을 내려야 한다. 보아하니 일은 앞으로도 계속 그렇게 진행될 모양이었다. 피로가 확 몰려왔다. '밥벌이의 괴로움'이 이렇게도 고되고 또 고되다니 인간이란 얼마나 가여운 존재인가.

그물을 다시 내리기 전, 그물을 풀어 일일이 점검했다. 그물에 걸려 있는 고기를 털어내고, 터진 그물코를 꿰매야 했다. 그물을 꿰매는 일은 주로 갑판장이 했고, 중국인 선원도 함께 거들었다. 나는 노끈이 떨어지면 알맞게 잘라서 바늘에 감아주는 조수 역할만 했다.

윤동주 시인이 유명을 달리 하기 전 일본의 감옥 안에서 한 노역이 어망을 뜨는 작업이었다.

　　푸른 바다에 사는 물고기들아,
　　너희는 이 투망에 한 마리도 잡히지 말거라.

손연자의 동화집 《마사코의 질문》에서 가장 인상 깊었던 것이 바로 윤동주 시인이 감옥 안에서 어망을 짜다가 도로 풀어버리는 장면이었다. 그러나 나는 먹고살기 위해 시인처럼 그런 노래를 부를 수는 없었다. 오전 10시, 그물 손질을 다 하고 잠시 쉬었다가 다시 그물을 내렸다. 벌써 두 번째, 그만큼 요령이 생겼다. 정신없이 그물을 내리고 나서 사위를 둘러보니 말 그대로 망망대해, 그런데 얼마 전까지 아득히 보였던 한라산 봉우리가 온데간데 없어졌다. 배씨에게 물으니 배가 동지나해 가까이 왔다는 것이다.

6. 동지나해의 25시

투망을 끝낸 선원들은 모두 식당이나 선실로 들어갔다. 나는 갑판에서 출렁이는 바다를 바라다보았다. 어디가 바다고, 어디가 하늘인가! 바다 끝과 하늘 끝자락이 연한 빛으로 맞닿아 있었다. 바다와 하늘은 하나다. 천해일여天海一如인 것이다. 안과 밖, 끝과 시작, 빛과 그림자…… 이게 바로 '우주'가 아닌가 하는 생각이 들었다. 그 광대무변한 우주 한가운데 나 홀로 서 있는 그 시간은 고독하면서도 충만했다.

이 드넓은 우주에 내 운명은 지금 KY 07호에 맡겨져 있었다. 그러나 이 장면 또한 곧 지나가지 않겠는가! 지금 이 순간만큼은 생과 사가 아무런 의미를 갖지 못한다고 생각했다. 나는 그저 이 광대한 우주에 순하게 몸을 맡기고 앞으로 천천히 나아가면 그만인 것이다. 문득 천상병 시인의 시 〈크레이지 베가본드〉가 떠올랐다.

1.

오늘의 바람은 가고
내일의 바람이 불기 시작한다.

잘 가거라
오늘은 너무 시시하다.

뒷시궁창 쥐새끼 소리같이
내일의 바람이 불기 시작한다

2.

하늘을 안고,
바다를 품고,
한 모금 담배를 빤다

하늘을 안고,
바다를 품고,
한 모금 술을 마신다.

누군가 앉았다 간 자리
우물가, 꽁초토막

KY 07호에 함께 몸을 맡긴 열 명의 사내를 생각했다. 저들은 자신의 가족을 위해 험한 파도에 목숨을 내맡기고 있다. 사업에 실패해 쫓기는 신세이거나, 이혼을 하거나 가족에게 버림받고 갈 곳이 없거나 간에 그들은 모두 누군가의 아버지였다.

아이들은 '바다로 간다'는 아버지의 문자 메시지를 받고 얼마나 놀랐을까? 마음 약해질까 봐 휴대폰 전원도 *끄고* 먼 길을 떠나버렸으니, 아이들이 얼마나 걱정할 것인지 그제야 생각이 미쳤다. 그러나 지금은 전화를 걸고 싶어도 걸 수가 없다.

밥을 다 차렸다는 전갈이 와서 식당으로 갔다. 그래도 나를 챙겨주는 사람은 배 반장뿐이었다. 점심을 먹고 침상에 누워 쉬었다. 어지간히 피곤했던지 수마가 몰려왔다.

배에서는 따로 잠을 자는 시간이 정해져 있지 않았다. 식사시간도 따로 정해놓지 않았다. 투망이나 양망이 끝나면, 청소나 그물을 깁지 않으면 적당한 시간에 밥을 먹고 적당할 때 잠을 잤다. 저녁 12시에 밥을 먹기도 하고, 새벽 4시에 먹을 때도 있었다.

두 척의 배가 각기 그물을 내렸다가 올리는 시간은 대략 5~6시간의 인터벌을 갖는다. 이 시간에 잡아 올린 고기를 선별해 냉동고에 저장하고 그물을 손질하고 고기상자를 만들고 식사하고 잠을 청하는 것이다.

보통 하루에 두 번 고기를 잡아 올리는데 그 시각도 일정하지는 않았다. 오밤중이나 새벽에 그물을 내리거나 올리는 일도 많았다. 그러니 요령껏 휴식을 취하고 잠을 자야 했다. 밤낮의 구별이 없는 셈이다.

그러다 보니 세월 가는 걸 몰랐다. 오늘이 며칠인지 무슨 요일인지 한참을 생각하고 손가락을 꼽아봐야 했다. 하루에 잠을 두 번씩도 자고, 필요하면 한밤중에도 일어나 일을 하니 당연한 일이었다.

하루가 너무 긴 날도 있었고 정신없이 지나버리는 하루도 있었다.

동지나해로 이동한 후 한 첫 조업의 주 어종은 참조기였다. 나는 참조기가 그처럼 아름다운 고기인 줄 미처 몰랐다. 집어망集魚網을 풀었을 때 황금빛 고기가 쏟아져 나왔다. 갑판은 온통 황금빛이었다. 갓 잡아 올린 참조기는 일부를 제외하고는 순금색이었다. 그 빛깔과 자태에 감탄이 절로 나왔다.

참조기는 겨울에 난해暖海에서 월동한 뒤 곡우穀雨 전후에 떼를 지어 남쪽에서 서쪽으로 회유하며, 6월 하순에 산란한다. 그래서 5~6월에 잡힌 참조기가 가장 맛있다고 한다. 조기는 동해안에는 없고 서남해안에서만 난다. 조기는 여러 가지 방식으로 가공되어 독특한 맛을 내는데, 그 가운데 굴비가 가장 유명하다. 특히 영광굴비는 고려시대부터 그 명성을 떨쳤다고 한다.

〈난호어목지蘭湖漁牧志〉(조선 정조 때 서유구가 지은 '수산水産에 관한 책)는 '조기가 해족海族 가운데 가장 수가 많고 맛이 좋다'고 되어 있다. 여기서 조기는 참조기를 가리킨다. 참조기는 살이 연하고 맛이 좋아 가격도 비싸다. 일반 소비자들은 참조기와 부세, 보구치를 잘 구분하지 못하는 경우가 많은데 그래서인지 부세나 보구치에 노란 물감을 칠해 참조기로 속여 파는 일이 많다.

참조기의 산란장은 우리나라 서해안 일대와 중국 연안 해역으로 최근에는 중국 측의 남획이 도를 넘어 조기 씨가 마를까봐 걱정이라고 한다. 몸길이 30cm 정도면 3만~7만 개의 알을 낳는데 부화해 1년이 지나면 15cm 정도로 자라고 2년이면 24cm, 3년이면 30cm가 넘는다. 최고의 상품가치를 지니려면 적어도 30cm는 되어야 한다.

우리가 잡은 30여 상자의 참조기 가운데 30cm가 넘는 상품은 두세 상자에 불과하고, 20cm 정도의 하품이 대부분이었다. 하품에도 끼지 못하는 새끼 참조기가 수두룩했다. 그물에 걸리지 말았어야 할 새끼들이 무차별로 잡힌 것이다. 선별 하는 동안에도 '1년만 더 바다에서 살도록 할 수만 있다면…' 하는 안타까운 마음이 들었다. 소비자들의 선호도가 높다보니 조기잡이에 중점을 둘 수밖에 없었다.

선별작업을 끝내고 고기상자를 급속냉동고에 집어넣었다. 잡힌 고기는 참조기뿐 아니라 갈치와 오징어, 새우 등 다양했다. 때론 백상아리 같은 대형 고기도 잡혔다. 고등어와 같은 고기는 아무리 크고 좋아도 바다에 버려졌다. 조리사가 굽거나 조림을 해서 선원들의 식탁에 올릴 때도 있었다.

그물을 던졌다가 끌어올리는 단순작업이 계속되었다. 나는 투망과 양망이라는 주 업무 외에 때때로 갑판을 정리하거나, 선실을 청소하고 쓰레기통을 치웠다. 또 널빤지로 고기상자를 만들고, 부서진 상자를 보수하는 일을 도맡았다.

배가 동지나해 깊숙이 들어가자 보이는 건 오직 하늘과 바다뿐, 가끔은 멀리서 컨테이너를 싣고 유유히 떠가는 배가 장난감처럼 눈에 들어오기도 했다.

비가 아무리 퍼부어도 어로작업은 계속됐다. '갑빠'라고 부르는 비옷을 입고 일을 하면 얼마나 거추장스러운지 그런 고역이 따로 없었다. 비가 오지 않아도 양망작업을 하고 나면 온몸은 흠뻑 젖었다. 언제나 땀에 젖고 바닷물에 절어 살았다. 옷을 깨끗이 빨아서 말려 입을 여건이 되지 못하다 보니 작업복은 축축한 상태로 다시 입기 예사였다. 생선 비린내와 땀내와 바다의 소금냄새가 결합하여 이 세상에서 다시 맡아보지 못할 냄새가 코를 찔렀다.

선상 생활의 요령을 터득하면서 뱃일에도 그럭저럭 잘 적응해 갔다. 일기가 나쁘고 파고가 높으면 배가 심하게 요동쳤는데 그럴 때는 선실 침상에 처박혀 가만히 눈을 감고 있는 게 상책이었다. 멀미를 하지 않는다는 것은 무엇보다 큰 축복이었다. 침상에 누워 있으면 '흔들흔들' 배가 흔들리는 그 느낌이 좋았다. 마치 내가 요람에 누운 아기가 된 것 같았다. 배가 삐걱거리는 소리와 뱃전을 때리는 파도 소리가 음악처럼 들릴 때도 있었다. 그럴 때 귀에 거슬리는 것은 "통통 통통 통통 통통" 방정맞게 울려대는 기관의 엔진 소리였다. 시간이 흐를수록 엔진 소리조차 내가 살아있음을 알리는 심장 박동소리처럼 정겹게 들렸다.

요란한 벨소리에 잠이 깼다. 시계를 보니 새벽 3시, 옷을 작업복으로 바꾸어 입고 갑판으로 나갔다.

하늘엔 은하가 길게 흐르고, 눈썹 같은 하현달이 수평선 위에 떠 있었다. 파도는 잔잔했다. 동지나해와 같은 대양에서는 파도를 '너울'이라고 하는 편이 더 정확할 것이다. 너울너울~ 바다가 춤을 추는 것이다. 바다가 추는 그 춤사위에 따라 우리들 인간도 춤을 춘다. 서럽고 기쁜 삶의 춤을….

인간은 누구도 바다의 춤사위를 거스를 수 없다. 거대한 대양도 결국은 하늘의 뜻에 따라 춤을 춘다. 대양한가운데서, 일엽편주에 의지한 우리도 덩실덩실 춤을 춘다.

집어망이 선미를 타고 갑판으로 올라오면 내가 제일 먼저 하는 일은 갑판 가운데 펜스를 설치하는 것이었다. 배 한가운데 있는 어창 입구 쪽으로 고기가 쏟아져 들어오는 것을 막아 고기 선별을 용이하게 하려는 것이다. 철망으로 된 무거운 펜스는 양쪽에서 두 사람이 드는데, 양쪽 뱃전의 U자형 홈에 끼워 넣는 일은 익숙해질 만한데도 늘 힘들었다.

한 번은 펜스를 홈에 끼워 넣으려다 미끄러져 입술에 피가 난 적도 있다. 치아가 상하지 않은 것이 다행이었다. '으이그, 저 등신!' 하는 표정들을 뒤로 하고 식당으로 가서 휴지를 떼어 잠시 지혈하고 아무 일도 없었다는 듯이 다시 갑판으로 나와 일을 계속했다.

선별작업이 거의 끝나 가는데 수평선 너머로 하늘이 발갛게 물들고 있었다.

일출을 보게 되다니! 오밤중에 일을 하는 날도 많았지만 일출 현장을 딱맞닥뜨린 건 처음이었다. 어머니의 자궁 속과도 같은 어둠을 뚫고 선홍색 해가 냴름 고개를 내밀더니 껍질을 벗기고 조금씩 미끄러져 나오는 소시지처럼 조금씩 제 모습을 드러냈다. 신비롭고 장엄한 광경이었다. 나의 세 아들에게 보여주고 싶은 마음 간절했다.

고기 선별작업이 계속되었다. 잠깐 허리를 펴는 시늉을 하면서 나는 태양이 떠오르는 광경을 엿보았다. 그런데 천천히 떠오르는 것 같던 태양이 그 모습을 모두 드러내는 건 눈 깜짝할 사이의 일이었다.

어획량이 많아 작업시간이 평소보다 오래 걸렸다. 고기상자를 냉동고에 집어넣은 뒤 곧바로 그물을 내렸고 덕분에 아침밥은 오전 10시에야 먹을 수 있었다.

유독 일이 많은 날이 있다. 아침식사 후 커피 한잔 마시고 곧바로 작업을 시작해도 일이 끝도 없더니 마무리 짓지 못하고 잠자리에 드는 날도 있었다. 급속냉동고에서 고기상자를 꺼내 포장하는 일도 간단치는 않다. 모든 선원이 에스컬레이터처럼 일사불란하게 움직이는데 제일 먼저 냉동고에 들어가 고기상자를 꺼내는 일은 중국인 선원 유씨와 조씨가 했다. 방한복을 입고 고기상자를 모두 꺼낸 뒤 밖으로 나오면, 눈썹과 콧수염에 눈꽃이 피어 그들은 에스키모처럼 변해 있었다.

냉동고에서 나온 고기상자는 비닐로 싸고, 호치키스로 고정시켜 그 위에 고기 숫자와 등급을 매직펜으로 적는다. 등급은 마릿수로 결정되는데 호치키스 작업은 갑판장과 기관사가 했고, 매직펜으로 적는 일은 기관장이 맡았다. 포장된 상자를 내가 저장냉동고 입구에서 내려주면, 배 반장이 냉동고에 가지런히 쌓는 일을 했다. 철저한 분담으로 일이 진행되니 한 사람이라도 빠지면 작업이 순조롭지 못했다.

영하 40도를 유지하는 급속냉동고는 조타실 아래에 있었고, 영하 20도를 유지하고 있는 저장냉동고는 갑판 아래 있었다.

나는 급속냉동고 안에는 들어가 보지 못했다. 나이를 생각해서인지 선장부터 모두 나의 냉동고 출입을 말렸다. 하긴 급속냉동고도 아니고 저장냉동고에 들어가 일을 하다가 미끄러져 가벼운 찰과상을 입은 적도 있으니 안심할 수 없었을 것이다. 하지만 발에 맞는 방한화가 없어 일반 장화를 신고 들어갔다가 벌어진 일이니 꼭 내 탓이라고만 할 수는 없다.

냉동고 안의 작업은 미끄럽고 추운 것도 문제였지만, 꽁꽁 언 고기 상자가 너무 무거워서 배지기로 날랐다. 상자 한 쪽을 아랫배에 올려두고 나르는 방법이다.

특히 사료용 고기는 플라스틱 팬에 담아서 냉동한다. 냉동이 끝나면 이를 꺼내어 그대로 저장고에 쌓아 보관하는데 팬에서 꺼낼 때가 문제였다. 팬을 거꾸로 들어 바닥에 내동댕이쳐야 쑥 빠지는데 발등을 찧기라도 하면 흉기나 다름없었다.

작업이 끝나면 선원들은 거의 모두 각자의 침상으로 들어가 휴식을 취하거나 잠을 잤다. 목이 말라 물을 한잔 마시러 나왔더니 갑판장과 조리사가 마주앉아 술을 마시고 있었다. 조리사가 종이컵에 소주를 가득 따라 내게 건넸다. 나는 갑판장의 눈도 있고 하여 사양하였다.

"괜찮으니 한 잔 하이소."

갑판장이 거들었다. 나는 못 이긴 척 받아 단숨에 들이켰다. 꿀맛이었다. 소주가 이렇게 맛있는 술인 줄 처음 알았다. 독한 술을 마시고 나니 긴장이 풀리는 듯했다. 딱 한 잔 더 마시고 싶었지만 그들은 계속 자기들끼리 잔을 기울였다.

"영감, 배를 처음 탔다고 했능교?"

조리사가 기습질문을 해왔다. 그는 늘 나를 '영감'이라고 불렀다. 아마도 내 진짜 나이를 짐작하고 있는 것 같았다.

"난생 처음입니다."

"그런데 어찌 그리 일을 잘 하능교?"

부담스럽게 그가 나를 빤히 바라보았다.

"내가 뭐 잘하는 게 있어야지요! 생선박스 하나 제대로 못 드는데…."

"무거운 거는 젊은 놈들이 들면 되고요, 너무 무리하지 마이소."

"일손이 모자라는데 그럴 수 있습니까."

"선장도 말하길 뱃일을 처음 하는 것 같지 않다고 하던데요. 나도 그렇게 생각하고요." 갑판장도 한마디 거들었다.

"잘 봐주셔서 그렇겠지요."

일을 잘한다고 하니 웃음이 나왔다. 칭찬은 정말 고래도 춤추게 하는 것인지 모른다.

나는 정말 아무것도 모르는 상태에서 눈치껏 열심히 일했다. 그물을 내릴 때라든가 올릴 때 등 아무도 가르쳐주지 않아도 머리를 굴려서 알아서 위치를 잡곤 했다. 그물을 올릴 때는 와이어로프가 서로 꼬이지 않게 롤에 감고, 벼리와 그물에 걸려온 폐기물 쓰레기도 제일 먼저 달려들어 뜯어냈다. 선장은 그런 나의 모습을 유심히 지켜본 모양이었다. 그물을 내릴 때나 올릴 때 예민해져서 무차별적으로 욕설을 퍼붓긴 해도, 평소 나에겐 함부로 하지 않고 친절한 편이었다. 나이 많은 사람이 가리지 않고 궂은일을 도맡아 하는 모습에서, 조금은 호감을 품었는지도 모른다. 내가 마지막까지 남아 갑판 청소와 뒷정리를 하고 있으면 빨리 와서 밥을 먹으라고 재촉했다.

"병원도 없는데 몸 상하면 우짤라고! 고마 살살 좀 하이소."

이럴 때는 또 슬쩍 말을 올렸다. 사람들은 가까이서 오래오래 겪어 보지 않으면 그가 어떤 사람인지 알 수 없다. 하긴, 가까이서 오래오래 겪어도 당신이 어떤 사람인지, 선장이 어떤 사람인지 내가 어떻게 알겠는가! 내가 어떤 사람인지도 잘 모르는 판국에….

벌써 몇 번째인가? 이젠 투망이나 양망의 회수 같은 건 관심 밖이었다. 그물을 내리고 올리는 건 밥을 먹는 것처럼 자연스러운 일상이 되었다. 배는 그물을 내렸다가 올리고 다시 내려두면서 사위가 온통 바다뿐인 동지나해를 유유히 지나치고 있다.

느닷없이 울리는 벨 소리에 맞춰 우리는 일제히 갑판 양쪽에 도열했다. 그리고 각자 맡은 자리에서 묵묵히 작업을 수행했다. 말은 필요 없었다. 참조기가 주 어종이었지만 갈치와 오징어, 붉은 새우도 많이 잡혔다. 갈치는 손바닥 넓이만큼 크고 두툼한 것에서부터 상품가치가 없는 실갈치까지 종류도 다양했다. 짙은 회색의 먹갈치와 은색 갈치가 마구 뒤섞여 있었다.

갈치 역시 살이 부드럽고 무척 맛있어서 인기투표를 하면 조기와 함께 상위권을 다툴 인기 있는 생선이다. 갈치는 구이나 조림으로 주로 먹는데 제주도에서는 금방 잡은 갈치를 회로도 떠먹는다.

갈치의 성어는 대개 몸길이가 1.5m 정도로 이쯤은 돼야 상품가치가 있다. 야간에 활동하고 산란기는 봄이다. 야행성인지 주로 야간 어로 때 많이 잡힌다.

몸길이가 25cm 이상인 갈치는 주로 갑각류, 오징어류 등 작은 어류를 잡아먹는데 더 큰 것은 자기들끼리 서로 잡아먹기도 한단다.

산란기는 8~9월이고, 우리나라의 경우 2~3월에 제주도 서쪽 해역에서 월동하다가 4월에 북쪽으로 이동하여 연안에서 산란한다.

트롤이나 낚시로 잡은 게 인기인데, 그래서야 언제 온 국민이 언제 갈치 맛을 보겠는가! 저인망으로 그물에 대량으로 잡히는 갈치는 그물이 열리는 순간 그 길고 하얗게 빛나는 은빛 몸뚱이의 꿈틀거림으로 장관을 이룬다. 은백색의 구아닌 색소는 인조진주의 광택 원료로 많이 이용되는데 보기에는 좋지만 소화가 잘 안 되고 영양가치도 없으므로 깨끗이 제거하고 요리를 하는 것이 좋다고 한다.

날렵한 몸체와 달리 갈치의 입은 매우 크고 이빨은 갈고리 모양으로 날카롭다. 면장갑을 두 개나 끼고 선별작업을 하다가 갈치의 날카로운 이빨에 손을 벤 적도 있었다. 갈치에 베인 상처는 유난히 아프고 오래 가서 그 뒤로 나는 갈치를 좀 무서워하는 편이다.

피가 아직 멎지 않은 손으로 갈치를 상자에 주워 담으며 나는 생각했다. '갈치의 분노'라고. '갈치는 아마 죽어서도 분이 안 풀려 인간을 공격하는 게 아닐까!'

그렇게 생각하니 섬뜩했다. 상처를 입었을 때 면장갑 안에 수술용 장갑 같은 얇은 고무장갑을 끼고 작업을 하면 좋다는 이야기는 들었지만 당시만 해도 그 얇은 고무장갑을 구하기 어려웠다. 중국인 선원 조 씨에게는 용케 그 고무장갑이 있었는데 어찌나 애지중지하는지 빌려 달라는 말을 할 수가 없었다. 갈치를 선별하다 베인 상처 때문에 통증으로 잠을 못 이루던 밤, 새벽녘에는 가벼운 오한까지 났다.

꿈인 듯 환영인 듯 아이들의 얼굴이 눈앞에 아른거렸다. 이등병 계급장을 달고 100일 휴가를 나왔던 맏이의 얼굴이 제일 먼저 떠올랐다. 녀석은 지금 최전방 부대에서 복무 중이었다. 큰아이는 S대 법학과에 다니며 사법시험을 준비하다 입대가 늦어졌다. 아이의 얼굴을 떠올리는 순간, 나도 모르게 두 손을 맞잡았다.

'사랑하는 아들아, 군대는 대한민국 남자라면 어차피 통과해야 할 관문이다. 부디 건강하게, 아무 탈 없이 군복무를 마치고 새롭게 네 꿈을 펼치기 바란다!'

새벽 5시, 요란한 벨이 또 울려댔다. 양망 작업을 하자는 신호였다. 옷을 갈아입고 갑판으로 나갔다. 동쪽 하늘이 밝아오고 있었다. 태양은 아직 어둠 속에 더 많이 잠겨 있었다.

바람이 시원했다. 손가락 통증도 가신 듯했다. 부처님 덕분이라 생각했다. "관세음보살"을 염하며 사방을 둘러보았다. 보이는 건 바다뿐이었다. 하지만 선미에는 갈매기 떼가 선회하고 있었다. 갈매기는 참 영리한 새다. 그 녀석들은 그물을 올릴 때쯤이면 배 뒤편에서 나타나 "끼룩끼룩" 울며 집단으로 맴돌았다. 갈매기가 날고 있다는 것은 그리 멀지 않은 곳에 육지가 있다는 반증이었다.

나는 가끔, 부글부글 끓어오르는 파도의 물거품 속에 심청이처럼 풍덩 몸을 던지고 싶은 충동을 느꼈다. 스크루가 회전하면서 만드는 멋진 물보라는 특히나 내게는 강렬한 유혹이었다. 모든 것을 잊고 첨벙 뛰어들어서 저 물보라처럼 흔적도 없이 이 세상에서 사라지고 싶었다.

2호선이 가까이 다가왔다. 밧줄을 넘겨받은 우리는 또 다시 있는 힘을 다해 그물을 건져 올렸다. 집어망이 터질 듯 두툼했다.

그물을 열어보니 참조기와 새우가 펄떡펄떡 뛰었다. 20센티가 넘는 큰 새우도 있다고 하지만 나는 본 적이 없다.

일본 사람들은 우리가 '대하'라고 말하는 오도리おどり를 좋아하는 것으로 알려져 있는데 오도리라는 새우가 따로 있는 것은 아니다. 대하(왕새우)를 생(회)으로 먹는 것, 회로 먹는 왕새우를 오도리라고 하는 것이다. 일본 말 오도리踊り는 춤을 춘다는 뜻인데, 생새우가 펄쩍펄쩍 뛰는 모습을 보면 정말 춤을 추는 것처럼 보인다. 강정식품으로 알려지면서 우리나라 사람들도 새우를 회로 즐겨 먹게 되었는데 회로

먹는 새우는 붉은 새우가 아니고, 약간 푸르스름한 색을 띠는 보리새우(참새우)이다. 보리새우는 대체적으로 붉은 새우보다 몸체가 크다. 그래서 대하라고 하는 것인가 보다.

선별작업을 하다보면 다른 새우는 모두 죽어 있는데 비해 보리새우는 살아 있는 경우가 많았다. 그래서 모두들 보리새우 보리새우 하는구나 싶었다. 선원들은 이 보리새우가 보이면 재빨리 주워서 껍질을 벗긴 뒤 아작아작 씹어 먹곤 했다. 나도 그렇게 먹어보고픈 생각이 간절했으나 신참 주제에 그럴 수는 없었다.

보리새우는 어쩌다 눈에 띌 뿐, 양이 많지 않았다. 그래도 가끔 많이 잡히면 식당으로 가져가 구워먹었는데 맛이 일품이었다. 사람들로부터 많은 사랑을 받다보니 새우는 바다에서도 귀한 대접을 받았다. 다른 고기는 상품성이 없다 싶으면 버리거나 사료용으로 처리되지만 새우는 그렇지 않다. 몸에 상처가 있어도 버리지 않고 상자에 담아 냉동고에 저장하는 것이다. 처음에 나는 동강나거나 딱지가 상한 새우를 주워 담지 않고 버렸다가 욕을 실컷 얻어먹었다.

한 마리, 한 마리 주워 담아 바닷물로 깨끗이 헹궈서 일일이 상자에 담는 데 새우 한 마리에 서너 번의 손길이 거치게 된다. 상자에 그냥 쏟아 붓는 것이 아니라 크기별로 골라서 군인이 줄지어 열병하듯 상자에 반듯하게 정렬해 담아야만 상품가치를 인정받는 것이다. 새우는 그야말로 귀하신 몸이어서 한 번 그물을 올릴 때마다 다섯 상자를 넘는 경우가 드물었다.

이따금 병어가 잡히기도 했다. 병치라고도 불리는 병어 역시 대접

받는 어종으로 크기에 상관없이 잡히는 대로 냉동저장고로 직행했다. 우리가 잡은 병어는 대개 20~30cm 정도의 크기였다.

뼈째 먹을 수 있어서 회로 먹어도 맛있지만, 푸른빛을 띤 회색의 둥근 모양으로 좀 코믹하게 생긴 병어는 무와 고추를 썰어 얼큰하게 지지면 정말 맛있는 생선이다. 조리사가 해주는 병어조림은 옛날 어머니가 해주신 것만큼 맛있지는 않았지만 싱싱함으로는 또 따라갈 수 없어서 어쩌다 식탁에 오르면 순식간에 뼈만 남았다. 바닷장어와 아나고(붕장어)가 잡힌 날도 식탁 앞의 젓가락질 경쟁은 치열했다. "스태미너 하면 뭐니 뭐니 해도 장어가 최고!"라고 모두들 한마디씩 했는데 그 대단한 스태미너를 한창때의 사내들이 고기 잡는 일에만 쓰고 있으니 한편으론 안쓰럽기도 했다.

냉동고 작업에 하루종일 매달린 날이었다. 그동안 급속냉동고에 넣어 둔 고기상자를 꺼내 꽁꽁 묶어(밴딩작업) 일반 냉동고로 옮기는 작업을 한나절 넘게 했다. 무거운 상자를 나르다가 허리를 삐끗했는지 나중에는 너무 아파서 걸음을 뗄 때마다 눈물이 찔끔 나올 정도였다. 그러나 아프다는 시늉조차 할 수 없었다. 누구 하나 노는 사람이 없었고, 다른 사람 일을 대신 해줄 정도의 여유가 있는 사람은 한 명도 없었다.

2차 양망 후, 냉동고 정리 작업까지 끝내고 나니 밤 9시가 넘었다. 모두들 휴식을 취하거나 일찍 잠자리에 들었다. 나는 오랜만에 샤워를 했다. 해수를 정수해 식수로도 사용하고, 샤워도 하는데 물을 아껴야 해서 매일 씻을 수는 없었다.

호스를 통해 뿜어져 나오는 물을 몸에 뿌리면서 나도 모르게 눈시울이 뜨거워졌다. 갈비뼈가 앙상한 육신에는 군데군데 시퍼런 멍이 들어 있었다. 넘어져서 다치고, 기계를 다루다 잘 못해서, 냉동 고기 상자를 나르다가 부딪치고 찧어서 생긴 상처들이었다.

몸을 닦고 옷을 갈아입은 뒤 침상으로 들어가 누웠다. 깨끗이 씻어서 기분이 상쾌해진 건지 허리의 통증이 많이 완화되어 다행이었다. 잠을 좀 푹 자면 좋겠는데 쉬 잠이 오지 않았다. 아이들의 얼굴이 차례로 떠올랐다. "아버지, 지금 뭐하시는 건데예?" 막내의 음성이 들리는 듯했다. 나도 모르게 눈물이 볼을 타고 흘러내렸다.

잠을 자는 둥 마는 둥 새벽 3시에 일어나 그물을 올렸다. 그물 안은 참조기와 갈치와 오징어와 새우로 가득했다. 선별 작업 후 냉동고에 저장하고 아침을 먹었다. 모처럼 밥 한 공기를 다 비웠다. 샤워를 하면서 본 내 앙상한 몸뚱이가 생각나서 꾸역꾸역 먹었다. 희한한 건 배가 아무리 고파도 밥이 많이 안 먹힌다는 것이다.

갈치 이빨에 베인 손가락은 쉬 낫지 않고 자꾸 덧나서 쓰리고 아팠다. 갈치 가시가 박힌 손가락의 새로운 상처도 퉁퉁 부어올랐다. 거기다 사료용 고기상자를 들다 놓치는 바람에 오른쪽 발가락을 찧었으니, 하필 발톱이어서 통증은 더욱 심했지만 참고 계속 일하는 수밖에 없었다.

7. 바다도 나를 버리는가

나이를 속이지 않았다면 나는 배를 타지 못했을 것이다. 알고도 속아주는 건지 모르는 척하는 건지 모르겠으나 동료들과는 비교적 갈등 없이 잘 지내는 편이었다. 제일 졸병인 나는 닥치는 대로 일했고, 식탁에서는 맨 끝자리에 앉아 밥을 먹었다. 그리고 구역질나는 담배 재떨이와 쓰레기통을 비우는 일도 내 차지였다.

나는 본디 담배를 피우지 않거니와 담배연기를 싫어했다. 담배꽁초를 아무데나 버리는 사람들을 제일 경멸했다. 그런 내가 아들뻘 되는 선원들의 담배 재떨이를 아침저녁으로 비우게 될 줄이야! 그들이 쓰는 재떨이는 정말 지저분했다. 조그마한 깡통을 재떨이로 사용하고 있었는데, 묵은 재가 바닥에 누룽지처럼 붙어 있었다. 나는 그 재떨이를 비울 때마다 구역질을 참을 수 없었다.

선실에 있는 쓰레기통도 내가 늘 비웠다. 쓰레기통 역시 20리터들이 빈 깡통이었다. 처음, 나는 쓰레기를 어디에다 비울지 망설였다. 쓰레기를 담아두는 비닐이나 자루 같은 게 있을 줄 알았다.

"쓰레기는 어디에 버려야 합니까?"

갑판장의 대답은 명쾌했다.

"바다에다 버리소."

나는 놀라서 뒤로 나자빠지는 줄 알았다. 때마침 조리사가 식당 쓰레기통을 들고 나왔다. 내가 쓰레기통을 들고 어찌할 바를 모르는 사이 그는 유유히 뱃전 너머 바다에 쓰레기를 부어버렸다. 할 수 없이 나도 그를 따라 바다에 쓰레기를 부었다. 비닐류, 담뱃갑, 휴지, 커피 믹스 포장지 등 온갖 쓰레기가 바다 위를 둥둥 떠다녔다.

그로부터 나는 선실 청소를 할 때마다 쓰레기를 바다에 내다버렸다. 한두 번 버리고 나니 찜찜한 마음도 없어졌다.

'쓰레기가 내 눈에만 안 보이면 되지. 바다가 오염되든, 죽어가든 무슨 상관이란 말인가! 그깟 쓰레기 좀 버린다고 이 넓은 바다에 무슨 영향이나 있겠어?'

선원들은 모두 이렇게 생각하고 있는 것 같았다. 무심코 바다에 버린 쓰레기가 나중에 인간에게로 모두 되돌아온다는 걸 알면 좀 달라질까?

그물을 걷어 올릴 때 가장 애를 먹는 게 바다의 쓰레기 문제였다. 그물에는 물론 벼리와 와이어로프에까지 칭칭 감겨 올라오는 쓰레기를 떼어내는 일은 고역 중의 고역이었다. 그물에 걸려 올라오는 쓰레기 중 가장 많은 것이 못 쓰게 되어 버린 그물이었다. 폐그물 뿐만 아니라 통발과 채낚이 낚싯줄도 그물에 자주 걸려 올라왔다. 계속해서 롤에 감기고 있는 벼리와 그물에서 쓰레기를 떼어내려면 정말 잽싸게 움직이지 않으면 안 되었다. 갑판 여기저기엔 칼이 비치되어 있었고, 손으로 안 될 땐 칼로 잘라내야 했다. 그렇게 해도 안 되면 롤을 돌리는 모터를 정지시키고 떼어냈다.

그물에 걸려 올라온 쓰레기 가운데는 자동차 범퍼라거나 공사장에서 사용되는 양철 가드펜스 같은 것도 상당수 있었다. 모두 인간들이 버린 것이었다. 폐그물과 통발, 낚싯줄 등은 선원들이 버렸을 것이다. 선원들에 의해 버려진 쓰레기가 어김없이 선원들에게로 돌아왔다.

나는 처음, 이들 쓰레기를 한곳에 모아두었다. 처리 방법을 몰랐기 때문이다. 자루 같은 것에 담아서 입항할 때 뭍으로 가져가겠지 생각했다. 그러나 그것은 너무나 순진한 생각이었다.

쓰레기 더미를 본 고참이 고함을 지르면서 당장 바다에 버리라고 했다. 그물로부터 어렵게 떼어낸 쓰레기를 다시 바다에 버리다니! 고된 노역보다 이런 것이 내게는 큰 스트레스였다. 쓰레기를 그냥 바다에 내다버리면서도 무슨 좋은 방안이 없을까 늘 궁리했다.

선박이 입항할 때는 수거한 쓰레기를 바다에 버리지 않고 그대로 가지고 오도록 하는 방안이 마련되어야 한다. 쓰레기 한 자루(또는 무게에 따라)에 포상을 하는 방법은 어떨까? 돈이 아니면 그에 상응한 연료를 주어도 될 것이다. 모든 선박은 선상에서 발생한 쓰레기든 해상에서 수거한 것이든 쓰레기를 바다에 버려서는 안 된다는 규칙과 함께, 꼭 가지고 오도록 의무화하는 규정을 두었으면 좋겠다.

선원들이 사투를 벌이는 건 쓰레기뿐만이 아니었다. 수온이 상승하면서 기하급수적으로 늘어난 해파리와의 전쟁을 피할 수는 없었다. 해파리는 정말 성가신 존재다. 자기방어로 독을 방출하는 해파리가 많아 혹시라도 피부에 쏘이게 되면 무시무시하게 부어오르고 아팠다.

종 모양으로 반투명하며 흐물흐물한 것이 물 속에서 떼를 지어 몰려다니는 것을 보고 있으면 가슴이 답답해져 왔다. 해파리는 먹이를 잡을 때는 촉수를 사용하며, 촉수 위의 자포를 유용하게 이용한다. 대체로 육식이며, 살아있는 꽤 큰 동물도 자포로 마비시켜 삼켜버린다. 독의 강도는 해파리의 종류에 따라 다르다. 전혀 아픔을 느끼지 않는 것에서부터 쇼크로 인해 거의 사망에 이르는 치명적인 독도 있다.

해파리의 종류는 수도 없이 많으나 종 모양을 한 꽃해파리류와 낮은 우산모양의 연軟해파리류를 쉽게 볼 수 있다. 동지나해와 같은 대양에서 서식해선지 내가 본 것은 엄청나게 큰 해파리가 대부분이었다. 중국 등 동양에서는 해파리를 식용으로 사용하기도 하는데, 뿌리입해파리를 주로 먹는다. 뿌리입해파리는 갓이 두껍고 지름이 40~60㎝로 매우 크다. 식용 해파리는 한국 중국 일본 연안에 서식하며, 냉채 등 중국요리에 많이 쓰인다. 해파리의 날것은 수분이 98%이며, 이것을 말리거나 염장하여 사용한다.

처음에는 무심코 고기와 섞인 해파리를 손으로 퍼내 갑판 배수구를 통해 바다로 흘려보냈다. 장갑을 끼었다고는 하지만 반팔셔츠를 입고 있어 팔뚝은 노출 상태였다. 한참 있으니 살갗이 벌겋게 부어올랐고, 따끔거리기 시작했다. 해파리의 독이 오른 것이다. 다른 선원들은 만성이 되었는지 대부분 해파리 독 같은 건 신경도 쓰지 않는 눈치였다. 배 반장도 주의를 기울이지 않았는지 해파리 독에 쏘여 팔이 벌겋게 달아올랐다.

어느덧 나도 해파리 다루는 데 이골이 생겼다. 장화를 신은 발로 골라내어 삽으로 밀어내면 그만이었다. 그물을 풀어놓고 고기 반 해파리 반, 어떤 때는 고기보다 해파리가 많은 적도 있었다. 그물 가득 해파리만 올라온 황당한 날도 있었다. 그물 밑을 꿰맨 노끈을 풀자 고기는 안 보이고 해파리가 산더미처럼 쌓였다. 갑판 중간에 나있는 배수구를 통해 바다로 흘려보내야 했다. 모든 선원이 해파리 퇴치에 매달렸다. 배수구 옆에서 밀려오는 해파리를 삽으로 퍼내느라 잠시 허리 펼 시간도 없을 정도였다. 해파리 더미 속에는 고기도 더러 있었다. 그러나 조기와 병어, 오징어 등 모두 합쳐서 겨우 네댓 상자에 불과했으니 완전히 허탕을 친 것이다.

그물을 점검하고, 터진 그물코를 꿰매는 등 투망준비를 해놓고 휴식을 취했다. 꺼두었던 휴대폰을 꺼내 전원을 켰다. 아이들에게 전화를 할까 하고 통화버튼을 눌렀으나 '서비스 이외 지역'이라는 메시지가 떴다. 멀리 떨어진 공해상에 배가 있음을 의미했다. 다시 휴대폰 전원을 꺼버리고는 침상에 내려놓았다.

밤 10시, 또 그물을 내리고 있었다. 그러나 롤링rolling이 심했다. 선장이 확성기를 통해 그물을 올리라고 지시했다. 우리는 내리던 그물을 다시 걷어 올렸다. 영문을 몰라 배 반장에게 물으니 태풍경보가 내려 피항避港을 해야 한다고 했다. 아니나 다를까 바람이 세차게 얼굴을 때리기 시작했다.

그물을 롤러에 다 감은 뒤 갑판을 정리했다. 고기상자 등이 롤링에 나뒹굴지 않도록 노끈으로 단단히 조여 맸다. 비바람이 몰아치고, 롤링까지 심해 작업을 하는 데 무진 애를 먹었다. 간신히 일을 마치고 씻고 선실로 들어가 침상에 누웠다. 배가 심하게 흔들렸다. 파고가 상당히 높다는 걸 알 수 있었다.

'태풍이 오기 전에 빨리 항구에 들어가야 하는데….'

침상에 누우면 사실 세상 시름을 잠시 잊을 수 있었다. 겨우 몸 하나 눕힐 수 있는 작은 공간. 허리를 펴고 앉아 있을 수조차 없는 비좁은 침상이 내가 자유를 구가할 수 있는 유일한 공간이다. 그 안에서 책도 보고 일기도 쓸 수 있었다. 그리고 아이들을 생각하고, 가끔은 무념무상의 세계에 빠지기도 했다.

태풍이 온들, 인간이 할 수 있는 일은 생각보다 많지 않다. 천재지변은 인간의 힘으로는 어찌할 수 없는 일! 무사하도록 부처님이나 예수님이나 자신이 믿는 신에게 열심히 기도하면 그뿐.

어느새 새벽 4시였다. 어디쯤 왔을까? 롤링이 그리 심하지 않은 걸로 봐서 파도는 누그러진 것 같았다. 어느새 태풍이 소멸된 모양이다. 벨소리에 자리를 털고 일어나 갑판으로 나갔다. 멀리 산봉우리가 보였다. 간밤에 우리 배는 바다 위를 총알택시처럼 달리고 달려서 육지 가까이 다다른 것이었다. 보아하니 중국 연안 가까이 인 듯했다.

우리는 항구로 들어가지 않고 다시 그물을 내리기 시작했다. 그러나 문제가 생겼다. 와이어로프가 꼬이면서 벼릿줄이 뒤엉키는 등 그물이 롤러에 끼여 찢어지고 만 것이다. 이 때문에 선장의 육두문자 욕설을 모든 선원들이 바가지로 들어야 했다. 이를 바로잡는 데는 많은 시간이 필요했다. 2호선이 먼저 투망에 들어갔다. 2호선 역시 피항 중에 있어서 먼저 그물을 내려도 되게 돼 있었다.

우리는 그물을 바로잡아 놓고 나서 냉동고 작업을 했다. 밴딩을 하고, 저장고 정리도 단숨에 해치웠다. 점심을 먹고 나서는 투망을 했다. 다시 망망대해였다. 공해상으로 나온 것 같았다.

무거운 고기상자를 잘 들지 못하자 다들 한마디씩 거들었지만 나는 아무런 대꾸도 하지 않았다. 할 말이 없었다. 무거운 상자를 번쩍번쩍 드는 일은 노력만으로 되는 일이 아니었다. 그러니 그들의 불만이 커질 수밖에 없었다. 나는 그들의 눈 밖에 나지 않기 위해 배 위의 온갖 잡일이나 더러운 일을 도맡아서 했다. 갑판 정리 후 커피를 한잔 타먹으려고 식당으로 들어갔다. 그 때 내 귀에 가시처럼 와 박히는 목소리가 있었다.

"돈 까먹으러 왔지 뭐."

분명 나를 두고 한 말이었다. 식탁에는 갑판장과 기관사, 조리사가 마주앉아 소주를 마시고 있었다. 목소리의 주인공은 기관사였다. 그런데 내가 나타나자 그들은 약속이나 한 듯 입을 닫아버렸다. 나는 아무 말도 못 들은 척 커피믹스를 한 개 꺼내 종이컵에 쏟았다. 그리고 뜨거운 물을 부어 커피 포장지로 휘저으면서 갑판으로 나왔다.

식당에는 늘 화덕에 뜨거운 물이 올려져 있었다. 바닷물을 정수한 생수는 그냥 먹지 못하고 끓여 먹어야 했다. 보통때는 보리차나 둥굴레차를 넣어 끓인 물을 식혀서 냉장고에 넣어두고 마셨다.

나는 내리쬐는 햇볕을 직각으로 받으며 갑판에 퍼질러 앉아 커피를 홀짝홀짝 마셨다. "돈 까먹으러 왔지 뭐." 그 말이 가슴에 대못처럼 박혀왔다. 그말은 맡은 일도 제대로 하지도 못하면서 나중에 돈은 비슷하게 받게 되니 자기들만 억울하다는 뜻이다.

'그럴 만도 하겠지. 내가 할 일을 번번이 자기가 해야 하니….'

수치심으로 얼굴이 붉게 물들었다.

나는 배를 탈 때 '죽는 것이 사는 것死卽生'이라는 생각을 했다. 그런 각오로 오른 배였다. 무엇보다 '돈'이 필요했고, 그 돈은 배를 타지 않고선 얻을 수 없었다. 그리고 또 고백하자면 잠시 세상(뭍)을 떠나 있고 싶은 욕심도 있었던 것이다. 세상이 싫었다. 백면서생이나 다름없는 내가 고깃배를 탄다는 건 죽는 것이나 다름없는 선택이라고 생각했다.

나이 60에 쌍끌이 저인망 고깃배를 타면서 나는 내가 새로운 사람으로 거듭나기를 바랐다. '무슨 일이든 못할 게 없다'는 의지로 충만해 있었다. 아이들을 생각하면 내가 하지 못할 일은 없다고 여겼다. 1년쯤 죽었다고 생각하고 눈을 질끈 감고 배를 타리라는 각오였다.

'그런데 이 바다조차 나를 밀어낸단 말인가!'

나에게 불만이 많다는 걸 짐작은 하고 있었지만 궂은일을 도맡아 하는 등 나름대로 최선을 다 하고 있었으므로 이렇게 노골적으로 무시할 줄은 몰랐다. 생각 같아선 배에서 당장 내리고 싶었다. 그러나 지금으로선 방법이 없었다.

'그래, 버티는 데까지 한 번 버텨보자. 이 같은 고통이나 수모는 이미 예견했지 않은가!'

나는 이렇게 마음을 가다듬었다. 배 반장이 갑판으로 나와 옆으로 다가왔다.

"형님, 너무 속상해 하지 마세요. 지들도 너무 힘드니까 푸념하는 거라 생각하세요. 소주나 한잔 합시다."

그가 내 손을 이끌었다. 그를 따라 식당에 갔더니 아무도 없었다. 배 반장은 식당 구석에 숨겨놓은 한 되(1.8) 짜리 소주병을 꺼내 종이컵에 가득 따라주었다. 나는 그것을 단숨에 들이켰다.

"한 잔 더 하세요!" 하고 배 반장이 더 권했지만 나는 사양했다. 술에 취했다가는 내가 어떤 실수를 할지 어떻게 알겠는가! 나는 침상으로 들어가 눈을 감았다.

식당에는 조그만 텔레비전 수상기가 있었다. 위성을 통해 국내 TV 방송의 화상이 더러 잡혔다. 고참들은 식탁에 둘러앉아 텔레비전을 보며 담소를 나누곤 했지만 나는 감히 그런 자리에 끼지 못했다.

텔레비전에서는 태풍 소식을 전했다. 우리 배는 다시 피항避航 준비를 했다. 이번엔 일정을 앞당겨 귀항한다고 했다.

서둘러 그물을 올려 선별작업을 끝냈다. 씨알이 굵은 가다랑어와 조기, 갈치 등이 그런대로 잡혔다. 선별 후, 상자에 담은 고기를 급속 냉동고에 넣었다. 나는 갑판에 늘어져 있는 고기상자를 들어 올려 냉동고 입구까지 가져다 날랐다. 상자를 한 번에 들어 올릴 수는 없었다. 일단 무릎까지 올려 한 번 쉰 뒤 다시 아랫배로 올려 배로 받치면서 나르는 식이었다.

그렇게 해서 고기상자를 들고 가다 그만 넘어지고 말았다. 가다랑어 상자였다. 태풍권의 영향인지 배가 크게 흔들렸는데, 중심을 잡지 못하고 넘어진 것이다. 넘어지면서도 나는 고기상자 걱정부터 했다. 상자가 부서지기라도 하면 낭패였다. 고참들의 입살에 오르는 것은 뻔한 일이었다. 다행히도 고기상자는 이상이 없었다. 나는 아무 일도 없었다는 듯 일어나 상자를 가져다주었고, 계속해서 작업을 했다. 이상하게 가슴이 결렸다. 넘어지면서 상자에 가슴을 찧은 것이다. 그러나 아프다는 말을 할 수 없었다. 일을 다 끝낼 때까지 참고 버티다가 일을 마치고서야 쉴 수 있었다. 파고가 높았다.

파도를 타고 배는 밤새 달려 오전 일찍 여수항에 입항했다. KY호는 선적이 삼천포였다. 하지만 내가 여수항에서 이 배를 타고 바다로 갔듯, 여수항에 다시 입항한 것은 이곳에 어시장이 발달해 있기 때문이었다. 여기서 경매를 통해 고기를 판매하는 것이다.

KY 08호도 우리 배 옆에 나란히 정박했다. 물양장物揚場(소형선박이 접안하는 부두)에 배를 댄 후, 선상에서 간단히 식사를 했다. 그리고 하역준비를 했다. 배 어창 입구에서부터 물양장까지 컨베이어가 설치되었다.

어창에 세 명이 들어가 고기상자를 어창 입구까지 날라야 한다. 그

가운데 한 사람이 어창 입구 밑에서 상자를 들어 위로 올려주면, 갑판에서 다른 사람이 그것을 받아야 한다. 그리고 또 한 사람이 그 상자를 넘겨받아 컨베이어 위에 올려 자동으로 물양장까지 가도록 하는 것이다. 이 일은 전적으로 갑판원이 했으며 육지에서의 고기상자 운반과 하적荷積은 그곳 조합 사람들이 맡아 했다.

나는 갑판에서 고기상자를 컨베이어에 올려놓는 임무를 맡았다. 어느 파트를 맡든 컨베이어벨트가 계속해서 돌아가는 것처럼 잠시도 쉴 틈이 없이 기계적으로 움직여야 했다. 허리를 굽혔다 폈다 하면서 한눈 팔 짬이 없었다. 나는 냉동고에서 올려주는 고기상자를 들어 컨베이어로 옮기다가 떨어뜨리는 등 실수를 연발했다. 가슴이 결린데다, 꽁꽁 얼어붙은 고기상자가 얼마나 무거운지 몰랐다.

옆에서 이를 지켜보던 선장이 기관사에게 내 일을 대신하라고 지시했다. 본디 기관사는 하역작업에는 동원되지 않기에 그는 컨베이어벨트 옆에 서 있었다. 고기상자가 다른 데 걸리거나 바닥에 떨어지지 않고 물양장으로 잘 이동할 수 있도록 돕는 게 그의 역할이었다.

기관사는 선장의 지시에 차마 거부는 못하고 얼굴이 붉으락푸르락하며 내가 하는 일을 넘겨받았다. 나는 그가 하던 일을 대신했다. 하역작업을 하는 내내 마음이 편치 않았다. 가시방석에 앉은 기분이었다. 그들은 새참으로 뭍에서 가져온 막걸리를 마시면서도 내게 한 잔 먹어보라는 말 한마디 하지 않았다. 그들이 막걸리 마시는 모습을 곁눈으로 보면서, '시원한 막걸리 한 사발 마셔봤으면…' 하고 소원했다.

하역작업은 낮 12시 30분께야 끝났다. 작업을 마치고, 나를 바라보는 기관사의 눈길이 예사롭지 않았다.

"에이, 씨팔~ 더러워서 못해먹겠네!"

그는 나 들으라는 듯 험한 말을 내뱉고는 식당으로 휑하니 들어가 버렸다. 그런 그를 보면서 나는 몸 둘 바를 몰랐다. 점심을 먹고 나자 자유시간이 주어졌다. 선장은 "하룻밤 새고 내일 오전 10시에 다시 출항할 것이니 볼일 보고 시간 맞춰 오면 됩니다!"고 했다.

그때, 2호선인 KY 08호에 타고 있던 이군이 가방을 들고 우리 배로 건너왔다. 한눈에 봐도 하선하는 폼이었다. 어디 가느냐고 물었더니 "힘들어 더 이상 못하겠어요!" 하면서 그만두겠다고 대답했다. 그는 원체 약골이어서 처음부터 난 그가 잘 버텨낼지 조마조마했다. 아니나 다를까, 그는 더 이상 버티지 못하고 하선하고 말았다.

젊은 친구가 얼마나 부대꼈을까. 육신이 고된 것도 그렇거니와 마음고생이 심했을 터였다. 일을 제대로 하지 못한다고 받았을 구박과 모멸을 생각하니 마치 내 모습을 보는 듯했다. 그가 떠나가는 뒷모습을 지켜보고 서 있는데 마음이 착잡했다.

'나도 이참에 하선해 버릴까?' 이런 생각도 들었다. 하지만 자존심이 허락하지 않았다. 아무리 어렵고 힘든 일이라도 참고 버텨야 한다고 다짐했던 내가 아닌가. 아이들을 위해서라면 지옥에라도 가겠다는 결심으로 배를 탔으니 적어도 한 달은 버텨야 한다고 마음을 다잡았다.

나는 배 반장에게 시내에 다녀오겠다고 말하고, 줄지어 정박해 있는 배들을 건너뛰어 바깥세상으로 나왔다. 딱히 갈 곳은 없었지만 배에서 시간을 보내기 싫었던 것이다. 손가락 상처에 바를 약과 가슴에 붙일 파스를 사야 하는 중요한 용무가 있었다.

태풍의 영향인지 비가 흩뿌렸다. 준비해온 우산이 있어 다행이었다. 물양장 일대는 수많은 수산회사와 선박부품 가게가 줄지어 있었고, 해산물시장이 길게 뻗어 있었다. 내리는 비는 항구의 비린내를 이불처럼 덮었다. 비 내리는 시장통은 사람들도 별로 없고 한산했다. 비바람이 몰아쳐 우산을 들었는데도 아랫도리가 흠뻑 젖었다. 제일 먼저 하고 싶은 게 목욕이었다. 우산을 비켜들고 거리의 건물들을 훑어보았다. 목욕탕 굴뚝이 눈에 들어왔다. 비바람을 헤치고 한참을 걸어 목욕탕으로 들어갔다. 젖은 바지를 벗어 옷장 시렁에 걸어두었다. 내의까지 벗고 내 몸뚱이를 훑어보니 한숨이 나왔다. 손가락엔 상처투성이고, 팔다리 여기저기엔 시퍼런 멍이 들어 있었다. 또 오른쪽 엄지발가락의 발톱은 시커멓게 변해 있었다. 아무래도 곧 빠질 것 같았다.

온탕에 몸을 담그니 살 것 같았다. 탕 가장자리에 고개를 젖히고 눈을 감았다. 이 순간만큼은 배 위에서 있었던 모든 일을 잊고 싶었다. 뜨거운 물에 온몸이 녹작지근해졌다. 한증실에 들어가 땀을 빼고, 냉온탕을 몇 차례 드나들다 욕실을 나왔다. 몸을 닦고, 소파에서 휴식을 취하며 아이들 생각을 했다. 휴대폰을 꺼내 전화라도 할까 하다가 그만두었다. 잘 지내는지? 걱정이 됐다.

막내는 P공대 대학원에서 석사과정을 밟고 있었다. 대학도 그렇고 대학원까지 장학금을 받아 누구의 도움도 받지 않고 스스로 모든 것을 해내는 야무진 아이였다.

막내는 어릴 때부터 두 형을 공부시키느라 쩔쩔매는 아버지를 보면서, '아버지가 과연 나까지 뒷바라지를 해주실 수 있을까?' 하는 의문을 품었을지도 모른다. 그래서 그는 비교적 장학제도가 잘 되어 있는 이공계를 선택했다. 자신의 성격이나 적성이 이공계에 썩 맞는 것도 아니면서.

막내는 결과적으로 경제적인 부담을 크게 덜어주었다. 대학원 진학을 하지 않고 아버지를 도울 수 있는 길을 찾겠다는 뜻을 여러 차례 피력했다. 대학원을 나오지 않아도 취직할 곳이 많다고 자신감을 내비쳤는데 나는 공부를 계속하는 것이 좋겠다고 종용했다. 공부를 하는 것도 다 때가 있으니 힘이 들더라도 석사과정을 밟으라는 당부였다. 내친김에 박사과정까지 마쳤으면 좋겠지만, 그것은 사실 본인이 알아서 할 일이다.

막내는 내가 배를 타기 전, 캐나다로 출장 간다고 말했다. 학술발표회가 있는데, 학교 대표로 참석하게 되었다는 것이다. 2주일 일정이라니 여비를 좀 보태주고 싶었는데 그럴 형편이 못 되었다. 출장비가 나오니까 아버지는 아무 염려하지 않아도 된다고 나를 안심시킨 아이였다. 내가 승선한 뒤 며칠 후 캐나다로 갔을 것이다.

'막내는 이역만리 타국에서 어찌 지내고 있을까. 돈은 부족하지 않은지….'

아무리 학교에서 출장비가 나온다고는 하지만 단 1달러도 주지 못했던 내 자신이 한심스럽게 여겨졌다. 내가 만약 배를 타지 않았더라면, 아니 휴대폰만 끊지 않았더라면 몇 번이고 전화를 해 안부를 전했을 아이다. 연락조차 되지 않는 아버지 때문에 또 얼마나 가슴 졸이고 있을까 생각하니 눈시울이 뜨거워졌다.

'분명히 내가 인생을 잘 못 살고 있는 거야. 현명하지 못하고, 영악스럽지 못하고, 우직하게만 살아온 바보 머저리…'

목욕탕에서 나와 약국을 찾아 걸으면서도 머리엔 온통 막내 생각뿐이었다. 빗속에 한참을 헤매다 겨우 약국을 찾았다. 약사는 여자였다. 나는 손가락의 상처를 보여주며, 적당히 약을 지어달라고 말했다. 약사는 의사 처방전이 없는 내게 소독약인 요오드액과 가루약, 그리고 진통제와 소염제 알약을 하루에 두 번씩, 닷새 동안 먹을 분량을 나누어 포장해 주었다. 파스도 달라고 해서 챙겼다.

갈치 가시가 박혀 퉁퉁 부어오른 손가락을 보여주며 "가시를 빼낼 수 없을까요?" 물었더니 약사는 안타까운 얼굴로 "수술하지 않고선 어렵겠네요!" 하고 말했다.

약국을 나와 마음 편히 쉴 만한 곳을 찾았다. 그러나 모텔이나 여관 같은 곳엔 가고 싶지 않았다. 궁리 끝에 찾아간 곳이 찜질방. 부근 식당에서 칼국수로 간단히 요기하고, 찜질방에서 먹을 포도 한 송이와 바나나를 샀다. 찜질방에 가끔 간 적은 있으나 잠까지 자는 건 생전 처음이었다. 그런데 찜질방에서 잠을 자려고 하니 수면이 불가능했다. 잠을 청하기에는 너무 밝고 사람들이 떠드는 소리로 소란스러웠고, 코를 심하게 고는 사람도 있었다.

날이 밝아서 조금이라도 내가 눈을 붙인 것인지 아닌지 몽롱한 상태로 찜질방을 나왔다. 해장국집에서 아침을 먹고, 약봉지를 들고 배로 돌아왔다.

다시 출항! 이미 태풍은 소멸되었고, 바다는 거짓말처럼 잔잔했다. 그물을 내리기 전까지 마음 편히 휴식을 취했다.

어디쯤 왔을까? 다시 그물을 내려야 했다. 선실에서 나와 투망준비를 했다. 끼룩끼룩 울면서 갈매기들이 선미船尾를 따라왔다. 사위는 바다와 하늘뿐. 벌써 공해 가까이 와 있음을 알 수 있었다.

그물을 내리고 올리는 일은 이제 일상이 되었다. 더 이상 새로울 것도 없고, 신기한 일도 아니었으며, 힘든 일도 아니었다. 익숙한 일을 반복하면서 하루를 보내고, 또 하루하루 쌓아 가면 되었다. 그 하루하루는 내게 꼭 필요한 돈으로 환산될 것이었다.

그렇게 또 며칠이 흘렀다. 그동안 가져온 약을 먹고, 소독약도 발랐으나 손가락의 상처는 아물 기미를 보이지 않았다. 파스를 붙여도 가슴 저리는 증상은 그대로였다. 두렵고 고통스러웠다.

그럼에도 그물질은 계속해야 했다. 바다에서 그물을 건져 올릴 때마다 어창에는 고기상자가 쌓여갔다. 고기 선별작업을 할 때는 한 마리라도 더 상품가치를 높이기 위해 애를 썼다.

태양은 하루를 마감하는 게 아쉬운지 늘 구름 속에 숨어 있었다.

낙조落照, 해가 바다로 떨어지는 순간도 일출의 장관에 뒤지지 않는다. 아니, 오히려 낙조가 만드는 황혼은 황홀경 그 자체이다. 태양은 하루를 마감하면서 서녘 하늘에 한 폭의 수채화를 그려 놓는다.

인생의 말년을 황혼이라 하지만, 태양이 만드는 저 황혼에 비할 바 있을까? 오래 전 한 노 정객이 정치판을 떠나면서 "황혼에 물든 저 서쪽하늘처럼 인생을 물들이겠다."는 말을 남겼다. 우리 인생의 황혼이 태양이 만든 저 황혼처럼 찬란하고 아름답다면 오죽 좋을까.

그렇게 또 하루를 보내고 새날을 맞는데, 아무래도 기후가 이상했다. 다시 바람이 이는 것 같았다. 아니나 다를까, 태풍이 오고 있다는 소식이었다. 우리는 서둘러 그물을 올렸다. 선별작업을 하는 동안 배는 여느 때와 달리 속력을 냈다. 이번엔 모항인 삼천포 항으로 간다고 했다.

모든 작업을 마치고, 식사를 한 뒤 휴식에 들어갔다. 삼천포항에 들어가 고기상자를 하역할 때까지는 별로 할 일이 없었다. 몸을 씻고 막 선실로 들어온 나를 기관사가 불러 앉혔다. 나는 침상으로 들어가려다 말고 선실 바닥에 그와 마주 앉았다.

"어찌 할라요?" 그가 조심스럽게 입을 열었다.

무슨 말을 하려는지 알아차렸지만 나는 그의 얼굴을 빤히 쳐다보고만 있었다. 그가 말을 이었다.

"오해는 하지 마이소. 다른 사람들도 전부 그렇게 생각하는데요, 아저씨는 아무래도 뱃일을 하기엔 무리인 것 같습니더."

'다른 사람들도 전부 그렇게 생각한다'는 그의 말은 사실이 아닌 줄 알았지만 따질 수는 없었다.

"이번에 귀항하면 하선하겠습니다. 몸도 안 좋고 해서…."

기관사의 노골적인 하선 종용에 나는 의욕을 잃고 말았다. 그래서 몸이 안 좋다는 핑계로 일을 그만두기로 했다. 순간적인 결정이었다. 사실 갈비뼈에 생긴 이상은 좀 심각하게 느껴졌다. 병원에 가 진찰을 받는 것이 급선무였다.

내가 선선히 하선하겠다고 나오자 기관사는 위로조로 이런저런 말을 늘어놓았지만 한마디도 귀에 들어오지 않았다. 결정을 내리고 나니 도리어 마음이 편안했다. 중도에 하선하는 것은 더할 수 없는 불명예였지만 할 수 없는 일이었다.

삼천포항에 도착해 하역을 끝냈다. 그리고 짐을 정리해 배낭을 메고 나오면서 선장을 만났다.

"선장님, 아무래도 하선해야겠습니다."

"왜요, 누가 뭐라카든교?"

내가 자의로 하선하려는 것이 아님을 선장은 알아차린 눈치였다.

"아닙니다. 손가락 상처도 자꾸 덧나고, 가슴도 결리고 아파서 아무래도 병원에 가봐야 할 것 같습니다."

"그라믄, 병원에 가서 치료 받으시소. 회사 지정병원이 있으니까, 그리 가서 치료하면 됩니다. 이번에는 며칠 있다가 출항하니까네, 그동안 치료 받으면 되겠네요." 그러면서 회사 지정병원을 가르쳐주었다.

"알겠습니다. 일단 치료부터 받고 생각해 보겠습니다."

나는 병원에 가려면 신분증이 필요하니 주민등록증을 달라고 했다. 주민증은 승선할 때 선장에게 맡겼다.

선장은 조타실 서랍에 들어 있던 주민증을 꺼내 건네주었다. 나는 주민증을 받아 윗주머니에 넣은 뒤 배낭을 짊어지고 돌아섰다. 그랬더니 선장이 배낭을 낚아채는 게 아닌가. 내가 아주 하선할까봐 가방을 맡아 두려는 거였다. 잠시 승강이를 하다가 결국 배낭을 넘겨주고 말았다. 배낭을 조타실 안쪽에 집어넣고 선장은 말했다.

"아저씨요, 조금만 참아 보이소. 아저씨는 너무 부지런해서 그런데요, 차차 요령이 생기면 그렇게 힘들지 않게 일할 수 있을 겁니다. 그라고, 얼마 안 있으면 인도네시아에서 두 사람이 더 옵니다. 그렇게 되면 아저씨는 힘든 일 하지 않아도 될 꺼니까 조금만 더 기다려 보시이소."

선장은 나를 놓치기가 아까운지 한사코 붙잡아 두려고 했다. 나는 알겠다고 말하고 총총히 배를 내려왔다. 선장이 가르쳐준 병원을 찾아갔다. 일요일이었지만 병원장과 일부 의료진이 몇몇 환자들을 진료하고 있었다.

나는 차례를 기다려 손가락을 치료받았다. 병원장은 퉁퉁 부은 두 손가락을 칼로 찢어서는 고름을 짜내었다. 속이 많이 곪아 있었다. 그리고 가슴 X레이를 찍었다. 엉덩이에 주사를 맞고 나서 X레이 필름을 봤다. 다행히 뼈에 금이 간 건 아니었다. 처방전을 들고 약국으로 가서 약을 받았다. 산재로 처리가 되는 건지 치료비를 내지 않아도 되었다.

곧바로 터미널로 가 부산행 버스를 타고 싶었다. 그러나 배낭이 배에 있었다. 하룻밤 자고 치료도 더 받은 뒤 배로 가서 배낭을 가져올 참이었다.

다시 찜질방을 찾았다. 뱃일을 그만둔다는 결심이 선 때문인지, 지난번보다는 마음 편하게 밤을 보낼 수 있었다.

다음날, 조마조마한 마음으로 배에 올랐다. 중국인 선원들만 갑판에서 자질구레한 작업을 하고 있었고, 선장은 안 보였다. 조타실에 들어가 배낭을 찾아 걸머지고 잽싸게 배를 빠져나왔다. 혹시라도 선장을 만나게 될까봐 겁이 났다.

중국 선원들은 실적급이 아니고, 월급제이기에 귀항을 하더라도 자유시간을 가질 수 없었다. 그래서 항구에 정박해서도 하선하지 않았던 것이다. 마음씨 좋은 배 반장에게는 작별인사라도 하고 싶었지만 그는 시내에 나가고 없었다.

그에게도 아내와 아들이 있었다. 잘 다니던 회사에서 어느 날 갑자기 해직되어 트럭 운전을 하던 그는 어느 날 사람을 치어 구속되었다. 형을 마치고 나오니 아내는 초등학생 아이를 할머니에게 맡겨두고 종적을 감추었다. 그는 세상을 포기하고 싶었으나 아들을 생각하고 이를 악물었다. 그리고는 고기잡이배를 탄 것이다. 어린 아들을 두고 온 그의 마음을 생각하면 언제나 짠했다. 나에게 평소에 하는 걸 보면 그는 천성적으로 마음이 따뜻한 사람이었다.

선장과 마주칠까봐 재빨리 선창을 빠져나와 시내버스를 탔다. 병원에 다시 가서 드레싱을 한 뒤, 의사에게 부산으로 간다고 말하고 사흘분의 약을 지었다. 그리고 바로 터미널로 갔다.

태풍이 할퀴고 간 거리는 어수선했다. 여기저기 가로수가 넘어져 있었고, 간판들도 찌그러진 게 많았다. 비는 그쳤지만 아직도 바람이 세계 불고 있었다. 드디어 부산행 버스에 올랐다. 자리에 앉아 눈을 감았더니 만감이 교차했다. 돈을 벌어보려고 나이까지 속여가면서 배를 탔지만 나이를 속일 수는 있어도 세월을 속일 수는 없었다.

세월의 정직함이라니….

바다마저 나를 버렸다고 생각하면 너무도 서글펐다. 사실 나를 버린 건 바다가 아니었다. 내가 바다에 적응하지 못했을 뿐이다. 적응하지 못한 곳이 어디 바다뿐이겠는가. 누구를 탓할 필요도 없었다. 사람들은 제각기 자신의 길을 갈 뿐이다.

두 시간여 만에 사상터미널에 도착해 지하철을 갈아타고 집으로 왔다.

8. 대통령을 만든 사람들과 대통령의 사람들

바다에서 돌아온 나는 둘째와 막내에게 전화부터 걸었다. 어지간히 궁금하고 걱정했던 듯 아이들은 "아버지, 어찌된 일이에요?"하며 크게 놀랐다. 저간의 사정을 간략히 말해주고 "만나면 이야기 할게."하며 전화를 끊었다. 막내는 진즉 캐나다에서 돌아와 학교 기숙사에 있었다.

심신이 극도로 피폐해진 나는 열 일 제쳐두고 치료부터 받아야 했다. 삼천포에서 가져온 약이 다 떨어져 KY 수산회사에 전화를 걸었다. 부산에도 지정병원이 있다고 했다. 집에서 그리 멀지 않은 곳에 있는 D메디컬센터였다.

진료를 받는 중에 담당의에게 삼천포 병원에서 가져온 진단서를 보여주었다. 양 손가락 처치를 받고 주사를 맞은 뒤 허리와 가슴 물리치료도 받았다. 원장은 치료를 하고 경과를 봐가며 가슴 사진(X-ray)

을 다시 찍어보자고 했다.

　병원 관계자는 "산재처리가 되므로 치료비 걱정은 안 하셔도 됩니다."라고 친절하게 설명했다. 지역건강보험에 가입도 돼 있지만, 치료를 받는 동안 병원비와 약값을 내지 않아도 된다니 천만다행이었다.

　며칠 동안을 집에서 누웠다 일어났다 하며 보냈다. 눈을 감고 누워 있노라면 여기가 배 위인지 내 방인지 분간이 잘 안 되었다. 몸은 천근만근, 완전히 무기력증에 빠진 느낌이었다. 하지만 마냥 이렇게 세월을 흘려보낼 수는 없는 노릇이었다.

　몸을 일으켜 밀린 은행일부터 보았다. 전기요금 등 연체된 공과금을 납부하고 밀린 은행 대출금 이자도 조기노령연금으로 해결했다.

　그리고는 정신을 추스러 서울의 K씨에게 전화를 걸었다. 그는 한나라당 대통령 후보 이명박(MB) 선거캠프에서 중요 직무를 수행하고 있었다. 방판 일을 하기 전 나도 그와 함께 '언론특보' 임명을 받고 일을 했다. 제 17대 대통령 선거를 앞두고 벌어진 대선후보 당내 경선 때부터 'MB 대통령 만들기'에 나선 것이다. K씨는 마치 죽었던 사람이 살아 돌아온 것처럼 놀란 눈치였다. 일을 잘 하다가 이렇다 저렇다 말 한 마디 없이 소식이 두절되었으니 그럴 만도 했다.

　"그동안 무슨 일이 있었어요?" 하고 캐묻는 그에게 "피치 못할 사정이 있었습니다."고 간단하게 안부를 전한 뒤 특보 일을 다시 하겠다고 했다. 일손이 부족했던지 그는 무척 반가워했다. 제17대 대통령 선거가 눈앞으로 다가왔다. 기다렸다는 듯 나에게는 많은 일감이 쏟아졌다.

매일 새벽에는 일일보고 형식의 일보日報를, 매주 한 번씩 주보週報를 작성해 이메일로 보냈다. 그 일은 신경이 아주 많이 쓰였고 시간을 많이 빼앗았다. 수험생도 아니고 매일 새벽 4시, 5시에 일어나는 것부터 정말 고역이었다.

부산 지역의 신문과 방송을 모니터해서 선거와 관련된 기사를 스크랩하거나 분석하고 지역 여론동향을 수집, 정리한 문서를 만들어 매일 오전 6시30분까지 이메일로 보내는 일이 주 임무였다. 따라서 지역의 두 개 신문을 탐독하고, TV로 3개 공중파 방송을 번갈아가며 시청하는 건 기본이었다.

이렇게 매일 일일보고(일보)를 하는 한편 민심의 흐름을 파악하고, 선거와 관련된 각종 정보를 수집 정리한 문서를 매주 한 번 씩 이메일로 보냈다. 지역 민심이나 표심에 대한 동향을 살피기 위해선 다양한 사람들을 만나 많은 이야기를 들어야만 했다. 그 과정에서 선거에 따른 각종 정보를 얻을 수 있었다. 수집한 이들 정보와 여론동향 등을 전하는 일보 또는 주보와 같은 정례보고 외에도 이슈가 있을 때마다 '긴급보고'라는 리포트를 보냈다. 그러면서 (공약)정책을 제안하기도 했고, 캠페인의 새로운 방식이라거나 개선점을 지적해 올려주었다.

내가 그때 제안한 새로운 캠페인 가운데 하나가 '10"'이란 것이다. 이는 선거캠프에서 일하는 사람 개개인이 확실히 믿을 수 있는 사람 10명에게 'MB 지지' 요청 메시지를 휴대폰으로 전송하는 것이다. 그리고 메시지를 받는 10명에게 각기 이 메시지를 다시 10명의 친지에게 보내도록 요청하는 것이다. 이와 같은 방법을 4번(10^4)만 반복하면 1만 명에게 '지지요청'을 하는 결과가 된다. 다수의 중복이 예상되긴 하지만 캠프 종사자 1천명이 이 캠페인에 참여할 경우 결국, 1천만 명의 유권자에게 지지를 부탁하는 효과를 볼 수 있는 것이다. SNS 선거 캠페인의 효시인 셈이다. 서울 본부 캠프에서 이 방식을 사용했는지는 알 수 없었지만….

언론특보는 서울 외에 각 지역별 책임자가 있었고, 나는 부산을 맡았다. K씨는 이들 지역에서 특보들이 올려 보낸 일보와 주보를 취합하고 정리해서 선거캠프 최고 책임자에게 전달하는 임무를 수행했다.

특보 활동을 하면서 없는 살림에 교통비와 점심값 등 비용도 만만찮게 들어갔다. 하지만 활동비라는 명목으로 최소한의 비용을 지급받은 일도 없었다. 말 그대로 완전히 무료 봉사활동을 하고 있었던 것이다.

당시의 정치 상황은 노무현 대통령이 국민들의 지지를 잃으면서 '정권교체'가 기정사실로 굳어져 가고 있었다. 제 1야당인 한나라당 후보가 '따 놓은 당상'으로 인식되고 있었으므로 당내 경선은 더욱 치열할 수밖에 없었다. 마침내 치러진 한나라당 대통령 후보 경선일, 선출방식은 다소 복잡했다. 당원과 일반국민 등 선거인단의 직접 투표와 국민여론 조사 결과를 반영하는 방식이었다.

결과는 MB가 총 8만1,084표를 획득, 경쟁자인 박근혜 후보를 2,452표 차이로 누르고 대선후보로 선출됐다. 13만 898명(유효투표수)의 선거인단과 여론조사 대상자 5,049명의 득표수를 합산해 계산한

결과였다.

선거인단 투표에서는 MB가 박 후보와 치열한 경합 끝에 432표 뒤졌다. 그러나 일반국민을 상대로 한 여론조사에서 8.5% 포인트(표로 환산시 2,900여 표) 가량 앞서 승리한 것이다. '여론조사 결과 반영'이 없었다면 MB는 대선후보 자리를 박 근혜 후보에게 내주었을지도 모른다. 그래서 당시에 여론조사 반영 비율을 놓고 첨예한 대립이 있었다. 당시 여론 지지도가 높았던 MB 측은 반영비율을 '높게', 박 후보 측은 '낮게'를 주장했다.

우여곡절 끝에 여론조사 반영 비율은 20%로 확정되었다. 이 비율은 당원 및 대의원, 일반 국민이 참여한 선거인단의 평균 유효투표수의 20%를 여론조사 후보별 지지율만큼 표로 환산하는 것이다. 그런데 선거인단의 투표율이 문제였다. 투표율이 높으면 높은 대로, 낮으면 낮은 대로 후보에 따라 유리한지 불리한지 결정되기 때문이다.

내가 MB 선거운동을 하는 데 대해 세 아들은 모두 의아해 했다. 아이들이 물었다.

"아버진 그쪽 성향도 아니면서 왜 MB 선거운동을 하세요?"

"아버지도 실용주의 노선을 택했다."

조금은 궁색한 나의 대답이었다. MB가 슬로건으로 내세운 '실용주의'를 빗댄 것이다. 당선 가능성이 가장 높은 후보의 줄에 서는 것이 개인적 실익이 있지 않겠냐는 의미였다.

아이들은 투표를 하면서도 많이 갈등했다고 했다. MB에 대한 청년층의 지지도가 상대적으로 낮은 점을 감안하면 아이들의 심정을 이해할 수 있었다. 아이들은 문국현 후보에 대해 호감을 품고 있었다. 문 후보의 참신성이 젊은 세대에게 먹히는 분위기였다. 그러함에도 불구하고 문국현 대통령 후보는 양당정치의 정착을 갈망하는 유권자들의 뜻에 충분히 부응하지 못함으로써 실험에 그쳤다고 볼 수 있지 않을까.

나는 아이들에게 "아버지를 봐서라도 MB를 찍어라!" 하고 말했다. 강요는 아니었다. 아이들도 "아버지께서 그렇게 열심히 뛰시는데…" 하면서 내 말을 웃어넘겼다. 그런데 사실은 나도 12월 19일 대통령 선거 투표장에서 심적 갈등을 겪었다. 내가 MB에게 투표하는 것은 평소의 내 '정치적 양심'에 반하는 일이었다. 그러나 선거캠프에 합류하여 선거운동까지 그렇게 열심히 해놓고 다른 후보에게 투표하는 것은 말이 안 되는 일이었다.

대통령 선거가 모두 끝났다. 내가 열심히 민 후보가 대통령에 당선되었다는 사실보다 이제는 매일 새벽에 일어나지 않아도 된다는 해방감이 더 컸다. 돈 한 푼 받지 않고 내가 할 수 있는 일은 다 했지만, 이제 내가 뛰어들어야 할 곳은 구체적인 내 생활의 장場이었기 때문이다. 대통령 당선자가 발표된 순간부터 나는 '선거'에 대해 모두 잊기로 마음을 먹었다. 대통령직 인수위가 출범했다. 그들이 이 나라와 국민을 위해서 최선의 정책을 펼쳐줄 것을 기원하면서 나는 지난 몇 개월간의 특보활동을 아무도 모르게 혼자 마무리했다.

바다에서 돌아와 몸도 안 좋은데 대통령 선거활동에 뛰어들었던 건 내게 막연한 기대감이 있었기 때문인지도 모른다.

나는 두 달 가까이 통원치료를 하면서 선거캠프의 특보활동을 계속했다. 벌이가 없어서 수산업공제조합에서 받은 산재급여와 막내아들이 학자금 대출을 받아 보내준 돈, 심지어는 카드깡을 통해 대출받은 돈으로 생활을 유지했다. 카드깡은 결과적으로 연 50%의 고리채였다. 바다에서 돌아오자마자 상환일이 도래한 S보험 대출금은 막내가 보내준 돈으로 일부를 갚은 뒤 가까스로 상환을 연장하는 상황이었다.

산재급여 210여만 원은 눈물겨운 돈이 아닐 수 없었다. 선원 월급이 96만 원이었으니 그 돈은 월급과도 비교할 수 없는 돈이었다. 서울에서 유학중인 둘째아이에게 생활비 70만 원을 보냈다. 둘째에게 보낸 돈은 그것이 마지막이었다.

'마지막인 줄 알았다면 좀 더 많이 보낼걸!'

내가 극도로 어려운 중에도 개인회생이나 파산신청을 하지 않은 건 '막연한 기대감' 때문이었다. 혹시 앞으로 일자리를 얻게 될 경우 '신용불량자'라거나 '파산자' 신분으로는 어렵지 않을까 하는 염려!

한편 인수위 위원들의 중구난방식 정책발표가 쏟아지고, 각종 혼선이 빚어지고 있는 걸 보면서 나는 오불관언吾不關焉하고 있을 수만은 없었다. 기왕에 선거 캠프에 참여했으니까 새 대통령이 잘하고, 새 정부가 성공하기를 바랐다. 어느 날 특보단 팀장인 K씨에게 제안했다.

"선거는 끝났지만, 새 정부의 성공적인 출범을 위해 특보들이 활동을 계속하는 것이 어떻겠습니까?"

매일은 아니라도 매주 한 번 정도 인수위 활동에 대한 지역여론 동향이나 민심을 파악한 리포트를 보내겠다는 뜻을 전한 것이다.

K씨는 좋은 생각이라고 호응해 주었다. 그래서 나는 선거 후에도 매주 한 번씩 '이슈&여론'이라는 제목의 리포트를 써서 보냈다.

대선 후 관심은 온통 당선인(MB)과 인수위의 정부조직 개편안에 쏠려 있었다. 특히 부산과 경남의 경우 해양수산부 폐지 문제로 여론이 들끓고 있었다. 그래서 이에 관한 지역민심과 여론동향을 알렸다.

많은 논란 끝에 이루어진 이명박 정부의 첫 조각은 '이순耳順 내각'이란 조어가 나돌 정도로 60대가 대부분을 차지했다. 14명의 장관 가운데 60대 이상이 10명이고 50대는 4명이었다.

출신지역별로는 영남이 5명으로 수적으로 우위를 차지했고 기획재정부, 교육과학부, 법무부 등 주로 핵심 포스트에 배치됨으로써 질적 우위도 과시했다는 분석이다.

출신대학을 보면 서울대가 6명으로 가장 많고, 뒤이어 대통령의 모교인 고려대 출신이 3명을 차지했다. 이 가운데 박사학위 소지자가 5명으로 고학력 출신 기용이 두드러졌다.

정부 각료와 청와대 비서관들의 재산이 많은 것도 특징이었다. 그래서 강남 부자들만의 내각이라는 의미의 '강부자'라는 별칭이 생겼다. 대통령 당선인이 '베스트 오브 베스트'라고 자평한 새 정부 첫 장관 후보 15명 가운데 12명이 다주택 소유자들로 나타난 까닭이다.

부동산 투기 의혹뿐만 아니라 논문 표절, 자녀 이중국적, 공금 유용 등 온갖 의혹이 잇따라 제기됐다. 또한 13명의 국무위원 중 5명이 군 면제처분을 받은 것으로 나타나 장관 후보들을 두고 '신의 아들 클럽'이라는 말도 생겨났다.

또 '고소영' 내각이란 신조어도 있었다. 정부의 내각 인선이 잘못되었다고 비판하는 쪽에서 명명한 것으로, 고려대·소망교회·영남 출신들만의 내각(고소영)이라고 조롱하는 말이다. 고려대는 MB의 모교이고, MB는 소망교회 장로다. 그의 출생지는 경북 포항이다. 실제 고려대 출신이 그리 많은 것도 아니었고, 각료와 청와대 비서관 가운데 한두 명 소망교회 신자가 있긴 했지만 절대 다수는 아니었다. 그러함에도 그 같은 비판을 받을 만한 소지는 충분히 있었다.

나는 MB 정부의 조각 등 인선 발표가 있을 때마다 '저 사람들은 MB를 얼마나 도왔을까?'하고 생각해 보았다. 그들은 MB가 서울시장 재직시 또는 CEO로 있을 때부터 인연을 맺어온 것으로 소개됐다. 대통령선거에서도 많은 힘을 보탰을 것이다.

그들의 땀과 노력이 있어 MB는 대통령이 됐을 것이고, 그들에게 응분의 보상을 해야 하는 게 도리일 것이다. 선택된 그들, 그래서 국민의 0.001%도 안 되는 그들은 계속해서 부와 권세와 명예를 동시에 누리게 될 것이다. 그리고 그들은 이를 너무도 당연한 일로 치부할 것이다.

그러나 MB를 대통령을 만든 사람이 그들뿐일까? 모르긴 해도 나는 대통령을 만들기 위해 새벽잠을 설쳐가며 뛰고 달린 사람들이 부지기수일 것이라 믿는다. 보이지 않는 곳에서 묵묵히 뛰고 달린 사람들. 이들 장삼이사張三李四는 요직 하나쯤 얻을 요량으로 뛴 것도 아니고, 이권에 개입해 보려고 달린 것은 아니리라. 보이지 않는 그들이 바로 대통령을 만들고, 나라를 만들고, 우리 사회를 지탱하는 원동력일 것이다. 그리고 대통령을 만든 사람은 바로 우리 국민일 것이다.

사정도 모르는 주위 사람들은 내게 "그렇게 열심히 일했으니 이제 한자리 얻어 가겠네!"하고 한마디씩 던졌다. 그들로서는 할 수 있는 소리였다. 그러나 나는 그런 말이 그렇게 부담스러울 수 없었다. 선거가 끝난 순간부터 그런 기대는 접은 지 오래였다.

나는 일류대학을 나오지도 않았다. 고위관료를 해 본 적도 없고, 교수 같은 직함도 가져 보지 못했다. 나이 예순에 수천만 원에 달하는 부채가 재산이라면 재산이다.

종교도 달랐다. 가끔 고린도(코린트)전서 13장의 '사랑은 오래 참고 사랑은 온유하며 시기하지 아니하며…'로 시작하는 구절을 좋아하기는 하지만 교회에 나가 본 적은 없었다. 사랑에 대하여 이보다 더 좋은 설명이 또 있을까.

'… 사랑은 자랑하지 아니하며, 교만하지 아니하며, 성을 내지 아니하며, 앙심을 품지 아니하며, 불의를 기뻐하지 아니하며 진리와 함께 기뻐하고, 모든 것을 덮어주며, 모든 것을 믿으며, 모든 것을 바라며, 모든 것을 견디느니라. 그러므로 믿음, 희망, 사랑 이 셋 중에 가장 위대한 것은 사랑이라.'

젊은 시절, 이 구절을 접하고 교회에 나가볼까 하는 생각도 했다. 하지만 인연이 닿지 않아 기독교 신자가 되진 못했다.

이런 나에 비하면 학벌, 경력, 지역적 메리트merit까지 두루 갖춘 '대통령의 사람들'이 얼마나 많은가. 그들은 줄을 서 기다리고 있었고, 그 줄의 끝은 보이지 않았다.

예전엔 새 정부가 들어서면 정부 각료나 고위직은 아니라도 각급 기관 단체의 '이사'나 '감사' 등의 자리에 들어가 앉은 대통령의 사람들이 많았다. 하지만 지금은 대부분 공개모집 형식이어서 대통령으로서 '은전'을 베풀기도 쉽지 않다. 어쩌다 임용이 되더라도 '낙하산'이니 뭐니 하여 노조 등에서 들고 일어나기 때문에 오래 버텨내지도 못하는 형편이다.

나는 '대통령을 만든 사람'과 '대통령의 사람들'은 판이하게 다르다는 사실을 직시했다. 그래서 '혹시나' 하는 기대감은 일찌감치 포기했다. 그게 마음 편했다. 나도 이 세상의, 눈에 잘 띄지 않는 '장삼이사' 가운데 한 사람인 것이다.

내가 '이슈&여론' 리포트를 올린 건 2008년 1월 23일자가 마지막이었다. 며칠 뒤, 내 일생에 있어 가장 가슴 아픈 사건을 만났기 때문이다.

9. 아들아! 세상이 그리도 힘들었니?

늦은 밤, 막 잠자리에 들었는데, 누군가 문을 두드렸다. 현관문을 열자 경찰이 서 있었다.

"○○씨 아버지십니까?"

"그렇습니다만 무슨 일이시죠?"

경찰이 생뚱맞다는 듯 대꾸했다.

"서울 관악경찰서에서 전화가 왔는데요, 긴급한 일인 것 같으니 연락 한 번 해보시지요." 그러면서 전화번호를 적은 쪽지를 내밀었다.

"무슨 일인데요?"

쪽지를 받으면서 물었다. 아이에게 생긴 긴급한 일이라니 가슴이 철렁했다.

"자세히는 모르겠고요, 아마도 자녀분에게 무슨 일이 생긴 것 같습니다."

"……?"

경찰이 떠나자마자 전화기 앞으로 달려왔다.

'녀석이 술을 마시다가 시비라도 생겼나… 무슨 일이지?'

쪽지에 적힌 번호로 전화를 거는데 가슴이 쿵쾅거렸다. 전화를 받은 담당자는 "○○씨 아버지가 맞습니까?"하고 또 물었다. 그렇다고 하자 "확인할 일이 있으니 빨리 경찰서로 와 주셔야겠습니다."라고 했다.

"왜, 우리 아이가 무슨 사고라도 저질렀나요?"

"자세한 건 경찰서에 오시면 말씀드리겠습니다. 마음의 준비를 하고 오시는 것이 좋겠습니다."

담당자는 다짜고짜 서울로 올라오라고 했다. '마음의 준비'를 하고 오라니 무슨 소린지 찜찜하고 불길했다.

'이 야밤에 도대체 무슨 일이지? 술 마시고 싸움이나 하고 시비를 벌일 아이가 아닌데!'

주섬주섬 옷을 입고 나갈 준비를 하는데, 전화가 왔다. 아이 엄마였다. "둘째가 일을 당한 것 같아요."라며 그녀가 울먹였다.

"일을 당하다니! 그게 무슨 소리요?"

"아이가 지금 병원에 있데요…."

우리는 서울에서 보기로 하고 전화를 끊었다.

나는 아이가 다쳐서 병원에 있는 줄 알았다. 황망히 옷을 입고 노포동 터미널로 가서 밤 12시에 출발하는 우등고속버스를 탔다. 버스가 속도를 내어서 서울에 조금이라도 빨리 닿기만 바랐다. 안절부절 못하고 있는데, 막내에게서 전화가 걸려왔다. 서울로 가고 있다고 했다. 제 엄마에게서 전화를 받은 모양이었다. 막내까지 부른 걸 보니 심상치 않은 일이 벌어진 것 같았다. 그러면서도 설마설마 했다.

강남터미널에 당도하니 포항에서 올라온 막내가 먼저 도착해 나를 기다리고 있었다. 부자가 택시를 잡아타고 관악경찰서에 당도하니 아이 엄마가 와 있었다. 얼마나 울었는지 눈이 퉁퉁 부어 있었다.

무슨 일인지 다급하게 묻자 아이 엄마가 울면서 대답했다.

"아이가 건물 옥상에서 뛰어내려 즉사했대요."

"뭐야? 무슨 말도 안 되는 이야길! 아이는 지금 어디 있는데?"

나도 모르게 버럭 소리를 내질렀다.

"영등포 H병원에 안치돼 있습니다."

기다렸다는 듯 담당 경찰이 대답했다.

'이게 갑자기 어떻게 된 일이란 말인가!' 놀라서 아무 말도 안 나왔다. 도저히 믿을 수가 없었다. 아이에게 가기 전에 아이의 인적 사항과 보호자 관계 등을 밝히는 진술서를 써야 한다고 했다. 지금 이 상황에 진술서는 또 뭐란 말인가! 경찰이 묻는 말에 간단히 대답만 해주었다. 혹시 싶어 타살 여부를 물었다. 담당 경찰은 "현장조사를 철저히 했는데, 타살로는 보이지 않습니다!" 하고 대답했다.

급한 마음에 현장부터 가보자고 했다. 경찰차를 타고 간 곳은 둘째가 살고 있는 집에서 조금 떨어져 있는 오피스텔이었다. 찜질방이 있어, 서울에 들를 때면 아이와 함께 목욕을 하기도 했던 곳이다.

엘리베이터를 타고 옥상으로 올라가 보니 누군가 의자를 딛고 난간을 타고 기어 올라간 흔적이 있었다. 경찰은 발자국을 가리키며 아이의 발자국이맞다는 걸 강조했다. 난간이 꽤 높았고, 스테인리스 스틸로 난간 칸막이가 돼 있어서 누군가가 사람을 살해해 내던졌다고 하기에는 무리가 있어 보였다. 옥상에서 내려와 경비실로 가니 경비원이 CCTV(감시카메라) 녹화 테이프를 보여주었다. 18시 18분께 1층에서 아이가 엘리베이터를 타는 모습이 찍혀 있었다. 털모자를 깊숙이 눌러쓰고 장갑을 낀 채 홀로 현관문을 들어와 엘리베이터를 타는 모습이었다.

경찰과 함께 아이가 살던 집으로 가 보았다. 집은 평소대로였고, 맥주 페트병과 소주병이 방바닥에 나란히 놓여 있었다. 맥주는 절반 정도 비어 있었고, 소주는 거의 비운 상태였다. 책상 위에는 두 달이나 연체된 집세 고지서가 있었다. 내야 할 돈은 모두 84만 원이었다.

나는 그 순간 아이가 스스로 세상을 버렸음을 직감했다. 소주와 맥주를 섞어 마시고, 혼몽한 상태에서 결심을 실천한 것이다. 눈물이 핑 돌았다. 이 모두가 내 탓이라는 생각이 들었다.

"이를 어쩌면 좋지? 못난 아비가 너를 죽였구나!"

나는 방바닥에 무릎을 꿇고 엎드려 탄식했다. 산재급여를 받아 겨우 70만 원을 보내준 뒤 몇 달째 송금을 끊었으니, 할 말이 없었다.

나는 이 상황에서 정신을 잃지 않고 똑바로 차려야겠다고 마음을 다잡았다. 그리고 막내에게 컴퓨터를 켜보라고 했다. 혹시 유언이라도 있을까 해서다. 그러나 샅샅이 뒤져도 유언 같은 건 없었다.

나는 경찰에게 병원으로 가자고 했다. 경찰은 순순히 따라주었다. 아이 엄마, 막내와 함께 경찰 패트롤카에 올라탔다. 실로 오랜만에 아이 엄마와 나란히 앉았다. 그러나 차를 타고 가는 동안 우리는 단 한마디도 나누지 않았다. 아내가 그렇게나 밉고, 원망스러울 수가 없었다. 지금까지 5년이 넘게 나 홀로 아이들을 건사했고 힘에 부쳐 결국 둘째를 잃었다는 생각이 들었다.

아침 6시께 H병원 안치실에 당도해 아이를 확인했다. 홀연히, 냉장실 서랍 속에 눈을 감고 누워있는 둘째.

"영아~ 도대체 이게 웬 일이냐!"

나는 차마 입을 열어 소리를 낼 수 없었다. 처참하게 일그러져 있는 아이의 얼굴에 망연자실했다. 눈물조차 나오지 않았다. 아이 엄마는 그 자리에서 실신했다. "형~!"을 외쳐 부르며 울부짖던 막내가 제 엄마를 부축했다.

이미 일은 벌어졌고, 돌이킬 수 없는 상황에 이르렀다. 아무리 믿고 싶지 않아도, 생때같은 아이가 다시는 깨어날 수 없는 잠에 빠져 있다는 사실을 인정해야만 했다. 이 상황에서 나는 냉정하지 않으면 안 되었다. 어떻든 사건을 수습하고, 부끄럽지 않게 아이의 장례를 치르는 일이 내겐 또 최대의 과제가 되었다.

아이 엄마를 병원에 남겨두고 막내와 함께 경찰서로 되돌아가 진술서 작성을 마무리 지었다. 경찰은 사건을 단순 변사로 종결지으려 했다. 의심할 여지가 없는 사건이라 생각했고 그렇게 하는 것이 편했기 때문일 것이다. 나는 아이가 스스로 결정한 사건임을 짐작하면서도 경찰이 하자는 대로 순순히 따라주고 싶지는 않았다. 그렇게 하기엔 너무나도 허망하고 가슴이 아팠기 때문이다.

각 언론사 기자들이 취재차 조사실을 둘러보고 있었다. 나는 이들에게 사건의 개요를 얘기해 주고 싶은 충동을 느꼈다. 아이의 죽음이 피할 수 없는 '단순 변사' 사건이라 하더라도 하소연은 하고 싶었다.

고층건물 옥상은 평소엔 문을 잠가두도록 법에 명시돼 있다. 만약 옥상 문이 잠겨 있었더라면 아이가 그곳으로 올라가지 못했을 테고, 뛰어내릴 수 없었을 것이다. 관리 태만으로 인해 사고가 발생했다면 건물 관리책임자는 그에 상응한 처벌을 받아야 하지 않을까! 몇 번이고 기자를 불러 앉혀놓고 하소연하고 싶었지만 꾹 참았다. '아이를 오히려 욕되게 하지는 않을까? 이미 죽어버린 아이를 두고 사건화 하는 것이 과연 온당한 일인가…' 경찰에 대한 원망 같은 건 가슴 깊이 묻어두기로 했다. 누구를 원망한들 아이가 살아서 돌아올 수 없지 않은가.

'더 이상 이의를 제기하지 않겠다'는 각서 아닌 조건을 붙인 사건조서에 서명했다. 그것은 정말 싫은 일이었다. 아이의 죽음을 아비가 인정한 꼴이기 때문이다. 서명 후, 엄지손가락에 인주를 묻혀 지장을 찍는 순간 굵은 눈물방울이 떨어졌다. 조서에 떨어진 눈물을 얼른 손으로 훔쳤다. 그리고는 옆에서 지켜보고 있는 막내에게 들키지 않으려고 두 손으로 얼굴을 감쌌다.

경찰은 아이 유품이라며 신분증이 든 지갑과 휴대폰 등을 건네주었다. 우리는 총총히 경찰서를 나섰다.

택시를 잡아타고 병원으로 가는 도중 아이의 휴대폰을 열어보았다. '혹시 무슨 말을 남기지 않았을까?' 폰에는 '아버지 정말 미안합니다!' 그 한 마디가 남겨져 있었다. 그 한 마디가 구구절절한 백 마디 말보다 내 심금을 더 울렸다. 나는 북받치는 설움으로 두 눈을 감아버렸다. '미안한 건 나야! 이 아버지가 너를 죽인 죄인이라고…' 장례 준비를 해야 하는데 비용이 문제였다. 타지인 서울에서 장례를 치러야 한다는 게 큰 부담이었다. 막내를 시켜 둘째와 친했던 친구들에게 연락을 하라고 이르고, 시골 형님께 전화를 했다. 좋은 일이 아니라서 망설였으나 상황이 너무 어려워 형제들의 도움을 받고 싶었다.

서울에 살고 있는 생질에게 전화를 해 사정을 얘기하고, 돈을 좀 빌려달라고 했다. 그는 득달같이 병원으로 달려왔다. 조카는 나를 위로하며 100만원을 주며 장례비에 보태라고 했다. 어떤 말도 필요치 않아서 주는 돈을 받았다.

정오에 병원 장례식장에 빈소를 차렸다. 조문객을 위해 식당에 음식을 주문했다. 연락을 받은 둘째의 친구들이 찾아왔다. 나도 알고 있는 아이들이었다. 그들은 대학 1학년 여름방학에 부산에 왔다. 우리 집에서 먹고 자며 바닷가며 부산의 명소를 관광했고, 음식점에 그들을 데려가 한 턱 내기도 했다.

아이 친구들은 나를 보고 눈물을 흘렸다. 며칠 전 만났을 때도 전혀 그런 낌새를 눈치 채지 못했단다. 그들은 동기와 절친했던 친구들에게 일일이 전화나 문자로 비보를 전했다.

오후 4시께, 인근 은행으로 가 경찰이 알려준 계좌로 법의法醫 검안비 20만 원을 송금했다. 그리고 송금 사실을 전화로 알렸다. 약 한 시간 뒤, 법의 검안서가 퀵서비스로 배달돼 왔다. 이를 가지고 경찰서에 다시 가 검찰이 발부한 시체 인도서를 받아왔다. 이를 병원에 제출하고, 다시 확인절차를 밟았다. 얼굴에 상처가 났으나 아이는 너무도 편안한 모습이었다.

"영아, 무엇이 그리도 너를 힘들게 했니? 아빠를 생각했다면 그리 모진 짓을 하지는 못했을 텐데…. 아빠가 미안하다. 정말~ 정말!"

얼마나 울었는지 눈물마저 말라버렸다. 둘째의 얼굴을 확인하고 아이 엄마는 또 혼절했다. 아이 엄마를 진정시켜 안치실 밖으로 내보냈다. 그리고 염사들에게 얼굴을 비롯해 신체 여기저기에 나 있는 상처들을 예쁘게 꿰매달라고 부탁했다. 염사는 비용이 추가로 들어간다고 했지만 못난 아비가 아이에게 줄 수 있는 마지막 선물이었다.

염사에게 20만 원을 건네주고 안치실을 나왔다. 장례식장 사무실에서 수의 등 소요되는 장의물품들을 정하고, 벽제화장장에서 화장하기로 예약했다. 이에 들어가는 비용이 수백만 원. 그 돈을 어떻게 충당할 수 있을지 나는 아무런 대책이 없었다.

영정은 평소 내가 지갑에 넣고 다녔던 아이 사진을 스캔으로 확대해 만들었다. 사진을 안치하고 국화꽃으로 빈소를 꾸몄다.

둘째 친구들이 줄을 이어 문상 왔다. 그리고 멀리 포항에서 막내의 학교 선후배들도 문상을 왔다. 시골의 형님들과 조카들이 모두 달려오고, 서울에 살고 있는 누이들과 생질들도 빠짐없이 찾아왔다. 그리고 아이의 외가 친척들도 왔다.

큰아이는 일등병으로 강원도 최전방에 복무하고 있었는데 소식을 알려야 하는지 망설였다. 충격을 받아 군 생활에 지장을 받을까 염려했기 때문이다. 하지만 아이 엄마를 비롯해 주위에서 알려야 한다고 해 부대에 전화를 걸었다. 당직사관이 아이와 전화를 연결해 주었다. 아버지가 전하는 동생의 비보에 아이는 그냥 소리 내어 울기만 했다. 아이를 진정시킨 뒤 당직사관을 바꾸라고 했다. 사정을 들은 사관은 휴가 조치를 하겠다고 말했다. 큰아이는 밤 11시쯤 빈소에 도착했다.

빈소는 문상객들로 가득 찼다. 앉을 자리가 없어 비어 있는 옆 호실까지 사용했다. 문상객은 큰아이와 막내가 받았지만, 나는 찾아와 준 친구들이 고마워 일일이 술 한 잔을 권하며 인사했다. 실상 나를 찾아온 문상객은 형제들과 친인척 말고는 거의 없었다. 나는 아들을 죽게 한 '죄인'이라는 생각에 친지들에게 흉보를 전하고 싶지 않았다. 그들을 보면 할 말이 없을 것 같았다.

끊이지 않고 오는 둘째와 막내아들 친구들을 보면서 '아이들이 잘못 살지는 않았구나!' 생각했다. 특히 포항에서 와준 막내의 친구들이 너무나도 고마웠다. 둘째아이 친구들은 자신이 좀 더 신경을 쓰지 못한 게 후회스럽다고 말하며 자책했다. 서울에서 공부하고 있던 제 사촌들도 자주 만나지 않고 무심히 지냈던 것에 대해 죄스러워 했다. 우리는 서로 위로하며 밤을 샜다. 그들이 권하는 술잔을 사양할 수 없어 홀짝홀짝 마셨다. 그러나 결코 취하지는 않았다. 흠뻑 취하여 이 모든 괴로움을 잊고 싶었으나 그럴 수는 없는 노릇이었다.

그런 가운데 입관식을 했다. 깨끗이 씻기고 성형까지 한 아이의 얼굴은 너무도 평화롭고 예뻤다. 나는 아이의 얼굴을 어루만졌다.

"널 지켜주지 못한 아비를 용서해다오. 그리고 이승에서 잘 못 만난 아비의 인연을 끊어버리고 내생에선 좋은 아버지를 만나 행복하게 잘 살려무나…. 영아, 정말로 미안하고 또 미안하다…."

나는 차마 관 뚜껑을 닫게 할 수 없어 아이를 쓸어안고 하염없이 눈물만 흘렸다. 그러나 언제까지나 그러고 있을 수는 없었다. 저승 가는 여비 10만 원이 든 봉투를 관 뚜껑 위에 놓아두고 안치실을 나왔다. 그리고 다시 아이 친구들을 맞이했다.

날이 밝았다. 오전 7시, 아침 상식을 올리고 10시에 영결 법회를 가졌다. 영구차가 오기 전 장례식장 비용을 결산했다. 비용은 800만 원쯤 됐다. 다행히도 부의금으로 그 비용을 충당할 수 있었다. 형제들의 도움도 있었지만, 대부분 아이 친구들이 가져온 것이었다.

'세상에, 코 묻은 돈으로 아이 장례를 치르다니….'

나는 또 탄식했다. 자괴감을 느끼지 않을 수 없었다. 무능한 아버지의 진면목이었다.

이윽고, 둘째의 친구들이 아이를 영구차로 운구했다. 영구차는 오후 1시 20분께 벽제 화장장에 도착했다. 시신을 안치한 후, 구내식당에서 점심을 먹었다. 아무리 슬퍼도 산 사람은 또 배를 채워야만 하는 것. 염치없지만 내 배도 채워야 하고, 무엇보다 문상객과 아이 친구들 밥을 챙겨야 했다. 꾸역꾸역 잘 넘어가지도 않는 밥을 먹었다. 이래서 죽은 사람만 불쌍하다고 하는 게 아닌지!

화장은 오후 4시 20분쯤 모두 끝났다. 유골을 수습했다. 아이의 유골을 강물이나 바다에 뿌리리라 마음먹었다. 흔적을 남기지 않는 것이 아이에게도 좋고, 내가 아이를 쉬 잊는데 도움이 되리라 여겼기 때문이다.

그러나 아이 엄마가 유골을 자기가 사는 충북 영동으로 싣고 가자고 했다. 그는 지리산 찻집 운영에 실패하고 영동의 한 사찰에 머물고 있었다. 그곳 주지가 아이 엄마에게 찻집을 하라고 권유했던 B스님이었다. 내가 어쩌다 시간을 내어 지리산 사찰에 들렀을 때, B스님은 찻집에서 주인 행세를 하고 있었다.

그때 그는 내게 이상한 말을 했다.

"보살님의 속세 인연이 다 된 것 같습니다."

나는 속으로 '속세의 인연이 다 되다니?' 하고 상당히 불쾌하게 여겼다.아내의 돌연한 이혼 요구가 이들 스님들로부터 비롯된 것은 아닌지, 의심을 가질 수밖에 없었다. 말을 해주지 않으니 아직까지도 내막은 다 알지 못하고 있다.

B스님은 지리산의 사찰에서 주지와 알력을 빚다 배척당했다. 그리고 영동에 새 절을 지었던 것이다. 아내가 지내고 있는 곳이 바로 그곳이었다. 아이의 유골을 안치하겠다는 절도….

B스님은 장례식에 와서 독경을 하고, 둘째의 극락왕생을 빌어주었다. 나는 그가 못마땅했지만 아이를 생각해서 꾹 참았다. 그가 누구든 스님을 청해 독경을 해야 할 형편이었기 때문이다. 또한 아내는 아이 유골을 그 스님의 절에 안치하고 49재를 지내겠다고 말했다.

'지금에 와서 당신이 무슨 자격이 있다고….'

나는 매몰차게 뿌리치고 싶었다. 그들의 얼굴을 다시 보는 것이 내게는 더할 수 없는 고통이었다.

하지만 어쩌랴, 아이의 어미인 것을….

'졸지에 생때같은 자식을 잃은 어미의 마음이 오죽 하겠는가!'

나는 또 모질지 못한 성정으로 인해 엉거주춤 아이 엄마가 하자는 대로 끌려가고 있었다. 큰아이를 제외하고 우리 세 식구, 아니 네 식구는 아이 외숙의 차를 타고 영동으로 갔다. 큰아이는 영구차편으로 서울로 가 뒷정리를 하도록 했다. 장례기간 내내 고생한 아이의 친구들에게 약간의 돈을 주었다. 서울에 가서 목욕이라도 하라며. 그리고 큰아이에게 이들을 잘 돌보라고 당부했다.

밤 8시 30분쯤 영동 암자에 도착해 영정과 유골을 법당에 안치하고 예배를 했다. 그리고 요사채로 옮겨 간단히 요기했다. 막내는 밤늦게 서울로 돌아가는 제 외숙 차를 타고 서울로 갔다. 둘째 형 친구들을 만나 무언가 얘기를 더 들어보고 싶었던 것이다. 막내는 돌연한 형의 죽음을 도저히 납득하지 못하고 있었다.

나는 어쩔 수 없이 삼우제 때까지 절에 머물러야 했다. 이야말로 불가에서 말하는 원증회고怨憎會苦였다. 원망하고 증오하는 사람, 그러니까 좋아하지 않는 사람과 함께 있는 것만큼 괴로운 것도 없는 것.

애별이고愛別離苦, 즉 사랑하는 사람과 헤어져 있는 괴로움에 반대되는 개념이다. 아내와의 관계가 애별이고에서 어느 샌가 원증회고로 바뀌게 된 셈이다.

괴로움을 삭이며 이틀 밤을 보내고 나니 삼우제를 지내러 큰아이와 막내가 왔다. 사시巳時(오전 10시) 예불과 더불어 삼우제를 지낸 뒤 점심을 먹었다. 그러고 나서 아이 엄마에게 얼마간의 돈을 주었다. 49재 비용이었다. 일곱 번의 재를 지내려면 적어도 4백만 원은 내야 하지만 가진 돈이 없어 절반만 주었다. 아이 장례를 치르고 남은 부의금의 일부였다.

이어 우리 3부자는 영동역으로 가 기차를 타고 서울로 갔다. 부대로 돌아가는 큰아이에게 당부했다.

"이제 동생 생각은 싹 잊어버리고, 몸 성히 군복무 열심히 해!"

아이는 울먹이면서 알았다고 했다.

"아버지 술 많이 드시지 말고, 건강 조심하세요."

축 처진 어깨를 하고 멀어져 가는 아이를 보니 눈시울이 뜨거워졌다.

그로부터 나는 죽은 아이보다 큰아이 걱정을 더 많이 했다. 나이 들어 군대에 간 아이가, 동생을 잃고 시름에 잠긴 줄도 모르고 선임들이 타박이라도 하면 어쩌나 신경이 쓰였다. 욱 하는 마음에 무슨 일이라도 저지르지 않을까 노심초사했다.

막내와 함께 둘째가 살던 신림동 집으로 왔다. 아무리 인정하고 싶지 않아도 둘째는 이미 이 세상에 없는 사람이었다. 유품을 정리하고 집을 내놓아야 했다. 둘째의 옷가지 등은 영동의 절로 보내 49재 후 불살라주기로 하고 박스에 담아 포장했다. 큰아이의 옷과 몇 가지 세간은 부산으로 가져가기로 하고 짐을 꾸렸다. 그렇게 며칠을 보내며 짐을 정리했다.

둘째아이 초재일, 새벽에 일어나 막내와 함께 영등포역에서 기차를 타고 영동으로 갔다. 오전 10시부터 예불과 함께 재를 지내는 동안 눈물이 앞을 가렸으나 막내를 생각해 울지도 못하고 쓰디쓴 눈물을 삼켰다. 재가 끝나고 아이 엄마에게 말했다.

"재 때마다 올 처지가 못 되니까 그리 알아요!"

그렇게 말한 것은 비용도 비용이려니와 B스님과 아이 엄마를 보고 싶지 않기 때문이다. 남은 유품을 정리하기 위해 나는 다시 서울로 가고, 막내는 포항으로 내려갔다. 홀로 남아 아이의 유품을 정리하는 일은 참으로 고통스러웠다.

'어쩌다 내게 이런 일이 생겼단 말인가!'

믿을 수 없는 현실에 괴로워하면서도 나는 서둘러서 짐을 챙겼다. 이삿짐을 실어갈 화물차도 섭외했다. 처음엔 아이들 옷가지와 책, 컴퓨터를 택배로 부치려고 했다. 그러나 짐을 챙기다 보니 의외로 많아서 소형 화물차를 예약했다.

밤에는 더욱 힘들었다. 자리에 누워 눈을 감으면 금방이라도 아이가 "아버지~" 하고 문을 열고 들어올 것만 같았다.

한참을 뒤척이다 결국 일어나 밖으로 나갔다. 슈퍼에서 소주를 사왔다. 오징어포를 씹으며 머그컵에 소주를 따라 벌컥벌컥 마셨다. 싸하고 소주가 목줄기를 타고 내려가자 막혔던 속이 좀 뚫리는 듯했다.

아이의 이름을 부르다가, 천장을 향해 알 수 없는 소리를 내지르면서 홀짝 홀짝 소주를 마셨다. 취하면 모든 걸 잊을 수 있지 않을까! 소주를 두 병이나 마셨다. 술기운이 오르니 오히려 아이 생각이 더욱 간절했다.

'어쩌다 일이 이리 됐을까…. 아비를 잘못만나 꽃다운 나이에 꿈을 펼쳐보지도 못하고 요절하다니….'

아이를 지켜주지 못한 회한이 폐부에서 치밀어 올라왔다. 뜨거운 눈물은 끝도 없이 흘렀다. 그러다 어떻게 잠이 들었는지 모르겠다.

시간은 잘도 흘렀다. 아이가 떠난 지 10일 만에 설이 닥쳐 서울에서 설을 쇠고, 집을 비워주기 위해 세간을 정리하는 사이 둘째아이의 2재일이 왔다. 며칠 전부터 좌불안석이었다.

아이를 찾아 영동으로 가고 싶은 마음이 간절했으나 작파하고 집에서 차와 향을 올리고 기도했다. 아이가 살던 집이므로 체취가 흠뻑 남아 있어 기도를 하면 감응하리라 여겼다. 108배를 마치고 관음정근 觀音精根을 하는데, 나오는 것은 눈물뿐이었다. 그래도 참아가며 금강경을 독송했다. 그저 아이의 극락왕생을 기원할 뿐!

'목구멍이 포도청'이라 했던가. 기도를 마치고 밥을 먹었다. 목이 메어 넘어가지 않았다. 하는 수 없이 슈퍼로 달려가 소주를 한 병 사왔다. 몇 잔 마시고 나서야 식사를 마칠 수 있었다. 마지막으로 주방 살림을 정리해 박스에 담았다. 이삿짐 정리가 비로소 끝났다.

부산에 가기 전, 아이가 다니던 학교를 둘러보고 싶었다. 샤워를 하고 집을 나섰다. 아이가 그리했듯 신림역에서 지하철을 타고 신촌

역에 내려 Y대로 갔다. 아이 입학시험(논술고사와 면접) 치를 때 처음 왔고 2학년 봄학기에 등록금을 마련해 주기 위해 온 뒤 이번이 세 번째 방문이었다.

교문을 들어서는 순간부터 가슴이 울컥했다. 이 좋은 캠퍼스, 그리도 원했던 대학에서 마음껏 꿈을 펼쳐보지 못하고 비명에 가버린 아이가 한없이 가엾고도 원망스러웠다.

백양로 오른쪽을 타고 올라갔다. 맨 먼저 박물관 표지석이 서 있는 저만큼에 개교 '100주년 기념관'이 있고, 이어 길 옆에 '이한열 동산'이 있었다. 조금 더 올라가노라니 학생회관이 나왔다. 학생회관으로 들어가 봤다. 은행과 우체국, 사진방, 편의점 등 1~2층을 오가며 기웃거렸다. 아이가 드나들던 곳이 아닌가. 오가는 학생들을 한참동안 쳐다보기도 하고, 그들이 깔깔대며 나누는 대화를 부러워하면서 회관을 나왔다. 백양로를 따라 걸었다. 캠퍼스 한복판에 고색창연한 벽돌 건물이 ㄷ자로 배치되어 있었다. 그 오른쪽 위로 스탠드를 갖춘 운동장이 눈에 들어왔다. 아이가 시험을 치러 왔을 때 OT를 받았던 장소다. 감회가 새로웠다. 여기서 입시설명을 듣고 인문대 건물로 옮겨 시험을 치렀는데…. 한참을 서서 우두커니 바라다보고 있다가 돌아서 내려왔다. 논지당을 지나 성암관 앞에 이르니 까치가 요란히도 울어댔다. 아들을 찾아 아버지가 왔음을 알리는 듯한 까치소리. 둘째는 들었을까?

하늘을 우러러 보았다. 유난히도 푸르렀다. 아이가 공부했던 경영대학 건물 안으로 들어갔다. 현관 게시판의 강의실 안내문도 들여다

보고, 교수 연구실 번호도 살펴보았다. 행여 아이의 손때가 묻지 않았을까, 여기저기를 만져보았다. 아이의 흔적은 찾을 길이 없었다.

2층으로 오르는 계단에 잠시 앉았다. 눈물이 쏟아져 내렸다. 두 손으로 얼굴을 감싸 안은 채 한참을 그렇게 앉아 있었다. 실성한 사람처럼 휘청휘청 현관을 나왔다. 예쁘게 차려 입은 여학생들이 눈에 띄었다. 다정히 팔짱을 낀 두어 쌍의 커플과, 시끌벅적 얘기를 나누며 걷는 학생들을 보았다. 저들은 내 아이를 알고 있을까? 너무나도 해맑은 얼굴들을 보니 아이가 너무 그리웠다.

한참을 서 있었다. 가만히 "영아~" 하고 불러보았다. 아이가 금방이라도 "아버지~" 하면서 현관문을 뛰쳐나올 것 같았다. 아니, 제발 그랬으면 하고 간절히 바랐다. 그러나 둘째의 그 듣기 좋은 목소리는 끝내 들을 수 없었다. 해맑은 목소리와 호탕한 웃음소리는 어디로 사라졌을까?

떨어지지 않는 발길을 돌렸다. 이제 백양로 맞은편 왼쪽 길을 따라 내려가는 것이다. 인문대가 나왔다. 아이가 논술시험을 치렀던 곳이다. 현관문을 밀치고 안으로 들어가 보았다. 그때 그대로였다. 아이가 위층 교실에서 시험을 치르는 동안 학부모들은 지하 강당에서 대기하고 있었다. 아이를 데리고 온 부모는 대부분 어머니였다. 둘째가 논술시험을 치는 두어 시간 동안 나는 어머니들 속에 끼어 염주를 굴리면서 기도했다.

시험을 다 치르고 나온 둘째는 "어려웠어요!" 하며 엄살을 피우면서도 얼굴이 매우 밝았다. "최선을 다했으니까 좋은 결과가 있을 거야."라고 격려하며 나란히 손을 잡고 걸어 내려왔던 길이었다. 아이는 시험 예문을 얘기하면서 자기가 쓴 답안내용을 늘어놓았다. 아버지의 입장에선 그의 논지가 매우 그럴싸해서 "잘 썼네!" 하고 칭찬하고 대견해 했다.

언더우드 기념관 쪽으로 올라갔다가 서문 쪽으로 향했다. 아이는 군대에 가기 전까지 학교 부근인 연희동(원룸)에서 살았다. 학교 일로 두 번째 왔을 때 아이는 이 문을 통해 등하교를 한다면서, 나의 손을 잡아끌었다. 발그레 물든 저녁놀 아래로 아이가 성큼성큼 걸어오고 있는 듯한 환상에 사로잡혔다. 눈을 질끈 감았다가 떴다. 아이는 보이지 않았다.

백양로를 다시 걷는데 아직 한기가 가시지 않은 바람이 상큼했다. 그 사이를 오가는 학생들의 발걸음이 너무나 힘차 보였다. 그런데, 왜 저 무리 속에 우리 둘째는 없는 걸까! 불과 얼마 전까지도 저들과 깔깔대며 이 길을 걸었을 텐데….

'저 속에서 사랑하는 내 아들의 얼굴을 찾을 수만 있다면, 단 한 번만이라도 "아버지" 하고 부르는 그 목소리를 들을 수만 있다면….'

장례식 때 와 주었던 고마운 친구들의 모습도 보이지 않았다. 정문에 이르러 잠시 걸음을 멈추고 뒤돌아섰다. 캠퍼스를 바라보았다. 황혼에 물든, 아름다운 정경이 눈앞에 펼쳐졌다.

차마 떨어지지 않는 발걸음을 지하철역으로 옮겼다. 그래도 마주치는 아이들. 아무리 보아도 건강하고 예쁘다. 보아도보아도 싫증나지 않는 아이들. 넋을 잃고 바라보다 행인과 부닥쳤다. "죄송합니다!" 를 연발하는데 눈물이 흐른다. 젖은 눈으로 신림동 집에 돌아왔다. 그리고 그날은 아이 생각에 뜬눈으로 밤을 지샜다.

다음 날, 택배로 아이 유품을 영동으로 보냈다. 그리고 큰아이 신발을 상자에 담았다. 몇 개 되지도 않은 신발이 닳고 닳아 있는 것을 보고 가슴이 짠했다. 대학 입학할 때 사준 신발을 지금까지 신어 밑창에 구멍이 나 있었다. 변변한 신발 한 켤레, 옷가지 하나 사 주지 못하는 부모라도 불평 한마디 하지 않는 아이를 생각하니 가슴이 아팠다. 아이는 또 얼마나 막막하고 불안했을까!

막내의 사정도 애달프기는 마찬가지. 막내는 지난번 둘째의 은행 거래내역을 조회해 보여주면서 조심스레, "둘째 형은 씀씀이가 너무 헤펐네요!"라고 했다. 돈이 없어 밥도 제대로 먹지 못할 때가 있었단다.

나는 둘째가 돈이 궁해 그처럼 모진 결단을 내린 것으로만 알았다. 그런데 그의 통장에는 잔고가 100만 원 가까이 남아 있었다. 부산의 S스님이 매달 적잖은 돈을 보내주었고 먼저 졸업해 자리를 잡은 친구로부터 얼마를 빌린 모양이었다. S스님은 부산 H사의 주지스님으로 아이가 초등학교 때부터 그 절에 다녔는데, 스님이 유독 둘째를 예뻐했다. 아마도 둘째가, 자신이 처한 상황을 얘기하자 스님은 용돈을 보내준 것 같았다.

나는 아이가 스스로 목숨을 버린 정확한 이유를 밝히고 싶지 않았다. 하지만 막내는 너무도 애달파하며 '형이 왜 그런 선택을 할 수밖에 없었는지' 알고 싶어 했다. 형의 친한 친구를 만나기도 하고, 여기 저기 전화를 걸어 형에 대한 정보를 수집했다. 그 과정에서 둘째에게 는 사귀던 여자친구가 있었으며 얼마 전 헤어졌다는 사실을 알게 됐 다. 그러니까 그 친구과의 결별이 있은 지 며칠 뒤 사건이 일어난 셈 이었다. 동갑내기인 여자친구는 E대학교를 먼저 졸업하고 회사원으 로 근무했는데 둘째는 그즈음 절교를 선언한 여자친구를 매일 찾아갔 던 모양이다. 교통카드 사용내역을 조회한 결과 알 수 있었다.

둘째는 아버지의 실직과 가난에서 오는 불안과 상처를 여자친구로 부터 위로받았는지도 모른다. 그녀가 얼마나 소중했을까! 그녀와의 결별은 둘째에게 엄청난 충격이었을 것이다. 그래서 삶의 끈을 놓아 버린 것일까? 혹시 그 여자친구가 결별을 선언한 게 무능한 부모 때 문이 아닌가 하는 생각이 휙 스치고 지나갔다. 이 모든 게 나의 상상 인지도 모르지만 그런 생각이 들자 그게 사실인 것처럼 견딜 수가 없 어졌다.

산다는 것이 부끄러웠다. 하루에도 몇 번씩 아이가 올라갔던 그 건 물 옥상으로 달려가고 싶었다.

부산으로 빨리 내려가는 것이 이 모든 괴로움에서 벗어나는 길이 아닐까? 나는 주인에게 전화를 걸어 집을 비우겠다고 통보했다. 집은 당초 개인 소유였는데, 주택공사가 매입한 상태였다. 공동주택 및 다 세대주택 등을 매입해 서민들을 상대로 임대해 주고 있었는데 전화를 받은 담당자는 "내일부터 집을 비우는 것으로 하겠다."는 대답이었다.

아이가 살던 집에서 마지막 밤이라 생각하니 설움이 더욱 북받쳤다. 아무리 생각해도 황당하고, 허망했다. 나오는 것은 한숨이고, 눈물뿐이었다. 나는 아이를 생각하며 글을 썼다.

눈물은 가슴에 쌓이고…

아가야 아들아 내 아들아
네가 다시 돌아올 수 없는 길을 가던 날
땅이 꺼지고 하늘이 무너져 바람도 애달파 비켜갔건만
못난 아비는 홀로 남아서 밤을 지새워 네 이름을 부른다
목이 메게 불러도 대답이 없어 속절없이 떨어지는 눈물방울들
흐르고 흘러서 퍼져간 그 자리에
동백꽃으로 피어나는 예쁜 네 얼굴!
잡으려, 잡으려 두 손 내밀면 구름타고 두둥실 멀어져 간다.

아가야 아들아 내 아들아
네가 다시 깨어날 수 없는 잠에 들던 날
심장이 터지고 가슴이 찢어져 눈물도 말라서 바닥났건만
못난 아비는 홀로 남아서 밤을 지새워 네 편지를 읽는다
깨알같이 눌러 쓴 글을 보다가
'아버지, 힘 내세요' 그 한마디에
눈시울이 젖어와 눈을 감으면

목련꽃으로 다가오는 고운 네 얼굴!

손 내밀어 잡으려 눈을 뜨면은 가슴속에 눈물로 쌓여만 간다.

나는 여기에 내 나름대로 곡조를 붙인, 나만의 노래로 만들어 저녁
내내 흥얼거렸다. 잠을 자는 둥 마는 둥 새벽에 일어나 기도했다.

108배를 하고, 둘째에게 사죄했다.

"죽는 날까지 너에게 참회하고, 널 위해 기도할 터이니 훌훌 털어
버리고, 원망도 한도 남기지 말고 좋은 곳, 극락정토인 연화도량으로
가라! 너는 착하고, 아버지 마음을 단 한 번도 상하게 하지 않은 효자
였으니까, 반드시 관세음보살님이 연화도량으로 인도하실 거야. 아버
지는 이제 오늘 이 집을 비우고 부산으로 내려간다. 너도 이 집에서
훌훌 떠나 좋은 세상으로 가라!"

아이 방에서 보내는 마지막 인사라고 생각하니 눈물이 두 볼 위로
흘러내렸다. 한참동안 그렇게 울면서 우두커니 앉아 있었다. 한참 뒤
정신을 차리고 나머지 짐들을 포장했다.

오전 9시30분에 용달차가 왔다. 기사와 함께 짐을 실었다. 기사는
일꾼이 없는 것에 대해 짜증을 냈다. 나는 수고비를 줄 테니 도와달라
고 사정했다. 짐은 1톤 트럭 적재함을 반쯤 채웠다. 아이가 쓰던 책장
과 침대, 책상과 의자, 그리고 무거운 역기 등이었다. 기사는 부산까
지 운임이 18만 원이라고 했다. 용달차를 대절할 경우 부산까지 35만
원에서 40만 원은 줘야 하는데 창원으로 마침 짐을 실러 가는 길이어

서 절반만 받는 것이라고 했다.

짐을 다 옮겨 실은 뒤 텅 빈 방안을 둘러보았다. 가슴이 싸아했다. 주공 직원이 일러준 대로 집 열쇠를 주방 서랍 안에 넣어두었다.

길가에 서서 아이의 방을 올려다보고 트럭 조수석에 올랐다. 10시에 출발해 부산에 당도한 것은 오후 3시30분. 기사는 창원에 4시까지 가기로 했다며 바빠 죽겠다는 시늉을 했다. 차에서 짐을 내려 길가에 내려놓고 수고비로 5만 원을 더 주어 보냈다.

혼자서 짐을 들이고, 대충 정리를 끝냈다. 밤이 되어 홀로 잠자리에 들려 하니 심란하기 이를 데 없었다. 맨정신으로는 도저히 잠을 잘수 없을 것 같아 슈퍼에서 소주를 한 병 사와 마셨다. 그리고 간신히 잠이 들었다.

아이가 이 세상에 없는데도 일상은 계속되었다. 무엇보다 일자리를 알아보는 것이 급선무였다. 생각 끝에 교육청에 갔다. 기간제 교사 자리를 알아보기 위해서였다. 내겐 국어과 교사 자격증이 있었다. 예전 기자시절 알게 된 J사무관을 만났다. 그는 당시 공보관실에 근무했는데, 최근 인사이동이 있어 민원실장이 돼 있었다. 민원실로 찾아가니 그가 반가이 맞아주었다. 방문 목적을 말하자 일단 교육감을 만나보라고 했다. 그러면서 교육감이 지금 외국에 출장 가서 일주일 후에 귀국한다며, 귀국하는 대로 면담신청을 하는 식으로 스케줄을 잡겠다고 했다. 그리고 전화를 해주겠다고 말했다. 하지만 그것으로 끝이었다.

세월은 잘도 흐르는데 내가 할 수 있는 일은 아무것도 없었다. 서울에서 가져온 둘째의 옷가지와 유품들을 꼼꼼하게 정리했다. 옷가지는 소각하고 싶었으나 그럴 수 없어서 마음 아프지만 쓰레기로 처분했다. 짐을 정리하다 보면 생각지도 못한 추억의 물건들이 튀어나왔다. 초등학교 4학년인가 5학년 때 녹음한 둘째의 영어발표 연설 테이프를 일부러 찾아 들었다. 어릴 때 아이의 목소리를 들으니 가슴이 찡했다. 아이는 제법 긴 연설문을 또박또박 잘도 낭송했다. 태어난 후부터 녹음해둔 옹알이며 알아들을 수 없는 아기의 목소리도 들어봤다. 생후 1년간 아이의 목소리를 녹음해 두었던 것이다. 다 듣고 나서 나는 테이프들을 소중하게 상자에 넣었다. 세상 마지막 날까지 고이고이 간직해야 할 소중한 보물들이었다.

10. 지름 80센티 강관 속의 세상

둘째를 그렇게 보내고, 충격에 빠진 나는 오래도록 정신을 차릴 수 없었다. 아침에 떴다가 저녁이면 어김없이 지는 해가 보기 싫었다. 내 아이가 없는데 세상은 아무 일 없다는 듯이 그대로 돌아갔다. 그런 세상도 꼴보기 싫었다. 날이 갈수록 잊히기는커녕 아이의 존재는 더 또렷이 떠올랐다. 가만히 앉아 있어도 눈에서는 저절로 눈물이 흘렀다. 홀로 있으니 눈치를 살필 필요가 없어 울고 싶은 대로 울었다. 너무 많은 눈물을 흘려서인지 얼마 안 가 눈이 침침해졌다. 책을 읽을 수도, 글을 쓸 수도 없었다. 그러니 더욱 아무것도 하지 못하고 우두커니 앉아 있는 시간이 쌓여 갔다.

한 달이 지났다. 하기 싫지만 아이의 사망신고를 해야 했다. 신고는 한 달 내에 해야 하는데 굳이 서둘러 하고 싶지 않아 버티고 있었다. 주거지 동사무소와 구청에 하게 돼 있어서 아이 주소를 옮긴 뒤 하려고 동사무소로 갔다. 그러나 직원은 사망자의 경우 주소 이전을 할 수 없고, 그것이 적발되면 처벌 받는다고 했다. 그러면서 아무 구청에나 신고하면 된다고 했다.

그가 일러준 대로 20여분 걸어서 D구청으로 갔다. 구청 민원실 당무자는 "왜 이제야 신고하세요?" 하면서 "과태료를 내셔야겠네요." 하고 따지듯이 말했다. 나는 화가 났다. "자식이 죽었는데, 뭐가 좋다고 당장에 달려와 사망신고를 할 부모가 어디 있소!" 나의 역정 섞인 대꾸에 직원은 미안했는지, "지난 27일까지 신고를 했어야 하는데, 안 됐지만 과태료 1만 원을 내셔야겠습니다."하고 조심스럽게 말했다. 사망신고의 경우 지체된 날짜 수에 따라 과태료를 부과한다는 것이다. 이제는 더 이상 미룰 수 없었다.

깊은 한숨과 함께 직원에게 1만 원을 건넸다. 직원은 시체검안서 등 서류를 검토하더니 "처리결과를 휴대폰으로 알려주겠습니다."라고 말했다.

구청 민원실을 나와서 걷는데 가슴이 콱 막혀와 숨을 쉴 수 없었다. 가슴속에 불덩이가 들어있는 것 같았다.

'출생신고를 한 지 24년 만에 내 손으로 사망신고를 하다니…'

소주라도 한 병 마시면 이 응어리가 풀릴까…. 길가에 있는 가게로 들어가 아이스크림을 한 개 샀다. 가드레일 기둥 위에 걸터앉아 소주 대신 아이스크림을 먹었다. 차가운 것이 들어가자 속이 조금 시원해지는 듯했다. 그렇게 한참을 앉아 있다가 마음을 다잡고 다시 길을 걸었다.

아이를 화장시킨 것도 후회스러웠다. '화장을 하지 않았다면… 혹시 아이가 살아 돌아오지 않을까!' 아이에 관한 환상은 밑도 끝도 없었다.

나는 실성한 사람처럼 비틀비틀 걸어 집으로 돌아왔다. 둘째의 미니 홈피에 들어갔다. 아이의 친구들에게 고맙다는 인사말을 적어 올렸다. 마지막 재에는 친구들이 참석하고 싶다고 막내에게 알려왔다기에 일정과 함께 찾아오는 길을 덧붙였다.

친구 여러분께…

경영학과 학우 여러분 안녕하십니까? ○영 학생의 아버지입니다. ○영이가 홀연히 여러분 곁을 떠나던 날, 빈소를 찾아 애도하면서 저희 가족을 위로해 주고 많은 도움을 주신데 대해 감사의 인사를 올립니다. 더 일찍, 그리고 여러분을 찾아 인사드리지 못한 점 송구스럽게 여기면서 양해를 구합니다.

장례식 내내 ○영이 옆을 지켜 주신 많은 친구들, 눈물을 훔치면서 애통함을 떨치지 못했던 수많은 선후배 여러분의 얼굴을 평생 잊지 못할 것입니다. 정말 고맙고, 감사합니다. 열과 성을 다해 베풀어주신 여러분의 은혜는 제 목숨이 다하는 날까지 결코 잊지 않겠습니다.

○영이를 허망하게 보내고 나서, 나는 캠퍼스를 찾았습니다. 아이의 숨결이라도 느껴보려는 심정으로….

교문을 들어서는 순간, 가슴이 울컥했습니다. 못난 아비를 만나 그리 된 것은 아닌지, 생각하니 저절로 눈물이 주르르 두 뺨을 타고 흘러내렸습니다. 지나치는 학생들이 볼세라 얼른 수건을 꺼내 닦았으나 하염없이 흐르는 눈물을 어찌할 수는 없었습니다.

나는 거기서 수많은 친구들을 보았습니다. 너무나도 건강하고 예쁜 아이들, 보아도 보아도 싫증이 나지 않는 아이들… 그러나 보고 또 보아도 ○영이는 없었습니다. 나는 마치 실성한 사람처럼 온 캠퍼스를 찾아 헤맸습니다. 혹시나 ○영이의 흔적이나마 만날 수 있을까 해서요. '며칠 전까지만 해도 저 무리들 속에 우리 ○영이도 있었을 텐데…' 생각하니 설움이 북받쳐 올랐습니다. 몇 시간을 그렇게 찾아다녔습니다. 그러나 친구들의 깔깔거리는 소리, 와자지껄 떠드는 소리뿐. 무심한 까치소리만 나를 반기는 듯했습니다.

언제 다시 이 아름다운 캠퍼스를 찾아올 수 있을까요?

○영이는 영원히 돌아올 수 없는 먼 길을 갔지만, 친구 여러분의 우정은 영원하리라 기대해 봅니다. 사랑하는 학우 여러분, 부디 건강하세요. 온전한 신체를 부모님께 보여드리는 것이 진정한 효도랍니다. 그리고 영○, ○범이, ○찬이, ○진이 … 헤아릴 수 없이 많은 친구들, 여러분은 모두 내 아들이고 딸입니다. 영원히 잊지 못할….

감사합니다.

○영 아버지가

울면서 글을 적어 올리고 며칠 뒤 둘째의 미니 홈피에 다시 들어가 보았다. 아이의 홈피를 들여다보는 것은 이즈음 나의 유일한 낙이었다. 지난번 올려놓은 글을 200명이 넘는 친구들이 읽었나 보았다. 그리고 위로의 댓글을 남겼다. 어떤 아이는 '아버지의 글에 차마 댓글도 못 달겠습니다.'면서 게시판을 통해 글을 남기기도 했다. 수많은 방문자가 한마디씩 위로의 말을 남기고, 일찍 떠난 친구를 원망하는 글을 적기도 했다. 마지막 재에 참석하겠다는 뜻을 밝힌 친구들도 많았다. 얼마나 반갑고 고마운지….

아이 홈피를 닫고 컴퓨터를 껐다. 아이만 생각하며, 언제까지나 울고 있을 수만은 없었다.

생활정보지를 유심히 보기 시작했다. 그리고 S개발이라는 용역회사를 찾아 갔다. '이젠 막노동이라도 하겠다!'는 결심이 선 것이다. 생활정보지에 난 수많은 '현장인부' 모집광고 가운데 S개발을 선택한 것은 일당이 8만 원이었기 때문이다. 일당은 대부분 6만 원 아니면 7만 원이었다.

어렵지 않게 사무실을 찾아 문을 열고 들어가니 60대로 보이는 남자가 홀로 사무실을 지키고 있었다. 방문 용건을 말하자 그는 명함을 건네며 자리를 권했다. 성은 강씨인데 '소장'이라는 직함이 붙어 있었다. 입회비 3만 원을 내야 한다고 해서 돈을 꺼내 주니까 약정서를 내밀었다. 간단하게 신상정보를 기록하는 정도였다. 약정서를 작성해 넘겨주자 읽는 시늉을 하던 그가 어딘가에 전화를 걸었다. 통화가 끝나고, "부산 시내의 한 하수관 매설 공사장인데, 할 수 있겠어요?" 하고 물었다. 나는 고개를 끄덕였다.

강 소장은 임금은 한 달치를 모아서 주며, 첫 월급을 받을 때 소개비로 20만 원을 뗀다고 했다. 나는 노임을 모개로 받는 것이 낫겠다

싶었다. 공사판에서는 대개 일당을 받는데, 일당을 모아 목돈으로 만들기는 어렵다고 생각한 것이다. 소개비 20만 원은 너무 많다는 생각이 들었으나 감수할 일이라 여겼다. 그가 건네준 약정서를 받아들고 사무실을 나왔다. 곧바로 시내로 나가 작업복과 모자 등을 샀다.

다음날, 강 소장이 일러준 현장을 찾아 오전에 집을 나섰다. 부산시 부산진구 가야동 H마트 앞. 한길 가 2개 차선 20여 미터를 점유한 채 만들어진 맨홀에서 인부 몇 사람이 흙을 파내고 있었다. 지상에는 기중기를 장착한 4톤 트럭이 서 있었고, 그 옆에는 길이 5~6미터쯤 돼 보이는 대형 강관이 쌓여 있었다.

안내 표지판을 보니 지름 80센티의 강관鋼管인 하수관로를 매설하는 공사였다. 도로를 개복開腹하지 않고 맨홀에서 유압 잭jack으로 강관을 밀어넣는 방식이었다. 시행기관은 부산시 상수도본부였고, 시공업체는 S건설 등 4개 업체였다. 그런데 이들 원청회사가 D건설사에 하청을 주었고, D건설은 유압잭 전문업자에게 재하청을 준 상태였다. 재하청을 받아 실제로 공사를 하는 사람은 김 사장이었다.

나는 김 사장에게 S개발 강 소장 소개로 왔다고 말하면서 가져온 약정서를 건넸다. 약정서를 받아든 그는 강관을 가리키며 "저 관로 안에 들어가 '쁘레카'로 굴을 뚫어 흙을 관 밖으로 퍼내는 작업을 해야 하는데요. 쁘레카 일을 해봤습니까?" 하고 물었다. 나는 쁘레카라는 말도 처음 들어보는데 거짓말을 할 수는 없어서 "안 해봤습니다." 하고 대답했다.

알고 보니 쁘레카는 '브레이커breaker'의 일본식 발음이었다. 브레이커는 일종의 절단기로써, 탄광에서 석탄을 캐거나 돌을 깨는 기계였다. 도로를 가다보면 아스팔트나 콘크리트 노면을 요란한 굉음을 내며 깨는 광경을 흔히 볼 수 있는데, 그 기계가 바로 이 쁘레카였던 것이다.

김 사장은 내가 나이가 들어 뵈는데다 쁘레카 일을 해보지 않은 것이 못마땅한 눈치였다. "일을 할 수 있겠어요?" 퉁명스럽게 묻길래, "얼마든지 할 수 있습니다!" 하고 큰 소리로 대답했다.

김 사장은 점심을 먹고 일을 하자고 했다. 나는 인부들이 하는 일을 관심을 가지고 지켜보았다. 그 사이에 한 사람이 더 왔다. 성이 민 씨라는 그는 체구가 유난히 왜소했다.

오전 일이 끝나고, 나와 민씨는 인부들을 따라 인근 식당으로 갔다. 인부는 '반장'이라고 부르는 임씨를 비롯해 모두 3명이었다. 그 가운데 임을 제외한 두 명이 일을 그만두는 모양이었고, 나와 민씨는 그 사람들을 대신해 보충된 것 같았다.

임 반장 역시 체구가 작달막했는데, 그는 이 바닥에서 오랫동안 일을 한 것 같았다. 떠나는 사람들이 이런저런 불평을 늘어놓았다. 임 반장은 새로 온 신참 둘이 한 명은 너무 나이가 많고 한 명은 약해 보이니 걱정되는 눈치였다.

회사에서는 하루 세 끼 식사와 숙소까지 제공했다. 인부들이 대부분 타지 출신이거나 외국인 근로자였기 때문이었다. 식사와 잠자리까지 제공해 주니 따로 돈 쓸 일은 없어 보였다. 한 달에 적어도 200만 원은 벌 수 있지 않을까?' 나는 속으로 계산기를 눌러보고 '이 일을 꼭 해야겠다!'는 결심을 굳혔다.

점심 식사 후, 작업복으로 갈아입고 바로 작업에 들어갔다. 태어나 처음 접하는 일이다 보니, 말귀도 알아듣지 못하고 모든 게 서툴렀다. 좁은 강관속에 들어가 쁘레카로 흙을 파내는 것은 생각처럼 쉬운 일이 아니었다. 갱도의 길이가 5미터 남짓인 걸 보니 일을 시작한 지 얼마 되지 않은 것 같았다. 그건 좋은데 쁘레카라는 드릴은 무게가 10kg이 넘었다. 그 무거운 걸 들고 지름 80센티의 원통 공간에서 웅크린 채 작업을 한다는 것은 고역 중의 고역이었다.

나는 처음, 쁘레카를 제대로 들지도 못했다. 그래서 삽을 땅바닥에 세우고 손잡이에 드릴 몸통을 끼워 지탱한 뒤 힘을 주었다. 삽은 좁은 공간에서 흙을 퍼담을 수 있게끔 길이가 50센티 정도로 짧은 것이었다. 드릴 보조기구로 활용하기에는 안성맞춤이랄까. 처음에는 그 무엇도 내 의도대로 잘 되지 않았다. 드릴을 삽 손잡이에 끼워 T자 형태로 땅에 꽂은 뒤 반쯤 누운 자세에서 한쪽 발로 쁘레카 손잡이에 힘을 가해 밀어넣었다. "콰가강캉~ 콰가강캉~" 요란한 쁘레카 소리가 강관 속을 가득 채웠다. 정신이 몽롱해질 정도의 소음이었다.

쁘레카는 밖에서 에어컴프레서가 호스를 통해 불어넣어 주는 압축 공기로 작동된다. 쁘레카 촉을 땅에 꽂고 손잡이를 힘차게 눌러줘야만 그 압력에 의해 드릴이 작동되는 것이다. 쁘레카 무게를 견디지 못해 손잡이에 힘을 가하지 못하면 소리만 요란할 뿐, 흙은 제대로 파지지 않는다.

그 소리는 작업하는 사람이 일을 어떻게 하고 있는지를 강관 밖에 있는 사람들에게 알려주는 신호이기도 했다. 숙련된 사람의 쁘레카 소리와 초보자의 그것은 판이하게 달랐다. 숙련된 사람의 소리는 "콰가강캉 콰가강캉" 하고 경쾌하고 지속적인 반면, 초보자의 그것은 "퍼버벅퍽 퍼버벅퍽" 둔탁하면서도 자주 끊어지는 것이다. 또 소리만 듣고도 연한 흙을 파고 있는지, 암반을 파내고 있는지 알 수 있었다.

강관 속 현장은 10와트 백열등이 어둠을 밝히고 있다. 백열등은 갱도를 밝히는 빛이기도 하지만, 좁은 공간의 온도를 높였다. 그래서 작업을 시작한 지 몇 분도 안 돼 온몸은 땀투성이가 되었다.

에어컴프레서가 가느다란 호스를 통해 보내온 공기는 쁘레카를 작동하면서 여분의 공기를 토해내게 된다. 그것은 인부가 숨 쉴 수 있는 공기가 되기도 한다. 공기뿐 아니라 먼지도 함께 마셔야 했다. 그래서 방진마스크는 필수였다. 그런데 제대로 착용하면 먼지가 90% 이상 차단되지만, 숨이 가빠 일을 제대로 하지 못하는 단점이 있었다. 머리와 얼굴에서 샘솟듯 흘러나오는 땀과, 허파에서 나오는 날숨 공기가 뒤범벅이 돼 마스크를 오래 착용할 수가 없는 것이다. 그리하여 먼지를 그대로 마시며 마스크를 착용하지 않은 채 작업하는 경우가 많았다.

어렵사리 땅을 파내 작은 삽으로 흙을 퍼 담는데 좁은 공간에서 삽질을 하는 것도 쉬운 일이 아니었다. 숙달된 사람은 한 손으로 삽을 들고 흙을 퍼 담기도 하지만 나와 같은 초보나 팔 힘이 없는 사람은 불가능했다. 그래서 두 손으로 삽을 잡아야 하는데, 쪼그리고 앉은 자세에서 몸을 이리저리 돌려가며 삽으로 흙을 떠 뒤쪽의 리어카에 담는 것은 묘기 같았다. 리어카에 실린 통에 흙을 다 채워 신호를 하면 밖에서 리어카의 줄을 잡아당겨 끌어내 잔토를 처리한다. 밖에서 흙을 비우면 다시 줄을 당겨 리어카를 끌어다 흙을 퍼담아 내보내는, 일이 반복적으로 계속되었다.

대개는 리어카 세 대의 흙을 파내고 임무를 교대하였다. 리어카 세 대는 드럼통 한 개 분량이다. 그것은 갱 속 땅이 부드러워야 가능했고, 흙이 단단할 경우엔 한 리어카 분량도 어려웠다. 만약 암반이나 바위가 있으면 작업은 정말 끝장이었다.

강관 끝으로부터 흙을 파 들어간 갱도 거리가 2미터 정도 되면 밖으로 나와야 한다. 갱도가 무너질 위험이 있기 때문에 강관을 유압잭으로 밀어넣어야 하는 것이다. 갱도가 길어 안에서 나올 때 리어카 위에 올라타 있으면 밖에서 줄을 당겨 끌어내 준다. 리어카에 올라타 굴속을 빠져나오는 기분은 놀이기구를 탄 듯 짜릿하다. 신선한 공기를 얼굴에 맞으면서 바깥세상으로 나오는 그 기분은 경험해 보지 않은 사람은 모르리라. 들어갈 때는 리어카 위에 앉아 마치 썰매를 지치듯 두 손으로 강관 바닥을 짚어 밀치면서 안쪽으로 전진한다.

잭으로 강관을 밀어넣는 작업은 쉬운 일이 아니다. 공학적 노하우가 있어야 하고, 기계의 원리를 잘 알지 않고선 할 수 없는 일이었다. 특히 엄청난 파워의 유압을 이용하기 때문에 위험도가 높았다. 잭은 800톤의 무게를 들어올릴 수 있는 파워를 갖고 있다고 한다. 조작을 잘못해 유압 호스가 터지거나 잭이 폭발하는 경우, 상상을 초월하는 사고를 불러올 수 있다는 것이다.

일을 시작한 지 며칠도 안 되어 압입작업 때, 나는 잭의 조절 레버 lever를 조종하는 임무를 맡았다. 이는 아무나 할 수 있는 일이 아니었다. 요령이 있어야만 할 수 있었다. 잭을 작동시키기 위해 지상으로 올라가 발전기 시동을 걸고 유압 컴프레서를 가동시키는 것도 나의 임무였다. 나는 그만큼 현장 적응에 빨랐고, 작업 요령을 일찍 터득하는 편이었다. 내 나름대로 컴프레서와 유압기 등 기계의 작동 요령을 익히고, 눈치껏 일을 해 딱 한나절 만에 어느새 숙련공(?)의 레벨에 오른 것이다.

강관 끝과 잭의 피스톤 끝부분을 연결하는 것은 길이 50센티의 철관 토막이다. 그것의 지름은 30센티쯤 된다. 강관을 밀어넣고 그 공간이 생기는 거리만큼의 50센티 철관 통을 채워 넣는 방식이다. 그 절반인 25센티짜리도 있었다. 한 번에 보통 큰 것 네 개의 통이 소요되는데, 상황에 따라 25센티 통이 사용되기도 한다. 강관 끝부분에 사방너비가 40센티, 길이가 1.5미터정도인 강철 바를 놓아두고, 잭의 피스톤과 바 사이에 철관 통을 자꾸 늘어 놓아가며 강관을 땅속으로 밀어 넣는 것이다. 그런데 그 강철 바를 옮기는 일은 두세 사람이 붙어야 가능하고, 철관 통의 무게 또한 만만치 않았다. 강철 바는 강관이 타고 들어가는 레일 위에 놔두고 밀고 당기기만 하면 되었지만, 철관 통은 레일 위에 올렸다 내렸다 해야 하는 것이 정말 힘들었다. 레일은 갱도 입구에서 잭 사이의 거리인 5미터 정도의 길이로 설치돼 있다.

지름 80센티 강관은 본래 제철소에서 길이 6미터로 제작되었다.

그런데 우리가 작업하는 현장에선 너무 길었다. 그래서 그 절반인 3미터로 자르는데 자를 땐 산소절단기를 이용하고, 그 작업은 주로 김 사장이 맡아 했다. 이를 기중기로 매달아 맨홀 아래로 내려보내 기존의 강관에 맞대어 연결해야 하는데 산소로 용접했다. 이 작업은 임 반장이 도맡았다. 산소용접 기술이 있어야 할 수 있는 일이기 때문이다.

용접을 할 때는 두 개 강관의 아귀가 정확히 맞아야 한다. 조금이라도 뒤틀리게 되면 땅굴 속에서 강관의 연결 부위가 터지거나 들어가는 방향이 틀어질 수 있기 때문이다. 우리가 일하는 현장에서, 강관은 보통 80m 정도 거리의 땅굴을 파고 들어갔다. 그 끝부분(맨홀에서 80m되는 지점)은 또 다른 맨홀이 있어 그 다음 매설 작업과 연결된다. 그래서 다음 맨홀에 도달하는 그 끝부분이 새로 시작되는 강관의 높이와 좌우 방향이 정확히 일치해야만 한다. 강관이 뚫고 들어가는 방향은 그래서 수시로 측정기에 의해 측정되었다. 측정 결과, 차이가 나면 강관 끝부분의 갱도 방향을 올바르게 수정해야 한다. 왼쪽으로 기울었다면 오른쪽 방향의 흙을 많이 파내고 왼쪽은 생땅으로 두는 것이 요령이다. 가령 왼쪽으로 5센티 정도 기울었다면 오른쪽을 20센티 이상 더 파내고 왼쪽은 그만큼 남겨두는 것이다.

유압잭으로 강관을 밀어넣을 때, 그래서 한 사람은 갱도 안에 들어가 이런 상황을 살펴야 하는데 이 작업 역시 임 반장이 했다. 이처럼 이 일을 하는 데는 일정한 수의 사람이 있어야 하고, 각자 맡은 임무에 따라 차질 없이 움직여야 한다. 팀을 이루고, 손발이 맞아야만 능률을 올릴 수 있는 것이다. 나는 공학적인 상식도 없었고 일을 처음

해보았지만 다른 사람들로부터 '일 못한다'는 평가는 듣지 않았다.

작업은 아침 7시에 시작해 오후 6시에 종료하였다. 점심시간은 한 시간, 그러니까 하루 10시간씩 작업을 하는 셈이었다. 오전 오후 중간에 새참을 먹는다.

나는 김 사장에게 새참으로 막걸리를 달라고 주문했다. 작업장에선 술을 마실 수 없게 돼 있지만 막걸리 한 잔은 기운을 북돋워 주는 데 제격이었다. 김 사장은 내가 나이도 많은데 생전 해보지 않은 일을 열심히 하는 것이 안쓰러웠던지 인근 슈퍼에서 막걸리 두 통을 사다 주었다. 함께 일하는 이들도 막걸리를 반겼다.

갱도 밖 맨홀에는 늘 물이 준비돼 있었다. 우리는 식사를 하고 나면 식당에서 2리터 페트병에 물을 담아왔다. 그러나 그 물은 늘 부족했다. 그럴 때 마시는 시원한 막걸리 한잔이라니!

작업이 끝나면 지정 식당에서 밥을 먹고 인근의 숙소로 가 샤워를 했다. 모텔에 방을 하나 얻어 두고 4~5명이 기거하는데, 나는 샤워만 하고 집으로 돌아갔다. 숙소가 쾌적하다면 그곳에서 지내는 것이 편했겠지만 불면증이 심한 나로선 그곳에서 잠을 잘 수 있을 것 같지 않아 샤워만 하고 집으로 돌아왔다.

아침엔 늦어도 6시 이전에 집을 나서야 했다. 새벽에는 입맛도 없을 뿐더러 아침 먹을 시간도 모자랐다. 그래서 지하철을 타러가는 도중에 김밥을 사서 지하철을 기다리는 동안 먹거나 현장에 도착해 다른 사람들을 기다리며 먹었다.

이렇게 매일 출근하면서 나는 우리 시대 아버지들을 보았다. 새벽부터 집에서 나온 사람들이 지하철을 가득 채웠고, 그들은 대부분 누군가의 아버지였다. 나는 지하철을 세 번이나 갈아타며 작업현장을 오갔다. 그 과정에서 한 번도 좌석에 앉아 본 적이 없다. 지하철은 언제나 사람들로 넘쳐났다. 아침 일찍 등교하는 학생들도 더러 있었지만, 대부분의 승객은 허름한 가장들이었다. 행색으로 봐서 그들은 분명 나와 같은 처지의 사람들이었다. 가족을 위해, 아니면 홀로 아이들을 키워내기 위해 꼭두새벽부터 노동현장으로 달려가는아버지들!

그들 대부분은 하루 품삯을 벌러 가는 노동자들이었다. 지하철을 갈아타는 환승역에서 그들은 서로 경쟁이나 하듯 뛰었다. 무조건 뛰어야만 했다. 전철을 놓칠까봐, 혹은 비어 있는 좌석을 차지하기 위해. 그들이 새벽부터 뛰어야 하는 이유는 '가족'을 위해서가 아닐까? 뛰지 않으면 지하철을 놓칠 수 있고, 그 시각 그 차량을 놓치면 하루 일거리를 놓칠 수 있고, 일거리를 놓치면 앞으로 어떻게 될지 모르는 것이다.

새벽 거리에 나서보면 노동현장으로 가는 승합차를 기다리는 사람들도 많았다. 그들은 '인력소개소'에서 일당을 받고 노동현장으로 가는 우리의 아버지들이다. 하루 품삯으로 많아야 7만 원을 받는다. 소개비를 떼고 나면 수중에 남는 건 6만 원 남짓. 그 돈으로 온 식구가 먹고 자고 공부하는 것이다. 가족을 위해 아버지는 자신의 존재를 전부 내던져야만 하는 것이다.

작업환경이 열악할수록 대우도 형편없고 보험조차 되지 않는 게 현실이다. 일당을 받는 노동현장에서 다칠 경우 한 푼의 보상금도 받을 수 없는 경우가 허다하다. 하루 6만 원을 벌기 위해 그야말로 목숨을 걸어야 한다. 김밥 한 줄로 허기를 때우며, 치열한 노동현장에 육신을 내던지는 이 땅의 아버지들….

며칠 후, 조선족 2명이 합류해 저녁식사를 함께 했다. 샤워를 하고 모텔숙소를 나오는데, 그동안 같이 일했던 민씨가 "함께 갑시다!" 하며 배낭을 메고 따라나섰다. "왜 그러는데요?" 하고 물었더니 사장이 그만두라고 했단다. 김 사장은 약골인 민씨가 영 미덥지 않았던 모양이다. 그는 사실 40대인데도 환갑인 나보다 힘을 못 썼다. 강관을 밀어넣을 때, 50센티짜리 철관도 그는 들어올리지 못했다. 결국 내가 레버 조종을 하면서 그의 일을 도와야 했다. 잔뜩 풀이 죽은 그를 보자 안쓰러웠다. 그러나 내가 해줄 수 있는 건 아무것도 없었다.

그는 초등학생 두 자녀를 둔 경기도 도민이었다. 그와 함께 일한 기간은 길지 않았지만, 나는 그의 처지가 딱하여 기꺼이 말동무가 되어주었다. 그 역시 잘 다니던 회사가 어려워지는 바람에 갑자기 실직하고 노동현장에 뛰어든 케이스였다. 세상이 얼마나 변했는지 사무직 노동자나 일용직 노동자나 파리 목숨과 마찬가지였다. 사용자의 눈밖에 나면 사정없이 내동댕이쳐지는 노동자. 지금은 민씨 차례지만, 나도 언젠가 그렇게 내쳐지지 않을까? 민씨에게 나는 힘내라는 인사를 남기고 돌아섰다.

어쨌거나 당분간 임 반장과 둘이 일해야 했다. 갱도는 날이 갈수록 깊어 갔다. 어느새 길이가 20미터를 넘었다. 갱도가 길어질수록 일이 힘든 건 당연했다. 더구나 교체인력 없이 맞교대로 작업하자니 정말 힘들었다. 이상적인 것은 얼마 전처럼 한 사람이 강관 속에 들어가 쁘레카 작업을 하고, 다른 한 사람은 리어카를 당겨 흙을 퍼내는 일을 하며, 앞서 쁘레카 작업을 한 사람은 휴식을 취하는 것이었다. 네 명이 조를 이룰 경우엔 두 타임을 쉬게 되어 그만큼 수월해진다.

임 반장과 둘이 교대로 굴속에 들어가 쁘레카 작업을 하고, 굴 밖에서 흙을 퍼내는 등 열심히 일했다. 어찌나 피곤한지 하루 일과를 마치고 나면 입에선 단내가 날 정도였다. "민씨를 자른 건 너무 가혹한 처사 아닌가요?" 물었더니 임 반장은 불가피한 일이라고 했다. 임 반장은, "우리 둘이 손발이 맞으니 오히려 능률이 오르는 것 같지 않습니까?" 하고 좋아했다. 둘이 한 일이 그들과 함께한 작업량과 비슷했던 것이다.

강관은 잘해야 하루에 3미터 정도 들어갔다. 1일 목표량도 3미터였다. 그 작업량을 달성하는 것이 최대의 목표였다. 김 사장은 인부들을 독하게 대하지 않으면 안 된다고 했다. 그래서 그는 그렇게 늘 인부들을 다그치고 있었던 것일까?

작업이 순조롭게 진행되면 3미터를 밀어넣는 것은 그리 어렵지 않았다. 어떤 때는 하루에 3미터짜리 두 개를 밀어넣기도 했다. 하지만 갱도에 바위가 있거나 땅이 단단할 경우, 그렇게 하는 건 힘에 부쳤다. 제일 큰 난관은 함께 일하던 사람들이 힘들다고 어느 날 갑자기 사라지는 상황이었다.

젊은 친구 한 사람이 새로 왔다. 우리는 다시 세 사람이 조를 이루어 작업했다. 새로 온 사람은 원씨로 43세라고 했다. 그도 땅굴 파는 일은 처음 해본다는데 제법 일을 잘했다. 온갖 험한 일을 다 경험해본 사람이었다. 힘은 좀 들지만 '노가다' 중에선 이 일이 낫다고 했다. 역시 경험이 중요하다는 생각이 들었다.

비가 올 것 같아 저녁 식사 후 샤워를 하지 않고 바로 집으로 돌아왔다. 보일러로 물을 데워 샤워를 한 뒤 수건으로 몸을 닦는데 설움이 북받쳐 올랐다. 소주 생각이 간절했지만 새벽에 일을 나가야 하니 그냥 참고 자기로 했다.

'회사에 다닐 때 줄을 잘 타고 아부도 좀 했더라면! 그리고 오로지 나와 내 가족만 생각하고 머리를 굴렸더라면…'

아무짝에도 쓸모없는 자존심을 버리고, 내가 생각하는 정의도 잠시 접어두었더라면 이렇게 곤경에 처하지 않았을지도 모른다. 하지만 만사 생각하기 나름이었다. 어쩌면 내가 생각하는 정의나 확신에 나 자신 철두철미하지 않았기 때문에 이런 곤경에 처했는지도 모른다.

빗소리에 잠이 깼다. '비가 와서 쉴 수 있겠구나!' 생각하니 그렇게 기쁠 수가 없었다. 인부들은 비가 와서 일을 못하는 이런 날을 '공친 날'이라고 부른다. 돈을 벌기는커녕 까먹는 일이다. 하지만 나는 아직 철이 안 들었는지 비오는 날이 좋았다.

빗소리를 음악 삼아 느긋하게 자리에 누워 있었다. 허기가 돌아 시계를 보니 점심때가 지났다. 우산을 받치고 마트로 갔다. 모처럼 쉬는 날, 돼지고기라도 한 점 구워 먹고 싶었다. 작업 중 먼지를 많이 마시는 사람들에겐 돼지비계만한 것이 없다고 했다. 껍데기가 붙어 있는 돼지고기를 한 근 사왔다. 프라이팬에 구워 먹으니 정말 맛있었다. 소주도 한 잔 곁들였다.

나는 평소 고기를 그리 좋아하지 않는다. 어쩌다 아이들이 오면 고기를 사서 구워먹기도 하고 아니면 식당으로 가서 사먹었다. 그런데 나이에 따라 식성도 달라지는지 고기가 그렇게 당길 수 없었다.

하루 쉬고 나니 몸은 한결 가벼워졌는데 다시 도착한 현장은 너무 을씨년스러웠다. 작업복으로 갈아입고 굴속에 들어가 땅을 팠다. 흙을 통에 담아 리어카로 실어내고, 잭으로 강관을 밀어넣었다. 그리고 파낸 잔토를 지상으로 올려 트럭에 실어 갖다버렸다. 단순한 작업이 계속 반복되었다.

문제는 30미터, 50미터 … 자꾸 깊어 가는 굴속에서 작업을 하자니 먼지를 많이 마셔야 했다. 만일의 사고에 대비한 산재보험 등 미래에 대한 안전장치가 없다는 것도 불안의 한 요인이었다. 굴이 깊어가는 만큼 작업을 수행하기가 점점 힘이 들었다.

나는 지하(맨홀)와 지상을 오가며 한꺼번에 여러 가지 일을 수행했다. 굴에서 파낸 흙은 바로바로 지상으로 퍼올려야 했다. 드럼통에 흙을 담아 기중기로 들어올려 덤프트럭에 싣는 것도 일이었다. 기사가 기중기를 운전하면 나는 드럼통의 흙을 덤프 적재함에 비우고, 다시 빈 드럼통을 맨홀로 내려보냈다. 잔토가 담긴 드럼통을 다루다 잘못하여 종아리를 찧기도 했다.

정말 아찔한 순간도 있었다. 트럭 적재함에서 잔토를 비운 뒤 드럼
통을 정리하고 있는데, 기중기 갈고리가 내 머리를 쳤다. 기중기를 조
작하던 기사가 실수로 육중한 쇠뭉치 갈고리 줄을 놓아버린 것이다.
새로 온 박씨는 몸을 수그린 채 일하고 있는 나를 미처 보지 못하고
기중기를 조작했다. 안전모를 쓰고 있었던 것이 천만다행이었다.

어느 날 저녁시간에 원씨가 임 반장에게 식사에 관하여 이런저런
불만을 늘어놓았다. 임 반장은 김 사장과 친해서 그에게 하소연해봐
야 달라질 건 아무것도 없었다.

우리는 사실 좋은 대우를 받고 있진 못했다. 지정 식당에서 주는
식사는 부실했고, 새참도 너무 성의가 없었다. 방진마스크를 제대로
공급받지 못해 땀과 먼지에 찌든 것을 여러 날 착용하기도 했다. 또
아무리 숙소를 제공한다지만 조그마한 방에 사내 4, 5명이 기거하는
것도 보기에 안 좋았다. 식사 문제에 대해서는 나도 할 말이 있었다.
흙 묻은 작업복을 입고 있어선지 식당 주인은 물론 서빙 아줌마들의
홀대가 유난히 심한 편이었다. 우리에게 차려주는 밥은 언제나 대충
상을 차리는 것 같았다. 언젠가는 점심때 주었던 국을 저녁에 그대로
내놓았다. 꽃게탕이었는데 냄새만 요란했지 살점이 하나도 보이지 않
았다. 어느 날은 참다못해 화를 냈다.

"보세요. 막노동꾼이라고 우습게 보는 겁니까, 아니면 뭡니까?"

"왜, 그러십니꺼?"

서빙 아줌마는 시큰둥하게 서 있고, 여주인이 다가와 물었다.

"낮에 먹던 것을 그대로 다시 주면 우짭니까? 우리가 공짜로 먹는 건 아니잖습니까!"

정색을 하고 항의했더니 주인이 바로 죄송하다고 했다.

"내일부터는 두루치기 같은 것도 좀 해 올려라."

주방 아줌마에게 이르는 말이었다.

예로부터 '잘 입은 거지는 얻어먹어도, 못 입은 거지는 배를 곯는다'고 했던가. 엉덩이와 바짓가랑이에 흙이 잔뜩 묻은 옷을 입고 식당 바닥에 예사로 주저앉는 노가다를 그들이 어떻게 바라보는지 나는 잘 알고 있었다.

다음날부터 식당이 확 바뀌었다. 음식도 좀 푸짐해졌고 인부들을 대하는 태도도 많이 달라졌다. 반찬 한 가지도 정성이 느껴졌다. 결국 화를 내고 이의를 제기한 게 주효했던 것이다. 밥상에는 가끔 돼지고기 두루치기가 나왔다.

"세상에 이렇게 맛있는 음식이 어디 있노!"

주방 아줌마와 여주인 들으라고 우리는 과장된 탄성을 질렀다. 원 씨가 나오지 않아 임 반장과 둘이서 작업하는 날도 있었다.

비가 흠뻑 내려 갱도에 물이 차 있었다. 한나절 동안 계속 물을 퍼 냈다. 붉은 뻘이 뒤범벅이 되었다. 그러나 어쩌랴! 물을 퍼낸 뒤에도 고무 방수바지(갑비)를 입고 쁘레카 작업을 했다. 온 몸은 땀으로 흥건 했는데 작업은 진전 없이 거의 제자리였다. 갱도의 뻘 속에서 몸을 굴려 일하고 갱 밖으로 나왔을 때의 몰골이라니! 작업복은 말할 것도 없고, 얼굴은 진흙으로 범벅이 되어 있었다.

녹초가 되어 집에 돌아왔다. 너무 피곤한 나머지 그대로 잠자리에
들었다. 그러나 쁘레카의 반동에서 오는 충격을 받은 손이 아려 잠을
이룰 수 없었다. 손가락을 구부릴 수도 없을 만큼 두 손이 퉁퉁 부었
다. 노동강도도, 육체도 이제는 거의 한계상황이었다. 처음 얼마간은
오기로 버텼는데 이젠 그 오기마저 사라졌다. 눈을 좀 붙였는데도 온
몸은 천근만근이었다. 마치 중병을 앓고 난 사람 같았다. 그래도 먹고
살기 위해선 무조건 자리를 털고 일어나야 하고, 시간에 맞춰 지하철
을 타야만 했다. 지하철 역 앞에서 김밥 두 줄을 사 모래알을 씹듯 먹
으며 현장에 도착했다. 여느 때와 같이 내가 제 1착이었다. H마트 인
근 자판기에서 커피를 뽑아 남은 김밥을 함께 먹었다. 일할 시간이 한
참 지났는데 아무도 나타나지 않았다. 전화를 걸어도 받는 사람이 없
어 하는 수 없이 숙소로 가봤다. 모텔 방에는 원씨 혼자 자고 있었다.
그를 깨웠다. 임 반장은 김 사장과 다투고 어젯밤 대전 집에 가버리
고, 김 사장은 새로운 공사를 맡아 창원에 갔다는 것이다.
"기중기를 조작할 수 있으면 우리 둘이서라도 작업합시다!" 했더
니 그는 "기중기를 다룰 줄 모릅니다!" 하며 모르쇠로 일관했다.

짐작했던 것보다 공사판은 훨씬 불확실하고, 불안정했다. 비 오는
날이 공치는 날이고, 강관 등 자재가 조달되지 않으면 일을 할 수 없
었다. 아무 연락 없이 안 나오는 인부들도 있었다. 이래저래 작업을

할 수 없는 날이 많았다.

　노는 날이 많으면 좋을 것 같지만 전혀 그렇지 않다. 일을 하지 않고 논다는 건 품삯도 없음을 의미한다. 그러니 하루 벌어 하루를 사는 현장의 인부들은 공치는 날만큼 두렵고, 서글픈 것도 없다.

　하루를 쉬고 나서 땅굴 현장으로 갔다. 웬일인지 임 반장과 원씨가 먼저 와 있었다. 그리고 기중기 기사라는 박씨가 새로 와 있었다. 김 사장은 창원에서 다른 공사를 수주해 박씨가 그의 일을 대신하게 됐다고 했다. 그러나 임 반장과 박씨의 의견충돌이 심했다. 원씨도 박씨가 못마땅하기는 마찬가지였다. 하지만 티격태격하면서도 일은 계속했다.

　어느 날, 출근해 보니 원씨가 떠나고 없었다. 간밤에 또 술을 많이 마셨던 모양이다. 김 사장과 함께 술을 마시다가 무언가 사단이 있었던 것 같았다. 그동안 쌓였던 불만을 김 사장에게 대놓고 터뜨린 것일까? 뒤늦게 현장에 나온 김 사장에게 원씨의 동태를 물었더니, "아이고~ 그 사람 어찌나 주사가 심한지 학을 뗐습니다." 하며 고개를 내저었다.

　원씨는 경기도에 집이 있었다. 집에는 아내와 중학교에 다니는 딸이 있다고 했다. 그는 건설회사에 다니다 명퇴하고 인테리어업을 했단다. 그러다 잘못 돼 빚을 지고 공사판에 뛰어든 것이다. 사람들의 사정이라는 건 다 어슷비슷했다.

　할 수 없이 임 반장과 둘이서 일하는데, 기중기 기사 박씨와 임 반장의 갈등이 나날이 심해졌다. 임 반장은 창원의 김 사장에게 전화를 걸어 일을 더 이상 하지 못하겠다고 했다. 박씨가 사장 노릇을 하려 드는데다, 일이 서툴러서 도무지 성에 차지 않는 모양이었다. 박씨가 강관을 반듯하게 자르지 않는 바람에 압입하는 데 사실 어려움이 있었다. 내가 봐도 박씨의 작업은 문제가 많았다. 솜씨가 없는 것은 그렇다 치고 성의도 보이지 않았다. 그런 중에 압입하는 과정에서 갱도 속에 있던 강관의 이음새가 터지고 말았다. 강관이 타고 들어가는 레일이 크게 마모되는 사고가 발생했다. 강관의 절단면이 반듯하지 않은 게 원인인 것 같다고 했더니 임 반장도 바로 그게 원인이라고 했다. 절단면을 바르게 해서 일을 다시 하자고 했더니 박씨는 고집을 부리며 내게 계속 압입을 강요했다. 그렇게 하다 결국 힘의 균형이 뒤틀리면서 레일이 망가지고, 갱도 20m 지점 강관의 이음새가 터져버린 것이다. 터진 강관을 산소용접으로 때우고, 레일을 바로잡는 데 반나절을 소비했다. 그러니 임 반장이 박씨를 좋아할 리 만무였다. 임 반장의 이야기를 전해들은 김 사장이 박씨에게 무슨 말을 했는지, 박씨는 다음날 현장에 나오지 않았다.

"박씨가 어젯밤 술이 과했는지 숙소에 오지도 않았네요."

도리어 그 사실을 반기는 듯한 임 반장의 말이었다.

그로부터 며칠 동안 기중기 기사도 없는 상태에서 임 반장과 둘이 맞교대로 작업했다. 기중기 조작은 임 반장이 했다. 나는 흙을 담은 드럼통을 들어내느라 지상과 지하를 수도 없이 오르내렸다.

오후부터 잔뜩 찌푸리더니 비가 쏟아질 듯했다. 일기예보도 내일은 비가 온다고 했단다. 그러면 볼일이 있어 이틀 쉬겠다고 얘기했다.

임 반장도 혼자서는 작업을 할 수 없는데다 지쳤는지라 자신도 이틀 동안 대전 집에 다녀오겠다고 했다. 나도 지쳐가고 있었다.

쉬겠다고 생각한 건 다음날이 바로 내 생일이었기 때문이다. 생일이라고 해서 약속이나 무슨 프로그램이 있는 건 아니었다. 그냥 내 방에 틀어박혀 아무도 만나지 않고 푹 쉬고 싶었다. 둘째도 떠나고 없는 마당에 큰아이도 군대에 있고 생일상을 차릴 형편은 아니었다. 그러나 내 생일만큼은 쉬고 싶었다. 나는 나에게 생일선물로 온전한 휴식을 주고 싶었다. 이틀째 아침에 이슬비가 내렸다. 말 그대로 '게으른 사람 잠자기 좋을 만큼'이었다. 일을 할 수 없을 정도는 아니어서 두고 온 현장 생각에 마음이 편치 않았다. 그러나 임 반장은 이미 대전에 가 있으니 어쩔 수 없는 상황이었다. 온종일 이불 속에서 누워 지냈다.

그렇게 쉬고 나니 몸이 조금은 가뿐했다. 가벼운 발걸음으로 출근했더니 임 반장은 보이지 않고 낯선 사람들이 일을 하고 있었다. 창원에서 돌아온 김 사장이 현장을 지휘하고 있었다. 그런데 나를 대하는 그의 태도가 냉랭했다.

"임 반장은 아직 안 나왔어요?"

김 사장에게 조심스레 물었다.

"그 사람 이제 안 나올 겁니다."

목소리에 가시가 잔뜩 돋쳐 있었다.

"왜, 무슨 일이 있었습니까?"

"그런 성질머리 갖고 무슨 일을 합니까? 어디 가든 그 성질 가지고는 일하기 힘들 겁니다."

김 사장이 비아냥거렸다.

그러면서 나에게 "아저씨도 이제 일 안 해도 돼요!"라고 말하는 게 아닌가. 이틀 쉰 것 때문에 심기가 단단히 뒤틀린 것 같았다. 임 반장과 한통속이 되어 일부러 일을 하지 않은 것으로 오해하는 듯했다. 나는 사정이 있어 쉬었다고 설명하고 재빨리 작업복으로 갈아입었다.

하지만 김 사장의 반응은 여전히 싸늘했다. '창원에서 인부를 두 사람이나 데려왔으니 당신이 필요없다'고 오기를 부리는 것 같았다. 할 수 없이 나는 생일이어서 쉬었다는 사실을 털어놓고 그의 오해를 풀기 위해 없는 애교까지 부렸다. 내가 통사정하자 그는 마지못해 "일 하세요!" 하고 무뚝뚝하게 한마디 했다.

공교롭게도 우리가 쉰 이틀 동안 사건이 있었던 모양이다. 첫날은 비가 왔다고는 하지만 일을 하지 못할 정도는 아니었다. 아침에 이슬비가 뿌리다가 이내 그쳤기 때문이다. 마침 시공사측 책임자들이 공사 진척상황을 살피기 위해 현장에 왔다가 작업을 하지 않는 것을 보고 "이래서야 공기工期를 맞출 수 있겠소?" 하고 김 사장을 심하게 다그쳤단다. 그리고 다음날에도 우리가 일을 나오지 않자 김 사장은 화가 단단히 났다. 창원에 있던 그는 임 반장에게 전화를 걸어 자초지종을 물었는데, 임 반장은 "박씨를 내보내지 않으면 더 이상 일을 하지 않겠습니다!"고 고집을 부렸다는 것이다.

김 사장은 무슨 일이 있어도 공기 내에 공사를 끝내야만 했다. 원청업체와 계약이 돼있고, 최대한 공기를 단축시켜야 이윤이 더 많이 남기에 하루라도 완공을 앞당겨야만 했다. 그런데, 임 반장이 말도 안 되는 요구를 하며 농땡이를 부리는 것으로 보였던 것이다.

내가 보기에 임 반장은 책임을 지워도 될 만한 사람이었다. 40대 후반인 그는 뒤늦게 베트남 아가씨와 결혼해 돌이 지난 딸을 두고 있었다. 휴대폰 바탕화면에 저장해 둔 딸의 사진을 자랑스럽게 내게 보여주기도 했다. 처음에 그는 나를 무척 쌀쌀맞게 대했다. 나이만 많고 초보자인 나를 무시하는 태도가 역력했다. 그런데 워낙 성실하게 일을 하는데다, 초보치곤 일머리를 잘 알고 보조를 척척 맞춰주자 그는 점차 마음을 열었다. 그는 나를 "형님"이라 부르며, 자기가 일을 더할 터이니 쉬엄쉬엄 하라고 했다. 갱도에 들어가 쁘레카 작업을 할 때면 "형님은 두 리어카만 하세요." 하며 나를 생각해 주었다. 그는 보통 세 리어카 이상을 파냈다. 나는 남에게 신세지는 게 싫어 무슨 일이 있어도 세 리어카의 흙을 파내고, 갱도의 방향도 가급적 반듯하게 정리해 주곤 했다.

임씨는 이틀을 쉰 뒤 대전에서 기차를 타고 부산으로 와서 새벽에 숙소에 도착했다. 그는 숙소에서 도씨와 마주쳤다. 김 사장이 창원에서 데리고 일하는 사람이었다. 또 다른 한 명은 추씨였다. 도씨는 나이가 50대 중반이었다. 임씨는 김 사장의 무반응과 함께 도씨의 싸늘한 눈초리를 보고 그 길로 배낭을 짊어지고 숙소를 나갔다. 떠나버린 것이다. 나는 임에게 전화를 걸어 어찌된 영문이냐고 물었다. 그랬더니 사장과의 사이에 있었던 일을 이야기해 주었다.

아는 사람은 모두 떠나고 나는 혼자 남겨졌다. 그리고 새로운 사람과 새로운 환경에 부닥쳤다. 두 사람 모두 인상이 만만치 않았다. 도씨는 말 그대로 공사판 현장의 일꾼이었다. 그래선지 그의 입은 대단히 거칠었다. 그는 추씨에게는 물론 나에게도 쌍욕을 해댔다. 도씨가 노가다판에서는 연조가 높을지 몰라도 실상 이 현장에선 내가 최고참이었다. 나는 그의 무례를 그냥 보아넘길 수 없었다.

"어이 도씨요, 내 처음부터 당신에게 말했지요? 이 바닥 일을 처음 해보는 초짜라고. 당신이 반장인지 아닌지는 모르겠지만, 책임자라면 알아듣게 이야기해야지 왜 그리 쌍욕을 하는 거요? 나는 이곳에선 당신보다 고참이지만, 아무 말 없이 당신 하자는 대로 따라 하고 있습니다. 그러니 더 이상 분위기 흐리는 일은 맙시다."

도씨는 내 말에 일리가 있다고 여겼는지 대들거나 하지는 않았다. 그리고 눈에 띄게 고분고분해졌다. 추씨는 내가 그렇게 말한 게 후련했던 모양이었다. 그는 도씨가 갱도에 들어가 있을 때 그의 못된 성질을 비난하며 "도씨와는 오래 일을 하지 못할 것 같습니다."라고 말했다. 그러면서 자기랑 함께 다른 곳으로 옮기자는 것이다. 나는 더 이상 대꾸하지 않았다.

나는 스스로를 '땅굴 파는 두더지'라 여기며 묵묵히 그 일을 했다. 수많은 사람들이 오고가는 것을 지켜보면서, 내가 오래 버틸 수 있었던 것은 그만한 이유가 있었다.

나는 사람이 되어, 이 세상에서 하지 못할 일은 없다고 보았다. 그리고 인간, 아니 나의 한계를 측정해 보고도 싶었다. 그래서 나는 아무리 힘이 들어도 최소한 한 달은 채우고 보자는 주의로 일을 했다. 그러면서 너무도 단순한 삶을 산 것은 아닌지 되돌아보았다.

좋은 직장에서 너무나 편하게, 안일하게 세상을 살지는 않았는지! 그래서 늦기 전에 이제라도 다양한 경험을 해보자고 마음먹은 것이다. 특히 모두가 기피하는 이른바 3D 업종에서 다양한 일을 해보는 것은 책상 위에서 펜대를 굴리는 일보다 내게 자양분이 되리라고 생각을 했다. 그리고 내가 그 힘든 땅굴 작업을 비교적 오랫동안 버틸 수 있었던 것은 전적으로 둘째아이 때문이었다.

지름 80센티 강관 속의 세상, 그곳엔 오로지 나 혼자밖에 없었다. 거기서 나는 처절한 사투를 벌였다. 고막을 찢는 듯한 쁘레카 소리뿐, 그곳에서 나는 최소한 1미터 이상 땅굴을 파야 했고, 흙더미가 무너지면 죽을 수도 있다는 두려움을 이기기 위해 오직 땅굴을 파는 데만 전념했다. 그 몰입의 순간이 좋았다. 완벽한 몰입을 그곳에서 경험할 수 있었다. 그 속에서 나는 둘째아이를 잊을 수 있었다. '지름 80cm 강관 속의 세상'이 내게 베풀어준 또 하나의 기적이었다.

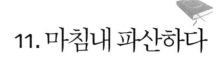

11. 마침내 파산하다

임 반장까지 나가고 없는 마당에 나는 이 힘든 일을 계속하고 싶은 마음이 없었다. 특히 오른쪽 무릎 통증이 심해져서 하고 싶어도 더 이상 일을 할 수 없는 상황이었다. 관절에 이상이 생긴 것 같았다. 다리를 오그리고, 쁘레카를 발로 운전하다시피 했으니 탈이 생기는 게 당연했다.

강관을 구할 수 없어 일을 중단하는 일이 생겼다. 전국적인 규모로 번진 파업으로 인해 강관 수송이 되지 않고 있었다. 퇴근길에 김 사장이 강관이 없어 일을 못하니까 당분간 집에서 쉬라고 했다. 강관이 오는 것을 봐가며 연락을 주겠다는 것이다.

집에서 쉬는데도 피로가 풀리기는커녕 더욱 누적되는 기분이었다. 자석으로 끌어당기듯 몸은 아래로 아래로 가라앉았다. 특히 오른쪽 무릎이 고통스러웠다. 걷는 데는 별 이상이 없는데, 쭈그리거나 앉을 때 통증이 왔다. 양반다리나 가부좌 자세도 취할 수 없었다. 그래도 병원에 가지 않고 파스로 버텼다.

참다못해 김 사장에게 "무릎이 아파 일을 못하겠으니 인부를 충원하세요!"라고 했더니 일을 계속 해달라고 사정해 왔다. 의외였다. 얼마 전 생일날 이틀 쉬었다고 그렇게도 쏘아붙이더니…. 내가 일을 그만두기로 한 건 무릎도 문제지만 도씨와 함께 일하는 것이 너무 힘들었기 때문이다. 그는 아무리 이해하고 좋게 봐주려 해도 정이 안 가는 사람이었다. 그는 대단한 기술자인 것처럼 굴었으나 내가 보기엔 형편없었다. 임 반장과는 비교도 할 수 없는 실력이었다. 그와 같이 일을 하노라면 힘이 들고 짜증만 났다.

집에서 며칠 쉬고 났더니 몸이 많이 좋아졌다. 마침 강관이 수송되었다고 김 사장이 전화를 걸어 현장에 나오라고 했다.

"몸 상태가 좋지 않아 이참에 그만두겠습니다. 그리고 한 달이 되었으니 노임을 부탁드립니다."

나의 요청에 김 사장은 실쭉해서 한 달 후에나 보자고 했다.

"주겠다"도 아니고 "한 달 후에 보자"니….

한참을 그와 승강이를 벌였다. 그런데 본래 이쪽 일이 그렇단다. 일당제는 당일 노임을 지급하지만, 월급제는 한 달 이후에 노임이 나가는 게 관례라는 것이다. 나는 너무도 어이가 없어 "무슨 그런 관례가 다 있어요?" 하며 역정을 냈지만 쉽사리 돈을 줄 것 같지 않았다.

며칠 동안 기다리다 못해 소개해 주었던 인력공급업체 S개발을 찾아 갔다. S개발 대표 강 소장 역시 "그게 관례요!"라는 대답이었다. 인력 공급을 맡고 있는 그들은 업자와 유착관계를 맺고 있었다. 현장 인부의 고혈을 빨아먹으면서도 실상은 업자와 한통속이었던 것이다. 집으로 돌아와 김 사장에게 또 전화를 걸었다. "돈이 급해서 그런데, 우선 절반만이라도 입금해 주시면 안 될까요?" 하고 매달렸다. 그는 바쁘다는 핑계를 대고는 다음에 다시 전화하라고 했다. 그 후, 수차례 전화를 했지만 응답이 없었다. 나는 통장 계좌번호를 문자로 보내면서 또 다시 사정했다. '입금을 부탁합니다' 라고.

'엄연히 받아야 할 돈인데, 통사정을 해야 하는 꼴이라니….'

나는 이렇게 약해빠진 내 자신이 미웠다. 그리고 이런 말도 안 되는 짓이 통용되는 사회와 이를 악용하는 사람들이 싫었다.

그 후에도 수차례 김 사장에게 연락을 취했으나 그는 전화를 받지 않았다. 연락을 달라고 문자 메시지를 남겨도 묵묵부답이었다. 그는 부산 현장을 박씨에게 맡겨두고 광주에서 또 다른 공사를 벌이고 있었다. 하는 수 없이 하청업체인 D건설 사무실을 찾아갔다. 마침 현장 소장이 있었는데 보아하니 현장에서 일할 때 낯이 익은 사람이었다. 방문한 목적을 이야기하니 그 역시 똑같은 반응이었다. 이쪽 노임은 한 달 후(월말) 정산이 관례라는 것이다. 특히 원청업체로부터 공사대금이 내려와야만 노임을 줄 수 있다고 했다.

그에게 따질 일은 아닌 듯해 사무실을 나왔다. 집으로 와서 노동청 홈페이지에 '노임청산 중재 요청'이라는 제목으로 전자민원을 냈다. 활용할 수 있는 것은 다 사용해 보자는 마음이었다.

다음날, K감독관이라는 사람이 민원내용을 확인하겠다며 전화를 걸어 왔다. 나는 그에게 자초지종을 설명해 주었다. 그리고 나서 며칠 후, K감독관의 전화가 왔다. D건설에 확인한 결과 월말에 노임을 청산한다는 것이다. 진정서를 취하하려면 노동청으로 직접 나오라고 했다. 돈을 받은 것도 아닌데, 담당자는 '월말에 청산하겠다'는 상대의 말만 믿고 취하부터 종용하는 것이다. '노동청인들 뾰족한 수가 없겠지!'라고 생각하면서도 그들의 행태가 괘씸하기 짝이 없었다. 이런 식이라면 힘없는 국민은 도대체 어디서 희망을 찾을 수 있단 말인가! 총체적인 모순이 아닐 수 없었다.

화가 치밀었지만 샐러리맨이나 다름없는 월급쟁이 공무원에게 부담을 주고 싶지 않아 노동청에 들렀다. 담당자가 교육을 받는 중이라 해서 두어 시간을 기다렸다가 그가 내미는 진정 취하서에 서명을 해주고 돌아왔다.

하지만 월말에 준다고 한 임금은 다시 연기되었다. 한 달 반이 지났다. 법규에는 퇴직 후(일을 그만둔 뒤) 2주일 내에 임금을 청산토록 돼 있었다. 하지만 노동청에 신고를 해도 아무 소용이 없고, 그렇다고 소송을 할 수도 없었다. 얼마 되지도 않는 월급이나 노임을 가지고 언제 주겠다고 미루고 또 미루다가 종내에는 법대로 하라며 나자빠지는 기업이나 사장이 얼마나 많은가. 힘없는 노동자들과 이 땅의 아버지들이 길가에 뒹구는 낙엽처럼 이리 밀리고 저리 밀리고 있는 가슴 아픈 현실이었다.

노동청을 비롯하여 공무원들이 국민의 진정한 공복이라면 "법대로!"만 앵무새처럼 외우지 말고 진정으로 국민이 원하는 것이 무엇인지, 무엇이 잘못되었는지 알고 해결하려는 의지를 보여주어야 한다.

터무니없는 가격에 하청을 주고 한 푼이라도 더 긁어내려고 안달인 기업들은 노동자의 권익에 '좀 더 관심을 가져야 한다. 물론 정부 당국이 먼저 나서서 불합리한 제도와 관행을 타파해야 할 것이다. 또 노동 현장에서 병들고 다치는 노동자는 누구나 산재보험을 적용받을 수 있었으면 하는 바람이다. 그러지 않는 한 우리 아버지들의 보이지 않는 눈물은 마를 날이 없을 테니까.

그 후로도 몇 번의 전화와 실랑이 끝에 결국 노임을 받긴 받았다. 김 사장은 160만 원을 계좌에 입금했다고 알려왔다. 내가 일한 날은 정확히 22.5일. 기간은 한 달이 넘었지만 비오는 날과 자재 부족 등으로 쉰 날을 제외했다. 일당이 8만 원이었으므로 총 임금은 180만 원. 소개비 20만 원을 떼고 보내준 것이다.

노가다로 번 돈으로 금융권의 이자를 근근이 메우면서 몇 개의 카드빚은 돌려막기로 버티었다. 달이 바뀌자 여기저기 은행에서 독촉전화가 왔다. 이자납입과 카드대금 결제를 독촉하는 문자도 수없이 쏟아졌다. 결제가 돌아온 OO은행 카드의 현금서비스 140여 만 원도 시급했다. 그런데 돌려막기조차 할 수 없는 지경에 이른 것이다.

마침내 모라토리엄moratorium! 도저히 어떻게 해볼 방법이 없었다. 나는 이쯤에서 백기를 들기로 했다. 진즉에 개인회생이나 파산절차를 밟았어야 했다. 그러나 신용불량자가 되면 혹시 모를 구직 기회를 놓칠 수 있다고 판단했다. 그리하여 둘째아이 장례를 치르고 남은 얼마간의 부의금과 서울의 아이 집 전세보증금 환불받은 것, 그리고 막내가 얼마 보내준 돈으로 버텨왔던 것이다.

이즈음, 가장 큰 문제는 상환기한이 도래한 S보험 대출(1천200만 원)에 대한 상환이었다. 어쩔 수 없이 막내에게 이야기했더니 600만 원에 달하는 돈을 두 차례에 걸쳐 학자금 대출을 받아 보내 주었다. 그리하여 일부를 상환하고 다시 1년을 연기할 수 있었다. 죽은 둘째와 학생이라 아직 경제력이 없는 막내의 학자금으로 연명해온 셈이다. 이 얼마나 몰염치한 일인가! 나는 아비라고도 할 수 없었다.

막내아들 학자금까지 손을 대고 나서 정신이 번쩍 들었다. 이젠 결단을 내려야 했다.

H법무사무소를 찾아갔다. 노씨 성을 가진 사무장이 상담에 응했다. 부채규모를 이야기한 뒤 "연금 이외엔 소득이 없습니다." 하자, 그는 연금만으로도 회생절차 진행이 가능하다고 했다. 그간 내가 받고 있던 연금은 62만 원이었다.

그런데, 그 중 30만 원 정도(부채액의 5%)를 매월 갚아야 한다는 것이다. 결국 30만 원 남짓으로 살아야 한다는 얘긴데 월세 주고 공과금 내고 나면 어떻게 살 수 있을지 암담했다. 5년 동안 그렇게 살아야 한다고 했다. 파산신청을 하는 것이 낫겠다는 게 노 사무장의 의견이었다. 나도 그렇게 생각했다. 파산의 경우 '회생'보다 버텨내기가 더 혹독하긴 하지만 파산이 용인되고 면책결정이 나기만 하면 그게 훨씬 깨끗하다는 설명이었다. 특히 회생절차의 경우 향후 5년이라는 기간이 소요되지만 파산은 9개월 내지 12개월로 완전히 끝이 난다고 했다. 물론 법원의 '용인' 결정이 나야 하지만.

"회생절차 진행 중에는 채권자의 빚 독촉이나 재산압류 등이 정지되지만, 파산신청을 하면 압류절차 등으로 정신적 고초를 당할 수도 있습니다!"

노 사무장이 한마디 쐐기를 박았다. 숨겨놓은 재산이 없고, 고가의 가구나 가전제품이 없는 상황이 객관적으로 드러날 경우 압류를 크게 걱정할 필요는 없다고 했다. 그러면서 필요한 서류 목록을 적어주었다. 준비할 서류가 많았다. 동사무소와 세무서, 연금공단과 보험공단 등에 가서 증빙서류를 발급받았다. 그리고 주 거래은행에서 최근 5년간의 거래내역 증명서를 받아왔다.

하루 동안 준비한 이들 서류를 들고 법무사무소를 다시 찾았다. 노 사무장은 서류를 살펴보더니 파산신청이 받아들여질 확률이 높다고 말했다. 그러면서 몇 가지 선결사항을 일러주었다. 우선 사업자등록 사항을 모두 폐업으로 정리하라고 했다. 나는 그동안 '학당'을 비롯해 계약금과 권리금을 날린 '스낵바', 그리고 출판사 등을 등록만 해둔 채 그대로 유지하고 있었다.

노 사무장은 수임료 등 비용이 150만 원이라고 했다. 나는 깜짝 놀랐다. "다른 법무사 사무소에선 80만 원이라고 하던데요?" 금액을 듣고 나도 모르게 얼굴을 찡그리자 그가 조금 미안한 표정을 지었다.

"더 이상의 추가 비용이 없고요, 면책 받을 때까지 모든 일을 패키지로 하기 때문에 도리어 믿을 만합니다!"

자신들은 파산이 전문이라며 성공사례를 몇 가지 소개했다. 나의 경우 나이가 많은데다 연금 외엔 소득이 없으니까 파산신청이 백 번 유리하다는 데야 더 이상 할 말이 없었다. 너무 장담하는 것이 조금 미심쩍었으나 지금 와서 다른 방법이 있는 것도 아니었다.

곧바로 동네 새마을금고에서 통장을 만들었다. 노 사무장이 그렇게 하라고 일러주었다.

"앞으로 은행거래가 제한되면 연금을 수령할 수 있는 계좌가 필요하니까, 차압 등에서 비교적 안전한 새마을금고에 계좌를 개설하고 나머지는 모두 해지하세요."

말 잘 듣는 학생처럼 그의 지시를 따랐다. 새마을금고 통장을 들고 이번엔 연금공단으로 가 연금수령 계좌 변경신청을 했다. 현 거래은행의 경우 온갖 납부 관계가 자동결제 되도록 돼 있어 연금이 나오는 족족 빠져나가게 돼 있었다. 특히 주거래은행에 대출금이 있으니 압류당할 것이 뻔했다.

다음날, 법무사무소에서 필요하다기에 동사무소에서 기본증명서 (구 호적초본)를 떼고, D정형외과병원과 K병원에 들러 치료 및 입원 확인서를 발급받았다. D병원은 내가 배를 타는 동안 입었던 부상을 두 달 가까이 치료한 곳이고, K병원은 폐렴으로 입원했던 곳이다.

나는 지금의 집으로 이사하기 전 토굴 같은 집에서 살았다. 석유보일러가 설치돼 있었지만 한겨울에도 틀지 않고 지냈다. 아이들에게 생활비와 용돈을 넉넉히 보내지 못하는 판에 어떻게 뜨끈뜨끈한 방에서 지낼 수 있겠는가. 감기에 걸려도 병원에 가지 않았다. 그렇게 버티다 혼수상태에서 이웃의 도움으로 병원에 간 적이 있는데 의사는 폐렴이라고 했다. 폐 전체에 기종이 보이는 등 상태가 매우 심각하다는 것이다. 응급실에서 한나절 넘게 응급치료를 받은 뒤, 결국 열흘 넘게 입원 치료를 받았다.

병원의 확인서를 받은 뒤에는 S보험 고객센터에 가 보험을 해지했다. 나와 아이 엄마 이름으로 계약한 두 건의 상해(교통사고 등)보험인데, 환급금이 260여 만 원이었다. 그러나 기존의 신용대출금 일부를 상환하기 위해 100여만 원을 약관대출 받은 터라 공제하고 158만 원을 돌려주었다. 파산신청에 드는 비용과 거의 맞아떨어져서 그나마 마음이 놓였다.

열흘 뒤에 사건번호가 나왔다. 2008 하단 2800.

법무사무소에서 문자로 알려줬지만 직접 사무소로 가서 다시 확인했다. 내가 작성해준 것을 토대로 만든 진술서가 비교적 잘 만들어져 있었다. 사무장은 1년이라는 기간은 빨리 지나간다며 걱정하지 말고 느긋하게 기다리라고 했다.

"여기저기서 연체금 독촉 전화가 걸려오는데 어떻게 하면 되죠?"라고 물었더니 '파산신청 중'이라고 말하거나 정 귀찮으면 전화를 받지 않아도 된다고 일러주었다.

파산신청을 하고 나니 마음이 가벼웠다. 모든 걸 버리고, 1년간 느긋하게 지낼 수 있다는 생각 때문이었다. 이렇게 하지 않고는 부채의 악순환을 끊을 수 없었다.

집에 당도하니 공연히 우울해졌다. 어쩌다 이 나이에 '파산'이라는 불명예를 쓰게 되었는가! 둘째아이 생각에 자꾸만 눈물이 나왔다. 아까운 아이를 잃어버렸다는 회한이 또 다시 나를 덮쳤다. '이럴 줄 알았으면 퇴직금을 받았을 때 빚을 1천만 원쯤 덜 갚고 마지막 남은 두 학기 학비라도 줄 걸! 그랬다면 아이가 학교를 무사히 마치고 번듯한 사회인이 되지 않았을까?'

그렇게 생각하면 미칠 것 같았다.

그대로 마음을 가라앉히기 어려워 맥주와 소주를 사와 섞어 마셨다. 폭탄주인 셈이다. 홀로 앉아 술을 마시는 일은 새롭게 나타난 버릇이었다. 하지만 어쩌랴! 이 참을 수 없는 우울과 공허감을 술로 채울 수밖에.

생활비는 거의 바닥난 상태였다. 연금이 들어오는 새마을금고 통장 잔금은 2만 원. 지갑 속에 한 장 남아 있던 1만 원을 입금해 3만 원을 찾았다. 현금인출기에서는 3만, 5만, 10만 원 단위로 인출하게 돼 있기 때문이다. 지난번 큰아이의 통장 거래내역을 보고 깜짝 놀랐다. 잔고 7천 원을 찾기 위해 3천 원을 입금해 1만 원을 찾은 것이다. 아이에게 충분한 생활비를 보내주지 못한 것이 그저 부끄러울 뿐. 나는 3만 원을 들고 마트로 가서 쌀 한 봉지와 반찬을 사왔다.

집에 돌아오니 막내가 전화를 했다. 서울에 면접을 보러 간다고 했다. L회사와 면접 일정이 잡혔단다. 아이는 진즉부터 석사과정만 마치고 취직을 하겠다고 말했다. 나는 박사과정까지 밟으면 좋겠다고 권유했지만, 아이는 군대 문제도 있고 해서 그냥 취업을 굳힌 모양이었다.

아이가 공부를 그만두려는 것이 나 때문이 아닌가 하여 마음이 안 좋았다. 아이는 아버지가 파산지경에 이르는 등 오랜 세월 무기력한 모습을 보이자 무척 가슴 아파했다. 어떻게든 아버지를 돕고 싶어 했다. 나는 "내 걱정은 말고, 네 일에나 신경 쓰라!"고 했지만 아이는 결국 3년간 군복무를 대신하는 산업체 병역특례 옵션을 달고 취직 쪽으로 마음을 정한 것 같았다. 그는 '척추디스크 탈출증'으로 현역입영 대상이 아니었다.

막내를 생각하니 나오는 것은 한숨뿐. 하루빨리 나도 다른 일자리를 찾아야 했다. 파산과 면책이 인용되든 안 되든 판결이 날 때까지, 그동안은 대출금과 카드대금 등을 갚지 않아도 되지만 연금만으론 생활이 안 되기 때문이다. 더욱이 군대에 있는 큰아이에게 용돈도 보내고, 휴가라도 나오면 넉넉하게 여비를 주고 싶었다.

그러나 정상적인 경제활동을 할 수 없다는 것이 큰 장애였다. 저금 통장 등에 수입이 기록으로 남게 되면 압류당할 게 뻔했다. 결국 '무자료' 소득활동을 하는 수밖에 없다는 얘긴데 그런 일을 어디에 가서 찾아야 하는가? 그날그날 현금으로 받는 일당제가 있으나 더 이상 노가다는 하고 싶지 않았다. 육체적으로나 심적으로 나는 너무 큰 타격을 받았다. 아무리 많은 돈을 준다 해도 다시는 그렇게 힘든 일은 할 수 없을 것 같았다.

세상에는 나를 반겨주는 이도 나를 기다리는 이도 없었다. 직장도 마찬가지였다. 아무리 찾아 헤매어도 원하는 것은 결코 내게 오지 않았다.

'절에 갈까?' 하는 생각이 문득 뇌리를 스쳤다. 사람들은 세상 속에서 살기 힘들면 "절에나 갈까?"라고 쉽게 말한다. 머리를 깎고 스님이 되겠다는 의미도 있고, 하다못해 '처사'라도 하겠다는 뜻이다.

생각난 김에 집을 나서서 J스님을 찾아갔다. 절에서 지내고 싶다 하자 스님은 범어사 말사인 금정산의 한 암자를 소개해 주었다. 너무 높은 산꼭대기의 절이어서 소임을 다할 수 있을까 두려워 마다했다. 집도 가깝고 하여 마음에 들었던 금정산의 M사는 이력서를 냈으나 나보다 늦게 온 젊은 사람이 보따리를 풀었다.

멀리 경남 남해의 D암자에 머무를 작정을 하고 보따리를 챙겼다. 암자는 조그마하고 한적했다. 주지스님과 공양주보살, 그리고 나 셋이서 생활하게 돼있었다. 말 그대로 세상사를 잊고 묻혀 살기엔 딱 좋았다. 절이 작으니 할 일도 그리 없어 보였다. 주지스님은 내가 마음에 들었는지 같이 있자면서 기거할 방을 정해 주었다. 나는 그 방이 썩 마음에 들지는 않았다. 절집은 최근에 지어진 것으로, 전통적인 절집 분위기는 느낄 수 없었다. 흔히 스님들 간에 사고파는 개인 사찰이었던 것이다.

집에 가서 볼일을 좀 보고 다시 오겠다고 했더니 스님은 내가 다시 오지 않을 것 같았는지 옷가방을 절에 두고 가라고 했다. 마음 약한 나는 스님의 말씀을 따랐다.

버스를 타고 부산으로 오면서 아무리 생각해봐도 남해의 암자에 묻혀 산다는 것이 마음에 걸렸다. 군대에 있는 큰아이가 휴가라도 나오면 뒷바라지를 해줘야 하지 않겠는가. 아이들을 위해 부산과 가까운 곳에 있어야겠다는 생각이 들었다.

생활정보지를 가져다 샅샅이 살펴보는 생활이 다시 시작됐다. 어느 날 부산 도심에 있는 사찰에서 처사를 구한다는 광고가 눈에 띄었다. 내가 살고 있는 집에서 그리 멀지 않은 곳에 있었다. 이력서를 들고 가 주지스님을 면담했다.

내 이력서를 살펴본 스님은 기거는 경남에 있는 절에서 하고, 부산 절을 오가며 두 곳의 일을 함께 해야 한다고 했다. 알고보니 스님은 부산의 A사찰 외에 부산 인근 경남지역에 또 다른 사찰을 갖고 있었다.

"절에서 신선 노릇 할 것 같지만 할 일도 많고 힘이 많이 드는 게 처사 노릇입니다."

짐작건대 내 나이로는 많은 일을 수행하기 어렵다고 보는 것 같았다. 스님은 아무래도 나를 대하기가 껄끄러웠을 것이다. 사무를 보는 보살이 신상관계를 묻기에 내 진짜 나이를 말해 주었다.

나는 무슨 일이든 할 수 있다고 스님 앞에서 의지를 불태웠다.

"처사님이 마음에 드는데, 아무래도 혼자서 그 많은 일을 해내기에는 무리일 것 같네요. 가만 있자, 젊은 처사를 한 사람 더 쓰고 처사님은 주로 법당 일을 하는 등 보조역할을 하면 어떨까요!" 그러면서 스님은 "그 대신 보시(월급)는 60만 원으로 하겠습니다. 어떻습니까?"하고 내 의중을 물었다.

"제가 절에 있고자 함은 돈을 벌기 위한 게 아닙니다. 어떻게 하든 상관이 없습니다." 했더니, "그럼, 준비해서 내일 오전에 오세요!" 해서 일이 일사천리로 결정되었다.

다음날, 나는 속옷과 여벌옷을 챙겨 절에 갔다. 주지스님이 운전하는 승용차를 타고 부산 A사에서 낙동강을 넘어 30여 분 거리의 B사로 갔다. '기어코 절에 들어가는구나!'

한편, 파산신청을 낸 뒤 6개월 만에 나는 법원으로부터 이에 대한 보정서류 제출을 명령받았다. 주지스님에게 휴가를 받아 지시대로 몇 가지 자료를 준비하고, 진술서를 작성해 법무사무소에 제출했다. 법무사무소 사무장은 "보정서류를 내면 머잖아 파산선고가 날 것이고, 몇 달 후 면책결정까지 날 겁니다!"라고 말했다. 나는 "고맙습니다!" 깍듯하게 인사하고 집으로 돌아왔다. 오랫동안 비워두었던 집 안을 청소하고 잔뜩 쌓인 우편물도 정리했다. 우편물은 대출금 독촉장이나, 부채가 전문 관리회사로 넘어갔다는 통보서같은 것뿐이었다. 전문 관리회사에서는 '재산 압류절차에 들어갈 수 있다'는 경고문이 있었다. 그러나 파산신청을 한 뒤 절에 가 있는 동안 더 이상의 빚 독촉이나 재산압류와 같은 물리적 강제를 받은 적은 없었다. 그것만 해도 얼마나 다행스럽고 홀가분한지….

12. '하하허허' 절집 처사

'처사'라는 말은 본래 유교적 용어. 사전에는 '벼슬을 하지 않은 선비'거나 '도인道人'으로 지칭하고 있다. 유가에서는 '한 처사가 세 정승 부럽지 않다'는 말이 있을 만큼 처사는 예우적인 호칭이다.

그런데 절에서는 처사가 하나의 직함으로 쓰이고 있다. 주지, 부전, 공양주와 화주보살, 그리고 처사 등으로 각자 절에서 소임을 맡은 사람을 부르는 호칭인 것이다. 불가에서 처사에 비견되는 말은 거사居士이다. 재가 신도로서, 수계 후 법명을 받은 사람을 일컫는다. 우바새 또는 청신남이라고도 한다. 절에서는 신도이거나 아니거나를 불문하고 남자들을 '거사'로 예우한다.

속세 사람들은 처사를 '한적한 암자에서, 세상사를 잊고 마음 편히 소일하는 사람' 쯤으로 여기고 있을 것이다. 그러나 정작 '처사'라는 소임을 맡게 되면 이보다 더 천한 직책도 없다는 걸 알게 될 것이다.

물론 절에 돈(보시)을 내고 숙식을 제공받으면서 기도나 공부를 할 수도 있다. 하지만 나와 같이 많든 적든 일정액의 임금(절에서는 '보시'라고 한다)을 받고 일을 하는 처사는, 이른바 말단 직원인 셈이다.

나는 요사채의 방을 배정받아 짐을 풀면서 '무심하자, 무심하자!' 속으로 되뇌었다. 눈을 뜨면 제일 먼저 하는 일이 새벽 4시에 예불을 하는 것. 근래에 창건된 이 절은 전각이 대웅전과 법당, 삼성각 등 세 개였다. 대웅전엔 석가모니 부처님을 비롯해 3존불이 모셔져 있는 크고 웅장한 2층 전각이었다. 1층은 주지실과 종무소, 공양간(식당)과 대중방 등이 있고 2층은 대웅전이다. 그리고 법당은 단층 건물로, 역시 석가모니 부처님을 모셨는데 대웅전보다 작았다.

대웅전 예불은 당연히 스님이 맡아 한다. 주지는 부산의 A사에 주석하고 있어 이곳 예불은 부전스님이 했다. '부전副殿'이란 불당을 돌보는 스님을 말하는데, 주지스님의 임무를 대신하기도 한다. 부전은 그러니까 법회 등에서 처음부터 끝까지 목탁을 치거나 염불을 하며 법회를 주재하는 스님을 일컫는다.

나는 법당의 새벽예불을 맡았다. 예불이라 해봐야 부처님 전에 촛불을 켜고, 향과 차(청수)를 올린 뒤 천수경을 외고, 오분향과 칠정례를 하며, 정근을 하는 정도였다. 나는 평소 이들 의식에 필요한 상식을 알고 있는 터여서 습의習儀 없이 곧바로 할 수 있었다. 정근은 '석가모니불'이나 '관세음보살'을 한참동안 염송하는 일을 말한다. 나는 집에서도 관음정근을 해온 터여서 관세음보살을 외우면서 108배를 했다. 새벽예불은 한 시간 이상 소요되었다.

나는 온갖 잡일 등 실무를 맡은 처사이므로 굳이 이 같은 새벽예불을 담당하지 않아도 되었다. 주지도 그렇게 이야기했다. 그러나 내가 처사로 있는 동안 거의 하루도 빠지지 않고 새벽예불을 한 것은 내 아이들 때문이었다. 아이들에게 줄 수 있는 것은 오로지 기도밖에 없다고 생각한 것이다. 좀 더 열심히 영악스럽게 세상을 살지 못한 아비의 잘못으로, 아이들이 기를 펴지 못하고 있다는 자책감과 회한이 단 하루도 나로 하여금 새벽기도를 하지 않고선 배길 수 없게 했다. 특히 꽃다운 나이에 홀연히 저세상으로 간 둘째의 극락왕생을 위해, 지금 아비가 할 수 있는 것은 오로지 기도밖에 없다고 여겼다. 그러니까 나의 기도는 참회에서 출발했던 것이다.

나의 예불은 나 자신의 기도였다. 아이들의 건강과 그들이 하고자 하는 일이 원만히 이루어지길 발원하고 기원했다. 새벽예불을 통해 나는 매일 나 자신과 만나고 아이들과 만났다. 만약에 이 시간이 없었다면 절집 처사 생활은 나에게 아무런 의미도 없었을 것이다.

새벽예불이 끝나면 경내 청소를 하고 아침 공양(식사)을 한 뒤, 잠시 쉬었다가 본격적인 업무를 수행하였다.

절에서 기거하는 사람은 부전스님을 비롯해 공양주보살과 처사인 나였고, 총무보살과 법당보살은 출퇴근했다. 공양주보살은 식사 준비가 가장 큰 소임이라 절에서 기거하지 않을 수 없었다. 총무보살은 사무와 회계를 담당하고, 법당보살은 법당 청소를 비롯해 각종 법회나 재齋 등을 준비하는 일을 맡았다.

내가 갔을 때, 절에서 기거하는 식구가 많았다. 기존에 있던 김 처사와 얼마 후 새로 온 장 처사가 숙식을 함께 했다. 김 처사는 40대 중반으로 지난 IMF 때 퇴직하고 조그만 사업을 하다 실패해 많은 빚을 졌다고 한다. 산속에 묻힌 지 벌써 3년, 하산을 결심해 내가 후임으로 온 것이다. 절에서는 흔히 도를 터득했거나, 사회에서 다시 활동을 시작할 수 있는 계기가 마련되면 '하산한다'고 한다. 김 처사는 다행히 절에 머무는 동안 다른 일을 할 수 있는 힘을 기른 것이다.

그는 참 좋은 사람이었다. 무엇보다 절집 처사생활 3년이라면 그가 얼마나 무던하고, 속이 깊은지를 짐작할 수 있다. 나는 그에게서 절집 일을 배우면서 업무를 인수받았다. 그는 보름 정도 내게 꼼꼼하게 업무를 인계해 준 뒤 하산했다.

절도 여러 사람이 부대끼고 사는 곳이라는 점에서 속세와 다를 바 없었다. 여러 사람이 왔다가 떠나는데, 떠나는 사람을 말리지 않는 것이 절집의 불문율이었다. 물론 예외도 있겠지만….

예정된 이별의 주인공은 김 처사인데 장 처사가 먼저 떠났다. 장 처사는 나보다 1주일 후에 왔다. 주지의 약속대로 젊은 처사를 한 사람 더 뽑은 것이다. 그는 건장했고, 나이도 50대 초반이었다. 다른 절에서도 처사 일을 오랫동안 해서 그런지 절집 생활이 익숙해 보였다. 그가 오면 내가 편해질 것이라는 기대도 있었다. 그런데 그는 그 기대를 채워주지 못했다.

그가 온 지 며칠 안 되어 절에서 큰 행사가 있었다. 법회를 마치고 김 처사와 장 처사, 그리고 그날 봉사활동을 했던 두세 명의 거사(신도)들과 모여 앉아 다과를 나누었다. 장은 그 자리에서 원주보살을 비판했다. 원주보살은 주지와 가족관계로, 사실상 절집 살림을 맡고 있었다. 우리가 담소를 나누던 자리에는 원주보살과 친분관계가 깊은 사람들이 있었다.

세상사 모든 일이 그렇지만 문제는 아주 조그만 일에서 출발한다. 장 처사가 무심코 불평을 털어놓았다.

"시장을 봐 오면서 무겁지도 않은, 조그마한 비닐봉지를 들어달라고 바쁜 사람을 부르더라니까요." 그러면서 언제 한 번 원주보살에게 직접 이야기를 하겠다는 것이다.

"아이고, 아서시오! 나이 많은 나도 가만히 있는데…."

내가 나서서 그를 만류했다. 그만한 일 가지고 문제를 삼으면 사는 게 골치 아파진다고 인생 선배로서 충고했다.

그로부터 며칠 후, 주지가 나를 자기 방으로 불렀다. 원주보살이 먼저 와 있었다. 나를 부른 이유는 장 처사가 우리 절과 인연이 없는 것 같다며 보내기로 했다는 것이다. 며칠 전의 그 일이 떠올랐다.

"장 처사가 일을 잘 하던데요…."

나는 이유를 모르겠다는 투로 말을 얼버무렸다. 그러자 옆에 앉아 있던 원주보살이 "아유, 장 처사는 제가 싫습니다!" 하고 부르르 나섰다. 두 달 후에 중국에서 조선족 부부가 절집 일을 거들 겸 오게 돼 있다며 임시로 처사를 뽑을까 내 의중을 물었다.

"그렇다면 굳이 새로 처사를 뽑을 일은 아닌 것 같습니다. 그때까지 힘들어도 혼자 해 보겠습니다."

나의 말에 주지는 반색하며,

"그럼 그렇게 합시다!"고 했다.

장 처사는 그날 오후, 짐을 싸서 나갔다. 입 한 번 잘못 놀린 죄로! 장 처사가 그렇게 떠나는 모습을 보며 너무도 가차없는 주지의 단호함에 섬뜩함을 느꼈다. 말 한 마디 잘못했다가 일자리를 잃는 절집의 현실은 저 저잣거리의 각박한 현실과 크게 다를 것 없었다. 이후에도 사소한 말 한 마디나 실수가 오해를 불러오고 갈등을 불러일으켜 결국 파국에 이르는 경우를 종종 볼 수 있었다.

한 가족의 가장인 장씨가 그처럼 사소한 일로 쫓겨나는 모습에 마음이 아렸다. 장씨는 떠나면서 내게 "처사님, 어디 아는 절 없습니까?" 하고 물었다. 남해의 내가 가려다 말았던 D암자를 떠올리고 바로 전화를 걸었다. 스님께 처사를 구했는지 물어보니, 아직 구하지 못했다고 한다.

"스님, 그러면 처사 한 사람 소개해 드릴까요?"

"누구 좋은 사람 있습니까?"

"예, 제가 아는 사람인데요, 그리로 보내겠습니다."

장 처사는 고맙다는 인사말을 남기고 떠났다. 암자를 찾아간 그는 얘기가 잘 됐는지 며칠 뒤 집에 오는 길에 내가 두고 온 옷가방을 가져다주었다. 그의 집은 경남 김해에 있었다. 그런데 얼마 되지 않아 내게 전화를 걸어왔다.

"처사님, 남해 암자에서도 나왔습니다."

"아니, 왜요?"

"몰라요. 일만 쎄가 빠지게 시키고는 그만두라네요?"

"그래요? 절이 조용해서 좋던데…."

"절은 맘에 듭디다. 내 공부할 수 있는 시간도 있을 것 같아 좋아라 했는데…."

"그래, 이제 어쩔 거예요?"

"또 찾아봐야죠, 뭐."

그리고 그는 전화를 끊었다. 그제서야 나는 그가 한곳에 오래 붙어 있지 못하는 성격인지도 모른다는 생각이 들었다. 거기서도 무언가 스님의 심기를 건드렸거나, 일을 성실하게 하지 못했을 거라고 여겼다. 사람들은 대개 자신을 돌아보는 것에 인색하다. 자신에게 허물이 있다는 생각은 하지 않고, 상대를 원망하고 비방하게 된다. 다 자기 하기 나름인 것을.

처사와 가장 관계가 밀접한 사람은 공양주보살이다. 왜냐하면 그에게서 하루 세 끼 밥을 얻어먹기 때문이다. 내가 볼 때 절에 사는 대중 가운데 공양주보살만큼 힘든 사람도 없다. 그래선지 한곳에 오래 있지 않고 자주 바뀌는 편이다.

공양주는 절 식구 밥을 챙겨주고 잿밥이나 법회 때 신도들의 식사를 준비한다. 일이 끝나면 외출도 하고, 휴식을 취할 수도 있으며, 밤에는 잠을 편히 잘 수 있다. 그러나 처사는 밤에도 마음 놓고 잠을 잘 수 없다. 밤에는 절의 보안과 경비에 특히 신경을 기울여야 하기 때문이다.

절에는 세 마리의 개가 있었다. 일종의 방범견인 셈이다. '백구'와 '황구'는 본래부터 있었고, 새끼인 '순돌이'는 나 있을 때 데려왔다. 내가 지어준 이름이다. 그런데 밤만 되면 이 개들이 짖어대는 것이다. 그 가운데 특히 황구가 문제였다. 백구는 진돗개의 피가 섞인 영리한 개였다. 그가 짖으면 무슨 문제가 있는 경우가 많아 반드시 살펴봐야 했다. 백구가 짖으면 사람들이 찾아왔다는 걸 알 수 있었다. 하지만 황구는 고양이나 청설모만 보아도 짖어댔다. 산중이어서 특히 청설모가 많았다. 이놈들은 법당이나 삼성각 문이 열려 있으면 들어와 내부를 휘젓곤 하는데 겁도 없이 마당에도 자주 출몰했다.

처음엔 들고양이나 청설모를 보고 짖어대는 황구 때문에 잠을 자다가 수도 없이 밖으로 뛰어나왔다. 절집에서는 대개 저녁 9시에 잠을 잔다. 새벽 4시 이전에 일어나려면 잠을 일찍 자야 한다. 그렇잖아도 불면증에 시달렸던 나는 개들로 인해 잠을 설치기 일쑤였다.

황구의 습성을 알아낸 뒤, 황구가 짖을 때면 모른 체했다. 그래도 혹시 싶어 CCTV 모니터를 살펴보는데 잠을 제대로 자지 못하기는 마찬가지였다. 두세 달 버티다 못해 나는 이 사실을 주지에게 말했다. 그랬더니 주지는 황구를 다른 곳으로 보내겠다고 했다.

며칠 후, 황구는 트럭에 실려 절을 떠났다. 황구는 유달리 나를 좋아했다. 내가 밥을 챙겨 준 원인도 있지만, 옆에만 가면 깡총 뛰어올라 앞발로 나를 부둥켜안곤 했다. 정말 귀찮을 정도로.

황구는 억지로 트럭에 실리면서 가지 않으려고 발버둥을 쳤다. 차에 실려 묶인 황구는 고개를 뒤로 돌린 채 내게서 눈을 떼지 않았다.

그 애절한 눈빛이라니! 하지만 나는 마음이 아프면서도 결코 그를 잡지 못했다.

　'제발, 보신탕집에는 가지 않아야 할 텐데….'

　나는 속으로 빌고 빌었다.

　내가 갔을 때 공양주는 A보살이었다. 나보다는 1주일 정도 먼저 왔단다. 나는 그와 잘 지내는 것이 아무래도 좋을 듯해 깍듯이 인사했다. 하지만 그는 아무런 반응이 없었다. 식사 때마다 인사를 해도 건성으로 대했다. 나는 그가 처사들을 무시한다고 여겼다. 처사는 그가 보기에 하찮은 일을 하는 사람들이었는지도 모른다.

　내가 직접 경험해본 처사는 노예나 머슴에 가까웠다. 주지가 그렇게 대하는 것은 그래도 나았다. 각자 소임을 맡고 있는 보살들이 자신의 하인 취급을 하는 데는 못 견딜 노릇이었다. 수치와 비애를 느끼기도 했다. 하지만 나는 참고 또 참았다. 1주일 만에 절에서 쫓겨난 장처사를 떠올렸다. 내가 절로 간 것은 진정한 나 자신과 만나고 나를 찾기 위함이었다. '저 드넓은 바다처럼 나를 낮추어 모든 걸 다 수용하리라!' 이런 각오가 내겐 있었다.

　A보살은 그렇게 데면데면하게 굴고 나를 무시하더니 한 달쯤 되어 마음을 열고 정이 좀 들려고 할 때 절을 떠났다.

　A보살은 이혼하고 두 딸과 아들을 데리고 시장바닥을 전전하며 살아왔다고 했다. 그러면서도 아이들을 유학 보내는 등 잘 키워냈다. 그

래선지 그녀는 대가 무척 세었다. 처음에 무척 쌀쌀맞았던 A보살은 내가 계속 진정성을 갖고 자기를 대하자 마음의 문을 열었다. 그래서 자신이 살아온 이야기를 들려주었다. 세 아이를 데리고 억척같이 살아온 과거사를 들추며 눈물까지 흘렸다.

A보살의 마음을 내게로 끌어들인 건 한 그릇의 자장면이었다. 절에서 일한 지 얼마 되지 않아 큰 법회를 치렀는데, 주지가 고생했다며 금일봉을 주었다. 오후에는 목욕도 하고 쉬라고 했다. 봉투를 열어보니 자그마치 5만 원! 적은 돈은 아니었다. 절에서는 큰 행사를 치르고 나면 부전스님을 비롯해 모든 절 식구들에게 약간의 수고비를 주는 것이 관행인 것 같았다. 그러니까 금일봉은 나만 받은 것이 아니었다.

나는 주위 사람들에게 "이 돈으로 한턱 쏘겠습니다!" 하고 호기롭게 말했다. 처사들은 오후에 쉴 수 있지만 공양주보살은 절 식구들을 위해 쉬지도 못하고 저녁식사를 준비해야 하는 것이 마음에 걸렸던 것이다.

"저녁식사는 제가 살 테니 오늘은 쉬세요."

나의 말에 사람들이 얼굴을 마주보며 웅성거렸다. 절집에서는 여간해서는 없는 일이기 때문이다. 법당보살을 시켜 식사를 주문하라고 했다. 자장면에 요리도 곁들였다. 저녁식사 시간에 맞춰 음식이 도착해 7, 8명의 절식구들이 한 자리에 앉았다.

식사를 하면서 내가 한마디 했다.

"조금 늦었고 약소하지만 제가 절에 온 신고식입니다."

자장면 한 그릇에 웃음꽃이 만발했다.

"이 자장면은 특히 공양주보살님을 위해 산 것입니다."

내가 공양주보살을 쳐다보자,

"그래요? 아유~ 고마우셔라."

A보살은 놀라는 표정을 지었다.

"주지스님께서 처사들보고 쉬라고 하셨는데, 공양주보살님은 우리 때문에 밥을 해야 하잖아요. 그래서 식사준비 하지 마시라고 사는 겁니다."

"정말요? 처사님께서 저를 그렇게 생각해 주실 줄 몰랐네요."

그 뒤부터 그녀는 나를 "오라버니"라 부르며 다가왔다. 내가 바깥일을 하고 있노라면 과일 등 새참을 가져다주기도 하고, 수시로 커피를 타다 주었다. 그리고는 내가 쉬는 틈을 타 옆에 앉아서는 어렵게 살아온 자신의 이야기를 들려주었다. 나는 묵묵히 그의 이야기를 들었다. 나는 워낙에 말이 많은 절집 분위기를 감안해 그에게 말을 조심하라 일렀다. 그리고 내게도 너무 친한 척 다가오지 말라고 당부했다. 하지만 그는 전혀 개의치 않는 반응이었다. 아니나 다를까, 이 때문에 절 식구들이 나와 A보살이 사귀는 것으로 오해하기도 했다.

A보살은 대찬 성정으로 인해 절식구들과 마찰을 자주 빚었다. 절에 온 지 얼마 되지 않아 보따리를 싸 나가려고 했을 때 내가 말렸다. 아무리 힘들고 어려워도 한 달은 채우라고. 그는 나를 의지하며 간신히 한 달을 버티고는 결국 절에서 나갔다.

그가 떠난 뒤 새로 온 B보살. 그 또한 젊은 시절 홀로 되어 두 자녀를 키워낸 50대 후반의 여인이었다. 그의 마음을 돌린 것은 닭다리였다. 나는 승합차나 1톤 트럭을 몰고 부산에 자주 왕래했다. 승합차는 신도를 싣고 부산의 A사를 오갔으며, 트럭은 법회에 사용할 과일을 사서 실어오기도 하고 이런저런 짐을 실어 날랐다.

마침 트럭을 몰고 부산에 갔던 참에 마트에 들러 닭다리 구이를 2만 원어치 사와서 이를 B보살에게 드시라고 건넸다. 그는 "웬 닭다리예요?" 하며 좋아했는데 마침 절에 그의 딸이 외손자를 데리고 와 있었던 것이다. 그의 소개로 딸의 인사를 받으면서 "잘 됐네요. 따님하고 손자랑 같이 드세요." 했더니 "감사히 잘 먹겠습니다." 하며 닭다리를 들고 자기 방으로 들어갔다.

그로부터 B보살도 나를 "오라버니"라 부르며 잘해 주었다. 공양주보살과 잘 사귀어 놓으면 끼니마다 반찬 한 가지라도 더 맛볼 수 있고, 과일 한 개라도 얻어먹을 수 있었다. 처사라는 자리는 옆에서 누가 챙겨주지 않으면 재가 끝난 뒤 떡 한 조각도 맛보기 힘든 위치였다. 공양주보살과 친하고 사람들과 두루두루 어울리니 만사가 편해졌다. 세상사 모든 이치가 결국 인간관계로 귀착된다는 것을 다시 한 번 느꼈다.

불가에서는 인연因緣을 매우 중시한다. 인因은 '나' 자신이다. 그리고 연緣은 '객체'이자, '상대'이다. 그것은 주위 환경이기도 하다. 그래서 사람들은 좋은 환경을 만나야 좋은 과보果報가 있다고들 여기고 있다. 그러나 되돌아보면, 연은 인에 따라 좌우된다. '나 하기 나름'이라는 얘기다. 연이 변화하고, 연이 나에게 잘 따라 주기를 기대하는 것은 바보짓이다. 인이 연에게 다가가고, 인이 변화하지 않는 한 연은 나를 위해 변화하지 않는다.

처사와 보살의 관계도 마찬가지. 그들은 처사를 만만한 심부름꾼 정도로 여겼다. 내가 깨달은 것은 처사로 있는 한, 그들의 변화를 기대할 수 없다는 것이었다. 그래서 내가 그들에게 먼저 다가간 것이다. "무엇을 도와 드릴까요?" 하면서 먼저 다가가 가려운 곳을 긁어주었다. 보살들이 시장을 봐오면 달려가 상자를 내려주고, 비닐봉투를 들어다 주었다.

다른 처사 없이 두세 달을 혼자서 일했다. 생전 처음으로 예초기를 짊어지고 다니며 풀을 베었으며, 연막소독기를 작동시켜 경내 소독도 했다. 법회 때 사용하는 오디오 시스템도 스스로 익혀 작동했고, 보안등을 비롯한 자동 조명 시스템도 시행착오를 겪어가며 익혔다.

나는 절 일이 이토록 힘들 줄 몰랐다. 크게 완력이 들어가는 일은 없었지만 하는 일이 워낙 많아 정신이 없을 정도였다. 새벽 4시에 일어나 저녁 9시 잠자리에 들 때까지 잠시도 마음 놓고 있을 수가 없었다. 소임을 맡은 사람들이 휴가 등으로 자리를 비울 땐 그 일을 내가 대신했다. 총무보살이 없을 땐 종무소에서 일을 했고, 법당보살이 없으면 법당 일을 대신했다. 또 공양주보살이 휴가 중일 땐 내가 스스로 밥을 챙겨 먹어야 했다. 부전스님이 자리를 비울 때면 대웅전 예불을 하는 것도 예사였다. 그러나 내 일을 대신해 줄 사람은 아무도 없었다.

기다리던 조선족 부부가 왔다. 남편은 Y씨, 아내는 C씨였다. 딸이

S대 대학원에 유학을 와 뒷바라지를 하기 위해 한국에 왔다는 부부다. Y씨는 나보다 서너 살 아래인데, 며칠 지나지 않아 그에 대한 기대를 깨끗이 접어야 했다. 인성은 좋은 것 같았으나 이상하게 함께 일을 하면서 스트레스를 많이 받았다.

그는 일을 가르쳐 주어도 건성으로 받아들였다. 아예 '중국 사람'임을 드러내놓고 배짱을 퉁기는 듯했다. 나는 그에게서 전형적인 '중국인 속성'을 체험했다. 모든 게 '만만디'였고, '대충'이었다. 그를 한 식구로 받아들이기까지 내 마음고생이 심했다.

그는 하는 일은 나보다 턱없이 적은데 그가 나보다 더 많은 '보시'를 받고 있다는 사실을 한참 뒤에 알게 됐다. 주지가 그들을 홀대할 수 없는 특별한 사정이 있다는 것도 함께! 나와 달리 그들은 주지 등으로부터 깍듯한 대우를 받고 있었다. Y씨가 의도적이든, 그렇지 않든 그의 습성을 변화시키기란 어려워 보였다. 그는 교묘하게 상대를 '물 먹이는 기술'을 갖고 있었고, 나는 그것을 알면서도 번번이 당해 주었다.

그들 부부와 심한 갈등을 빚었던 법당보살이 결국 배겨내지 못하고 절을 떠났다. 나는 그들을 화합케 하려고 무진 애를 썼다. 하지만 허사였다. 나 역시 그들 부부와 맞선다는 것은 스스로 무덤을 파는 일이라고 보았다. 그래서 내가 그들에게 맞춰가기로 작정했다.

Y씨는 딸의 뒷바라지를 위해 아내를 데리고 낯설고 물선 한국 땅에 왔다. 그도 아버지라는 점에서, 나는 차츰 그를 이해할 수 있게 됐다. 아버지로서 그는 오히려 나보다 더 훌륭하다고 여겼다. '딸의 아

버지'로서, 무한책임을 지고 여기까지 왔다고 생각하니 존경심이 일었다. 그리하여 나는 그를 좋은 조수라 여기고 받아들였다.

그로부터 우리 두 사람은 친하게 지냈다. 그의 아내인 C보살과도 잘 지냈다. 나는 그들이 자식을 위해 타국에 와서 고생하는 것이 안쓰러워 늘 위로하고 격려해 주었다. 그들 부부와 나, 세 사람은 늘 한 가족처럼 식사를 하고, 차를 마시고, 재미있게 이야기도 나누었다.

그들의 말을 얼른 이해하지 못할 때도 있었다. 그들의 말 때문에 웃음이 끊이지 않았다. 절 식구들은 연변 말을 흉내 내기도 하고, 중국말을 따라 배우기도 하면서 박장대소를 했다. C보살은 B보살이 있을 때 공양간 보조 일을 했다. 그러다 B보살이 떠나자 공양주보살로 승격(!)했다.

C보살이 공양주가 되면서 나는 또 식사에 적잖은 불편을 겪었다. C보살은 우리나라 물정을 몰라 시장을 직접 볼 수가 없었다. 원주가 사다준 식자재로 반찬을 할 수밖에 없었는데 이에도 한계가 있었다. 식자재를 자주, 충분하게 마련해주지 못한 이유도 있었지만 만드는 음식이 우리 입맛과는 차이가 있었다. 나는 그를 원망할 일이 아니어서 꾹 참고 견디었다. 그러다 그가 만든 나물에 길을 들였다. 그나마 나물이 내 입맛에 맞았다. 그래서 식사 때마다 네댓 종류의 모듬나물 한 접시씩을 비웠다. 재를 지낼 때나 초하루, 보름 법회 때마다 다섯 종류의 나물을 만들어 올렸다. 재와 법회가 끝나면 신도들이 먹고 남은 것을 냉장고에 넣어두고 절 식구들이 먹는 것이다. 내가 나물을 잘 먹는 것을 본 C보살이 "처사님은 나물을 좋아한다."고 소문을 내는 바

람에 나는 '나물만 먹고도 사는 사람'이란 인식이 박히고 말았다.

사람들이 함께 모여 살다보면 늘 마찰과 갈등이 끊이지 않는다. 특히 여인들 간의 갈등이 심했다. 공양간 보살들 사이에 트러블이 생기고, 공양주와 법당보살이 마찰을 일으켜 서로 말을 끊고 사는 경우가 허다했다. 나는 이때마다 중재를 하고 두 사람을 화해시켰다. 그러기 위해 음식점으로 데려가 밥을 사기도 하고, 통닭이나 중국요리를 시켜 함께 자리를 했다. 그들은 그런 나를 '대장님'이라 불렀다. 나는 대장님으로서, 그들의 권익을 위해 나름 애를 쓰기도 했다. 그들의 휴가를 위해 나는 휴가를 반납하기도 했다. 부재중인 나를 대신할 사람이 없었던 이유이기도 했다. 실제 내가 휴무 중일 때도 주지의 부름을 받고 달려온 적이 한두 번이 아니었다.

쓰레기분리를 하면서 세상의 양심을 느끼기도 했다. 신도들이 자기 집 쓰레기를 승용차에 싣고 와서는 살며시 갖다놓고 가버리는 것이다. 심지어는 폐기처분하는 세간을 절 경내에 몰래 가져다 버리는 사람도 있었다. 나는 이들 쓰레기를 분리, 정리하면서 비애를 느꼈다. 마치 내가 쓰레기더미를 뒤지는 넝마주이와 같다는 생각이 들었다.

부처님은 "신도들이 보시한 재물을 함부로 사용하는 것은 큰 죄업"이라고 했다. 그래서 어떤 스님들은 수채 구멍에 흘러나온 밥알을 주워 씻어 그것을 직접 드셨다고 한다. 쓰레기봉투가 신도들이 보시한 돈으로 사온 것이고 보면 어찌 낭비할 수 있겠는가 말이다. 나는 그래서 구역질을 하면서도 쓰레기 분리를 철저히 했다. 그리하여 모아진

종이류와 쇠붙이 등을 트럭에 싣고 고물상에 갖다 팔아 받은 돈으로 개 사료를 사왔다. 한 번에 기껏 10kg 사료 한 포대에 불과했지만, 나는 절에 조금이나마 도움이 되는 일이라면 무엇이든 기꺼이 했다. 나를 따라 그런 일을 해야만 했던 Y처사는 나를 이해할 수 없다고 했다. "대충 쓰레기봉투에 담아 버리면 될 걸, 왜 사서 고생 합니까!" 그러면서도 "처사님께 많은 걸 배웁니다!" 하고 말하기도 했다.

일과 중 내가 마지막으로 하는 일은 대웅전 등 전각의 문을 잠그는 것이다. 그리고 방범시스템이 제대로 작동되는지 확인을 한다. 또 보안등을 켜고, 개들에게 밥을 주고 나서야 씻고 내 방으로 들어 올 수 있었다. 방에서는 또 CCTV 모니터를 지켜봐야 한다. 모니터에 사람이 찾아오거나 차량이 경내에 들어오는 것이 보이면 즉시 나가봐야 했다.

TV가 있었으나 드라마 한 편 보지 못하고 잠을 잤다. 사실 내가 절로 들어온 것은 일정기간 세상사에서 멀어지고 싶었기 때문이다. 그랬으니 뉴스 같은 걸 볼 필요를 느끼지 않았다. 세상이 어떻게 돌아가는지, 아예 관심을 끊고 살았다.

잠자리에 들 시간, 자리를 펴고 누워도 너무 피곤해서 잠을 이룰 수 없었다. 군대에 가 있는 큰아이가 걱정되고, 홀로 힘들게 공부하고 있는 막내가 떠오르면서 가슴이 아리고, 다시는 얼굴을 볼 수조차 없는 둘째에 대한 그리움이 엄습하곤 했다. 나는 자리에서 일어나 기어코 종이컵에 소주를 한잔 따라 마셔야 잠을 잘 수 있었다.

본시 절에서는 음주를 할 수 없다. 하지만 처사들은 힘든 일을 하니까, 일을 하면서나 저녁에 일을 마치고 한 잔씩 해도 된다는 주지의 허락이 있었다. 대신 '술'이라는 말을 해서는 안 되고, '곡차'라고 불렀다. 나는 막걸리를 좋아했다. 새참으로 다른 음식을 먹으면 위장에 부담이 됐다. 하지만 막걸리는 도수가 약한데다 우선 땀을 흘리고 일을 하다 한 잔 들이키면 갈증이 풀리고, 공복감도 해소되었다. 위장에도 부담이 적었다. 단, 한 사발 정도라야 한다. 막걸리도 많이 마시면 취하게 되고 속도 거북해진다.

하지만 자기 전에 막걸리를 마시면 위장에 부담이 되고, 소변도 자주 마려워서 귀찮았다. 그래서 난 소주 됫병(1.8ℓ)을 사다 옷장 속에 넣어두고 마셨다.

그렇게 절집에서 생활한 지 1년이 다 되어가면서 많은 걸 배우고 깨우쳤다. 주지스님의 열정과 성실성을 본받아야겠다고 다짐했다. 그는 끊임없이 추구하고, 노력하는 사람이었다. 또 열성을 다해 기도를 하고 법회를 주재했다. 신도들을 배려하고, 무엇인가를 끊임없이 주려고 했다. 그래서 스님의 지갑은 늘 비어 있었다. 그런 스님에게 특히 객승들이 많이 찾아왔다. 개들도 짖어대는 낯선 객승들에게 스님은 미소를 띠고 돈 봉투를 건네곤 했다.

스님은 내가 힘든 일을 할 때마다 2, 3만 원씩 주며 목욕을 하거나 맛있는 것을 사먹으라고 했다. 하지만 나는 이 돈을 환원한다 생각하고 부처님 전에 양초와 같은 공양물을 사 올리거나 법회가 있을 때 가끔씩 대중공양비로 종무소에 냈다. '대중공양'이란 법회에 참석하는 신도들이 먹을 수 있도록 떡이나 과일, 쌀 등을 사 올리는 것을 말한다.

나는 자주 스님의 승용차를 운전하기도 했다. 스님은 신도들의 집을 방문해 안택安宅불공을 하는 일 등으로 눈 코 뜰 새 없이 바쁜 날을 보냈다. 그때마다 스님은 차에서 식사 대신 말라빠진 빵조각으로 허기를 때우곤 했다. 그러면서도 항시 웃음을 잃지 않았다.

나는 주지스님에게서 '하심함소下心含笑'를 배웠다. 하심함소는 지장경地藏經에 있는 부처님의 말씀이다. 마음을 낮추고, 얼굴에는 늘 미소를 띠라는 가르침이다.

지장경 '제 10 교량보시공덕품'에서 부처님은 말씀하셨다.

"모든 이들이 부처님께 보시한 공덕은 실로 크다. 그러나 모든 이들이 빈궁한 자나 꼽추, 벙어리, 귀머거리, 장님 같은 여러 불구자에게 보시하되, 대자비심을 갖추어 겸손한 마음下心으로 웃음을 머금고 含笑손수 보시하거나 다른 사람을 시켜 베풀며, 부드러운 말로 위로한다면 보시한 이들의 복리福利는 100개 항하(갠지스 강)의 모래수와 같은 부처님께 보시한 공덕과 같다."

나는 절에서 가장 낮은 직책의 처사로 있으면서 하심을 배웠고, 함소를 익혔다. 부처님은 또 "성 안내는 그 얼굴이 참다운 공양구요, 부드러운 말 한마디는 깨끗한 향이로다. 깨끗해 티가 없는 진정한 그 마음이 언제나 한결같은 부처님 마음."이라 하셨다.

나는 상대방의 마음을 상하지 않게, 말을 부드럽게 하는 것이 얼마나 소중한 것인지 깨달았다. 그리고 그렇게 하는 것이 말처럼 쉽지 않다는 것도 깨달았다. 결코 하심이 없고선 불가능한 일이었다. 지금까지 함께 했던 많은 사람들이 말 한마디에 마음의 상처를 받고 떠나갔다. 나 역시 상대로부터 상처를 받기도 했고, 더러는 내가 상대에게 마음의 상처를 주었을 것이다. 그리하여 나는 가급적이면 입을 닫고 사는 방법을 익혔다. 그저 하고픈 말이 있으면 하늘을 우러르며 "하하허허~" 하고 말았다.

"하하허허"는 그냥 호방하게 웃는 웃음소리이기도 하지만 '下下, 虛虛'이기도 했다. "하하下下" 하고 웃는 것은 '나를 낮추고 또 낮춘다'는 의미였고, '허허虛虛' 하고 웃는 것은 '마음을 비우고 또 비운다'는 뜻이다. 나는 이를 한 편의 시로 만들었다.

하하허허

누가 날더러 좋다고 하거든 하하下下하고 웃고요
누가 날보고 그르다 하거든 허허虛虛 하고 웃지요
낮추고 또 낮추며(下下), 비우고 또 비우면서(虛虛)
하하허허下下虛虛 웃지요.

이제 내게 남은 것은 아무것도 없다. 무엇인가에 욕심을 내고, 집착할 것조차 없는 것이다.

나는 절집 처사 생활을 하는 동안 '행자 수행'을 한다고 마음먹었다. '행자'는 스님이 되기 위한 예비 훈련 과정에 있는 사람을 이른다. 그 기한은 최소한 6개월이다. 혹독한 이 과정을 이겨내야만 정식으로 사미승의 계를 받을 수 있다. '사미'란 20세 이전의 스님이나 불문佛門에 든 지 얼마 되지 않은 스님을 말한다.

나는 처사생활 8개월을 넘긴 후, 주지스님으로부터 오계五戒와 함께 법명을 받았다.

도각道覺,

나는 '도를 깨우치라'는 의미로 받아들였다. 불도를 깨치기 위해 더욱 하심下心하고 함소含笑하리라. 그리고 더욱 정진하리라.

불교가 추구하는 근본사상은 바로 무상無相이다. 형태나 모습이 없는, 공空을 뜻한다. 또한 모든 잡념과 집착에서 떠나 초연한 상태를 말한다. 잡념과 집착은 생각이고, 생각은 곧 머리에서 나온다. 결국 머리가 명경지수明鏡止水처럼 맑지 않고선 불가능하다. 그러나 이 모든 것은 마음에서 비롯된다는 사실이다. 마음이 평정하고, 고요하지 않고선 결코 이룰 수 없는 것이다. 나는 이를 깨닫고, 물결조차 없는 호수처럼 늘 고요한 마음을 간직하려 노력했다.

인생人生

인생은 무엇인가요

어디서 왔다가 어디로 가는 건가요

울면서 왔다가 울면서 가는 건가요

개미처럼 일을 하다가, 불꽃같은 사랑을 하다가

어느 날엔가 육신을 벗어버리면

남아 있는 게 무엇인가요

돈인가요, 사랑인가요, 아니면 그 무엇인가요

그대 가고 없는 빈자리마저 바람이 채우고 있네요

인생,

빈손으로 왔다가 빈손으로 가는 것

아, 그리하여 아름다운 우리 인생이여!

인생,

먼 하늘의 한조각 뜬구름과 같은 것

아, 바람결에 흩어지는 구름 같은 인생이여!

나는 이를 노래로 만들어 볼 생각을 하며, 가사를 짓는 마음으로 시를 써봤다. 그리고 내 멋대로 곡조를 붙여 흥얼거리기도 했다. 노래는 무엇보다 내 마음을 편안케 하는 도구였으니까.

내가 절집 처사를 하면서도 꿋꿋이 버텨낼 수 있었던 건 아직도 두 아이의 아버지였기 때문이다. 나는 매달 보시금으로 60만 원을 받았다. 사회로 치면 월급인 셈이다. 그 돈은 내게는 큰돈이었다. 내가 제공한 노동의 대가라고 생각하면 억울해서 살지 못했을 것이다. 하지만 그것은 내가 공으로 먹고 자면서 받은 돈이다. 나는 이렇게 생각하고 감사하게 생각했다. 주지스님은 직접 매월 현금 60만 원을 내게 주었다. 나는 그 돈을 새마을금고 통장에 입금했다가 큰아이에게 용돈을 보내주는 등 연금으로는 부족한 가계운영비를 충당했다.

내가 만일 '절집 머슴'이라 생각했으면 아마도 진즉 하산하고 말았을 것이다. 나는 오로지 '부처님의 종'이라 생각했다. 이 세상에서 가장 존귀한 부처님의 시봉을 든다고 여겼다. 부처님 시봉을 들면서 60만 원이나 되는 돈을 받는 것은 행운이었다. 그래서 아무리 힘이 들어도 지친 줄을 몰랐고, 환희심歡喜心 마저 일었다. 육신을 오체투지五體投地 하듯 땅바닥에 내던지며 더욱 더 낮아지기를 소원했다.

내가 가장 낮은 자세로 땅바닥에 엎드린들 무슨 부끄러움이 된단 말인가. 아이들을 위해서라면, 무엇인들 하지 못할 일이 없었다. 내가 나를 낮추고 낮아질수록 사람들의 업신여김을 당할까? 얼핏 생각하면 그렇다. 하지만 아니다! 절집에서 터득한 것은, 내가 낮아질수록 상대가 마음을 열고 다가온다는 사실이었다. 나의 고집과 편견을 버리고 있는 그대로의 그 사람으로 인정하고 받아들일 때 우리는 서로 친구가 될 수 있다. 나이를 떠나서….

13. 우리 가족 이야기

예순을 훌쩍 넘기고 나니 굳건히 붙들고 있던 나만의 생각들이 얼마나 부질없고 어리석은 것이었나 하는 깨달음에 놀랄 때가 있다. 무엇인가 큰 것을 꿈꾸며 작은 일들은 대수롭지 않게 여겼던 마음도 그 중 하나인데 살아보니 그 대수롭지 않은 일들이 모여 나의 인생을 결정짓는 것이다. 우리 인간들은 자기가 무슨 대단한 일을 하는 것처럼 으스대고 폼을 잡지만 그 자기도취는 한 찰나일 뿐이다.

'우리는 그저 제각기 큰 일 가운데 아주 작은 일을 조금 하고 사라져 갈 뿐입니다.'

오래 전 읽고 밑줄을 쳐두었던 이현주 목사의 글이 문득 생각난다. 한때는 나도 '워커홀릭'이라고 할 정도로 직장 일에 매달리고 기자라는 직업에 자부심이 있었다. 지나고 보니 모두 꿈만 같지만, 그래도 그 시절이 있어서 좋았다.

아내를 처음 만난 것은 1979년 12월 31일이었다. 일요일이 끼어 나흘간의 신정 연휴를 맞아 시골에 내려갔는데 어머니는 이 기회를 놓치지 않으셨던 것이다. 오전부터 서둘러 어머니와 중매를 선 아주머니를 따라 나주 시내 다방으로 갔다. 다방에는 아내가 자기 어머니와 함께 먼저 와 있었다. 인사를 나눈 후 양가 어머니와 중매 아주머니는 다른 테이블로 옮기고 우리 둘이 마주앉았다.

그녀는 정말 예뻤다. 당시 내 이상형이 탤런트 최명길이었는데 최명길을 닮았지만 내 눈에는 그녀가 더 예쁘게 보였다. 늘씬했으며 긴 생머리를 등허리까지 드리우고 있었다. 나는 첫눈에 '아, 이 여자다!' 싶었다. 그래서 나를 소개한 뒤 몇 마디 나누지도 않고 덜컥 청혼부터 하고 말았다. 그런 나를 '이상한 사람'으로 오해할 수도 있으련만, 그녀는 끝까지 웃는 얼굴로 나를 대해 주었다.

결혼을 하고 나서 한참 뒤에 그녀는 그날 나의 첫인상을 얘기해 주었다. "다방 문을 들어서는 당신 얼굴이 보름달처럼 환하더라고요." 그리고 학교는 어디 나왔는지, 전공이 뭔지 등 맞선자리에서 흔히 묻는 빤한 질문을 하지 않는 나에게 호감이 갔다는 것이다.

그녀는 망설이지 않고 나에게 전화번호를 일러 주었다. 그때는 호랑이 담배 피던 시절! 시골의 경우 전화번호가 국번도 없이 그냥 네 자리 수였다.

그녀의 전화번호를 받아 챙긴 나는 청혼 승낙이라도 받은 것처럼 들뜬 마음이었다. 쿵쾅거리는 가슴을 진정시키며 찻값을 치른 뒤 그녀와 함께 다방을 나왔다. 길거리에 나란히 서서 작별인사를 하는데 그녀 옆에 가까이 서는 게 망설여질 정도로 키가 커보였다. 내 키가 그리 작은 편도 아닌데 말이다. 그녀는 그때 내 기분을 알아차리기라도 한 듯, 나를 만날 때마다 하이힐보다는 단화를 신고 나왔다.

그렇게 첫 만남이 이루어진 뒤 다음날, 그러니까 1980년 1월 1일 나주 시내에서 그녀를 두 번째로 만났다. 어른들이 안 계신 자리에서 만나는 둘만의 오붓한 데이트는 얼마나 재밌고 좋은지 시간 가는 줄 몰랐다.

그렇게 신정연휴를 꿈같이 보내고 부산으로 온 나는 거의 매일 편지를 써 보냈다. 그리고 뻔질나게 자주 내려가 그녀를 만났다. 그해 2월 나의 대학 졸업식에 그녀가 꽃다발을 한아름 안고 찾아왔다. 교통편이 불편하기 이를 데 없던 당시, 그녀가 불원천리 나를 만나러 먼 길을 찾아온 것이다. 그때의 황홀감이라니….

그녀는 그날 결국 집에 돌아가지 못하고 허름한 내 자취방에서 밤을 보내야 했다. 어머니와 형님이 졸업 축하차 와있었기에, 둘 사이에 별다른 일은 없었다.

다음날, 집에 돌아간 그녀는 아버지로부터 혹독한 추궁을 받아야만 했다. 과년한 딸이 결혼식도 올리기 전 남자친구 집에서 잠을 자고 온 것을 용납할 수 없었던 것이다. 하루라도 빨리 결혼날짜를 잡으라고 하신다는 말을 전해 듣고 나는 사뭇 당황스러웠다. 처음 만난 날 그녀에게 청혼했지만, 사실 나는 아직 결혼할 엄두를 내지 못하고 있었다. 시골에 홀로 계신 어머니가 도와주실 처지도 아니었고, 아직 수습기자였던 나는 빈털터리였기 때문이다.

주말을 택해 나주 그녀의 집으로 가 어른들께 정식으로 인사를 올리고 결혼 승낙을 받았다. 그로부터 결혼식은 일사천리로 진행되었다. 그녀를 처음 만난 지 겨우 100여 일인 4월 15일에 나주 시내 예식장에서 결혼식을 올렸다.

그때의 일을 생각하면 너무도 가슴이 아프다. 한눈에 반해 청혼하고, 꿈에도 그리던 그녀와의 결혼이었지만 그녀에게 해준 게 아무것도 없었기 때문이다. 변변한 결혼반지 하나 해주지 못했다. 처가에 갈 때마다 면목이 없었다.

그녀가 떠나고 없는 지금도 그때 일을 생각하면 가슴이 아려온다. 그렇게 미안한 마음으로 시작한 결혼생활인데, 나는 왜 그녀를 좀 더 행복하게 해주지 못했을까? 아들 3형제를 낳고 행복했던 결혼생활이었다. 그녀는 내가 첫눈에 반할 만큼 아름답고 또 현명한 여성의 모습을 오래도록 내게 보여주었다. 아이들에게도 좋은 엄마였다.

나는 아이들에게 기회 있을 때마다 편지나 카드를 써주는 것으로 사랑을 전했다. 아이들이 어릴 때는 생일선물과 함께 아빠 엄마의 이름을 쓴 축하카드를 함께 전했다. 중·고등학생이 되었을 때는 선물 대신 3만 원이나 5만 원 정도의 현금을 축하카드 봉투에 넣어 주었다. 원하는 걸 살 수 있어서 아이들은 그것을 좋아했다.

아내 역시 나의 생일 등에 카드와 함께 넥타이나 와이셔츠 등을 주로 선물로 주었다. 그녀의 패션 센스와 코디 감각은 매우 뛰어났다. 아내 덕분에 가끔 멋쟁이라는 소리도 듣곤 했으니, 얼마나 그리운 시절인지….

언젠가 크리스마스 때 아이들이 주었던 초대형 카드가 특히 기억
에 남는다. A4 용지 두 장을 펼친 정도의 이 카드에는 토끼 팀과 사자
팀이 야구를 하는 그림이 그려져 있었다. 9회 말, 뒤지고 있는 상황에
서 토끼 팀이 공격을 벌이고 있는 장면이다. 이때 마지막(아마도!) 타
자인 토끼가 보기 좋게 만루 홈런을 때리는 모습이 입체적으로 표현
돼 있다. 카드를 펼치는 순간 토끼가 친 공이 담장을 넘어 관중석으로
날아가는 형상이 팝업북처럼 입체적으로 나타나 있는 것이다.

'당신은 해낼 수 있어요~!!' 라는 대문짝만한 격문 밑에 둘째가
대표로 쓴 글이 있었다.

어떠한 어려움이 있더라도, 당신은 해낼 수 있어요.

아빠! Merry Christmas! 즐거운 성탄절입니다. 연말이니 뭐니 해서
심각한 분위기는 접어두고, 말 그대로 즐거운 크리스마스를 간직해 봐
요. 이 카드의 문구, 아버지께 드리고 싶은 말이네요. 카드는 형이 골랐
어요.

비록 가정형편도 어렵고, 아빠 회사일도 힘들고 하시겠지만, 아빠라
면 정말 어떤 어려움이 있어도 해낼 수 있으리라 믿어요. 아빠가 사랑하
고, 아빠를 사랑하는 가족이 있으니까요. 아빠를 지탱해주는 가족이라
는 원군이 있는 이상, 세파에 굴하진 않으시겠죠? 어려운 일이 있어도
꺾이지 말고, 당당히 맞서서 나아가요, 우리 모두.

불모지에 자란 풀이 더 굳센 법이죠. 아빠가 학원 안 보내준다고 불평

할 저희가 아니니깐, 학원 안 다닌다고 공부 못하는 저희가 아니니까, 아빠 그 문제로 너무 속 앓지 마세요. 저희도 어린애가 아니니 아빠 마음 이해해요. 비록 그 모두를 이해하진 못해도….

아빠! 근심 걱정 떨치고, 활짝 웃으며 생활해요. 자, 웃으면서 메리 크리스마스!

봉투는 또 작은 글자들을 모자이크 식으로 모아 만들었다. 미술에 소질이 있는 둘째의 멋진 선물!

나는 새로 옮긴 집 책꽂이에 이 카드를 꽂아놓고 거의 매일 한 번씩 꺼내 읽어보면서 힘을 얻고 나 스스로를 채찍질했다.

우리 부부가 아이들 교육에 제일 먼저 신경 쓴 건, 책과 가까이 하는 생활이었다. 태교부터 그 부분에 열성을 보였던 아내는 아이들이 젖먹이 아기 때도 동화책을 읽어주었다. 그리고 아이들 책 사는 데는 돈을 아끼지 않았다. 아이들은 그래서인지 책 읽는 것을 유난히 좋아했다. 아이들은 특히 초등학교 때부터 속독 훈련을 받아 하루저녁에도 여러 권의 책을 읽어냈다. 아이들이 커서는 공공도서관이나 마을 도서관을 드나들며 마음껏 책을 읽게 했다. 이혼 후 신도시 아파트를 비워주고 이사할 때 4톤 트럭으로 거의 하나 가득했던 책은 둘 곳이 없어 모두 복지원에 보냈다.

아이들이 어릴 때부터 책을 좋아하도록 한 것이, 3형제가 모두 공부를 잘했던 원동력이 아니었을까?

나는 아이들이 초등학교에 입학할 때 가훈과 애국가, 효도의 길, 스승의 은혜에 대해 간략하게 적은 조그마한 수첩을 항상 가방 속에 넣어가지고 다니면서 보게 했다.

첫 페이지에는 아이 이름과 학교 학년 반, 교장 교감 담임선생님 성함과 학교 전화, 집주소와 전화를 적어 두었다. 그리고 2페이지에는 아빠엄마 이름과 연락처, 형제들 이름을, 3쪽에는 할아버지 할머니 등 친가 쪽 가계도, 4쪽에는 외가 가계도를 적었다. 5쪽에는 가훈 '바로 보고(正視) 바로 생각하고(正思) 바로 행동하라(正業)'를 적었다. 6쪽에는 가훈 실천사항으로 '머리엔 꿈(理想), 가슴엔 사랑(博愛), 손에는 창조(創造), 발엔 근면(勤勉), 그리고 마음은 하나(眞實)'라고 적어 주었다.

또 일일 실천사항을 적었다. '몸을 단정히 하고(禮), 생각을 가다듬으며(智), 하늘을 우러러(義), 가슴을 활짝 펴고(仁), 힘차게 떨쳐 나가라(勇)!' 다음 쪽엔 태극기를 그려두고 국기에 대한 맹세와 애국가를 각각 적었다.

11쪽에는 '효도의 길'을 적었다. '어버이(아버지와 어머니)는 나와 내 형제를 낳으시고 길러주시며 아픈 몸을 돌보아 학교에 보내시느라 늙어 가시는, 세상에서 가장 고마운 분이시다. 그러므로 무슨 일이든 '예'하고 대답하며, 있는 힘을 다하여 배우고 익히며, 열심히 일하고 내 몸을 상하지 않게 하여 이름을 세상에 떨쳐 나라를 위해 일할 수 있는 사람이 되는 것이 어버이에 효도하는 길이다.'

12쪽은 '스승의 은혜'다. '먹기만 하고 배우지 않으면 짐승과 같다. 스승은 나에게 배움을 주시고 사람이 되게 가르쳐 주시는 분으로서, 어버이에 버금가는 고마운 분이다. 그러므로 스승보다 더 배우고 많이 깨우쳐 스승을 능가하는 제자가 되어 항상 우러러 그 가르침을 내 목숨보다 중히 여기는 것이 곧 스승의 은혜에 보답하는 길이다.'

13쪽에는 '지도자의 길'을 적었다. 바르고 고운 말을 참되게 하며, 자기 일을 스스로 하고 남의 일도 도와주며, 옳은 일에 앞장 서는 사람. 남보다 더 배우고 깊이 생각하며, 지혜로워서 모두를 용서하고 포용하는 사람. 자기가 옳다고 생각하는 일은 끝까지 옳다하고, 잘못을 알았을 땐 즉시 잘못됐다고 용기 있게 말 할 수 있는 사람. 무엇이든 긍정적이고 적극적이며, 할 수 있다는 자신감으로 가득찬 사람. 그런 사람이 지도자가 될 수 있다.'

아이들은 아버지가 적어준 이 수첩을 학교를 졸업할 때까지 닳고 닳을 만큼 보면서 가방에 지니고 다녔다. 이 같은 정성에 대한 보답인지, 아이들은 부모의 속을 썩이지 않고 잘 자라주었다.

우리 가족은 가난했지만 마음만은 부자였다. 가족이라는 울타리 안에서 서로 사랑하고 위하고 아끼며, 가족이 함께하는 행복과 소중함을 몸으로 부대끼며 살았다.

시간이 허락하고, 형편이 되는 대로 우리 가족은 여행을 떠났다. 아이들이 어릴 때는 다섯 식구가 여행을 다니면서 찍은 사진이 작은 과일상자로 하나 가득 할 정도였다.

둘째와 막내가 유치원생이던 여름에는 제주도를 한 바퀴 도는 일주여행을 떠났다. 해수욕장에서 텐트를 치고 야영을 하기도 하고, 더러는 숙소에 묵기도 했는데 아이들은 버너와 코펠을 이용해 밥도 짓고 매운탕을 끓여먹는 야영을 더 좋아했다.

정방폭포와 천지연폭포 등을 탐방하고 수목원에 들러 온갖 포즈를 취하며 사진을 찍었다. 아이들이 엄마와 함께 부둥켜안거나 뽀뽀를 하면서 찍은 사진들은 너무도 정겨운 모습이다. 나는 아내와의 결별 후 이들 사진을 보면서 회한에 젖었다. 모든 것이 내 잘못 때문인 것 같아 견딜 수 없는 심정이었다.

또 아이들이 어릴 때 영험하기로 유명한 대구 팔공산 갓바위 부처님을 자주 찾아갔다. 높고 험한 산길을 아이들은 힘들다 하지 않고 잘도 올라갔다. 산에서 내려와 등산로 입구 음식점에서 파전이나 도토리묵 같은 음식을 먹는 재미도 쏠쏠했다. 아이들이 제비새끼처럼 입을 벌리고 번갈아 받아먹는 모습이 그렇게 예쁘고 흐뭇할 수가 없었다. 옛 어른들의 말씀처럼 내 논에 물 들어가는 것과 새끼 입에 밥 들어가는 것만큼 큰 즐거움이 어디 있으랴!

경주에서의 1박2일, 온양 온천에서 2박3일, 부산에서 출발해 동해안 도로를 타고 울산, 포항을 거쳐 강릉 경포대까지 간 3박 4일간의 여정도 생각난다. 그리고 이름으로만 들었던 대관령을 넘어 서울을 돌아 대전 엑스포에도 갔다.

아이들은 특히 우리 차로 떠난 부산에서 강릉까지의 동해안 종주 여행을 자주 들먹이며 못 잊어 했다. 경주의 감은사지를 탐방하고 감포에서 회를 먹고, 영덕에서 대게를 먹은 것과 함께 울진의 성류굴 탐방도 빼놓을 수 없는 아이들의 이야깃거리였다. 성류굴 탐방 후 은어회를 처음 맛보았다. 아이들의 반응이 좋지 않아 은어튀김으로 바꾸어 먹었는데, 집에 돌아온 뒤 큰아이는 간디스토마에 걸려 한동안 고생했다.

아이들은 우리가 가족여행도 자주 떠나고 많은 시간을 같이 해준 것을 매우 자랑스러워하고 고마워했다. 전라도나 충청도 등지로 여행을 다녀온 이야기를 해주면 친구들이 그렇게 부러워했다고 흐뭇한 얼굴로 전해주곤 했다.

아이들의 편지와 카드, 사진에 담겨 있는 해맑은 미소를 보면 다시는 돌아올 수 없는 시절에 대한 회한으로 가슴이 미어져 온다.

둘째는 다시 돌아올 수 없는 먼 길을 떠났지만 아내와 결합하여 두 아이와 함께 단란한 가정을 다시 복원하고 싶다. 아내의 손에 예쁜 반지도 끼워주고 싶다. 이루지 못한 약속들은 언제까지나 가슴에 남는 법인지 모른다. 아마 하늘나라에 가 있는 둘째도 우리 가족의 그런 모습을 간절히 바라고 있지 않을까!

큰아이는 중학교 배치고사에서 전교 1등을 할 만큼 공부를 잘했다. 총명하고 멋진 아이였다. 그러나 그것이 자만을 낳았는지 공부를 등한시 하고 가출까지 감행하는 등 일탈한 적이 있다. 사춘기가 찾아온 것이다.

나는 당시 '회사 정상화' 투쟁에 참여하느라 아이들과 시간을 갖거나 이야기를 나누는 데 소홀했다. 아이들 교육은 전적으로 엄마 몫이었다.

아이는 엄마의 일방적인 교육방식에 반항심을 품은 것 같았다. 본인의 의사와는 상관없이 거창고에 시험을 쳐야 했는데, 훗날 친구에게 보낸 편지에 거창고에 가기 싫어 일부러 아픈 체하고 얼렁뚱땅 시험을 쳤다고 고백했다. 아이가 써놓고 부치지 못한 편지를 내가 우연히 보게 된 것이다.

당시 거창고는 서울대 입학생을 많이 배출한 시골의 명문학교로 명성을 떨쳤다. 전국의 내로라하는 유명인사 자제들이 몰려왔다. 그러거나 말거나 큰아이는 가족과 떨어져 그 머나먼 시골의 학교에서 공부를 하는 것이 너무 싫었는지도 모른다.

아이는 시험에 떨어져 본의 아니게 1년을 쉬어야 했다. 거창고는 특수학교가 아니었던 관계로, 연합고사와 같은 날 시험을 쳤기에 다른 학교에는 갈 수가 없었던 것이다.

맏이는 성장통을 앓는 중에도 다정한 편지를 보내왔다.

어머니, 아버지께

4월 ○○일, 제 생일입니다. 저를 힘들게 낳으시고, 길러주신 것 감사드립니다. 사지 멀쩡히 낳아 금이야 옥이야 남부럽지 않게, 아니 남보다더 많은 관심과 애정을 주시며 함께 한 것이 어언 19년, 뱃속에 있을 때까지 치면 벌써 20년이에요.

음, 하나하나 생각해보면 참 많은 추억이 떠오릅니다. 언젠가 셋집에서 살 때 한밤중에 아빠가 저를 업구 병원으로 황급히 뛰던 일, 초등학교 1학년 때 받아쓰기 100점 받겠다고 엄마한테 약속하구 학교 가서 정말 100점 받아온 일. 그 전까지는 꼭 1, 2개씩 틀렸었는데 100점 받아오니까 엄마가 너무너무 좋아하시던 일 말이에요.

아빠랑 같이 주말이면 〈우뢰매〉 보러 다니던 일, 오락실 댕기다(다니다)가 엄마한테 걸려 무쟈게(무지하게) 혼나던 일…….

어느새 20년입니다. 부모 자식이라 해도 서로의 가치관과 생각이 다른 만큼, 하찮은 일로 서로에게 많은 상처를 주기도 했습니다. 만 명의 사람이 있으면 만 개의 사상이 있다고도 하잖아요. 하지만 우리는 서로에게 준 상처보다 더 많은 추억과 사랑을 주고받았습니다. 가끔, 엄마 아빠가 싫기도 하고, 정말 보고 싶지 않을 때도 있습니다. 그러나 엄마 아빠가 아니었다면 지금의 저는 없었겠죠. 같은 이름, 같은 생김새를 하고 있더라도 이 글을 쓰고 있는 저는 아니었을 겁니다. 전혀 다른 생각을 가진, 다른 저였겠지요. 그래서 전 저를 구성하고 있는 우리 가족, 엄마 아빠가 제게는 너무나 소중한 사람입니다.

어제저녁, 아니 밤이죠. 그때나 오늘 아침처럼 엄마에게, 아빠에게 투정도 부리고 신경질도 부리고 실망이나 슬픔을 안겨드릴 때도 있습니다. 함께 웃으며, 함께 슬퍼하고, 서로에게 상처를 주기도, 그리고 사랑을 주기도 하며 추억, 즉 관계를 쌓아가는 것이 인간관계라고 생각합니다.

가족은 그 인간관계의 가장 기본이 되는 단위죠. 오늘 아침의 경우 엄마 혼자 상처받고 화난다고 생각 마세요. 저도 엄마가 저에게 받은 만큼 엄마에게 상처받고 화가 납니다.

생일인데도 하루 종일 우울하고 되는 일 하나 없는 날이었습니다. 오늘은 일단 제가 엄마한테, 아빠한테 잘못한 점 있다면 죄송해요. 무엇을 잘못했는지는 저두 잘 알고 있으니까요.

그리고 그저께 엄마 아빠 결혼기념일 제대로 챙겨드리지 못한 거 제 마음속에 응어리져서 계속 안쓰럽습니다.

내년을 기대해 주세요. 20년간 이만큼 길러주셔서 정말 감사합니다.

봄의 중간에서, 큰아들 올림

'아버지 힘내세요!'

계란만한 연초록의 옥돌에 새겨진 이 격문은 나의 책상 위 책꽂이 한복판에 놓여있는 일종의 부적으로, 둘째가 중3 때 속리산 수학여행 기념선물로 사온것이다. 그동안 문갑 서랍 속에 넣어두고 있다가 해운대 신도시 아파트를 전세 주고 이사 나오며 자취방으로 가져왔다. 나는 이 격문을 새로운 인생을 사는 원동력으로 삼았다. 내게 이보다 더 좋은 격려와 채찍은 없었던 것이다.

둘째는 글짓기에 소질이 있어 각종 백일장에 나가 상을 받기도 했다. 처음 고교에 진학해서 맞은 어버이날, '타임캡슐'에 밀봉한 편지를 우리에게 주었다. 녀석은 '추신'으로 용돈 문제에 대한 불만을 토로하여 우리 부부를 웃게 만들었다.

어버이날을 맞이하여 제 삶의 뿌리이자 생명의 근원인, 존경하는 어버이께 차남이 올립니다.

용돈이 너무 불규칙해요! 달라고 하면 주시니깐 체계적인 용돈 관리가 힘들어요. 그래서 말씀인데요, 용돈 정액제를 실시합시다. 와~, 용돈 정액제를 실시하면, 1. 체계적인 용돈관리 가능 2. 생활비의 체계적 운용가능 3. 지출이 줄어듦(용돈 아까우니까) 그만큼 저축습관이 길러짐. 기타 많은 이유가 있지만 지면 관계상……

　매달 초에 4~5만 원만 주시면……(고딩이니까 순수 용돈은 약 3만 원, 기타 잡비) 그리고 3천 원이나 5천 원 이하의 준비물은 용돈으로 준비하게 하면 생활비 걱정도 줄어들고, 준비물 값을 떙구는(때어먹는) 일도 줄어들지 않을까요? 이리저리 따져보니, 한 달에 4~5만 원이면 충분! 어쨌든 용돈 정액제를 실시하면 좋겠습니다. 그럼 이만….

　나는 아이의 편지를 보고 웃음이 절로 나왔다. 녀석의 주장은 합리적이고 논리적인 근거가 있었다. 나는 처음 정한 한 달에 5만 원씩의 용돈 정액제를 아무 의심 없이 시행했다. 둘째는 용돈을 아끼고 아껴 생일이나 결혼기념일이면 정성껏 마련한 선물을 했다. 다른 아이들도 마찬가지였다.

　둘째 덕분에 맏이와 막내도 안정적인(?) 용돈 운용을 할 수 있었다. 물론 세 아이의 용돈이 똑같지는 않아서 맏이에겐 2만 원 정도 더 주었다. 둘째는 그것이 못마땅했는지 항의조로 이야기했다.

　"왜 형에겐 용돈을 더 주시면서 저는 동생과 똑같이 주세요?"

　둘째와 막내는 연년생이어서 별로 차이가 없다고 본 것인데 둘째의 말도 일리가 있었다. 단지 아버지의 잣대로만 생각해서 오류를 범한 것이다. 그래서 막내 모르게 때때로 별도의 특별(?) 용돈을 둘째에게 주기도 했다.

예를 들면 가족의 생일이 든 달, 스승의 날이 있는 달, 부모님 결혼 기념일이 있는 달 등에 따로 돈을 더 준 것이다. 그것은 결국 가족에게 고스란히 환원되었다. 둘째는 그만큼 가족에게 특별한 선물을 하는 것을 즐거워했다. 그리하여 둘째가 내게 남긴 유품이 많다. 지금, 그것들을 보는 것은 참을 수 없는 괴로움이다.

지금 내 지갑 속에는 아이가 준 카드가 있다. 엽서 반 정도 크기의 연두색 봉투에 담긴 카드 내용은 이렇다. 3단으로 접히는 카드인데, 접은 상태에서 왼쪽엔 'Especialy for you∨∨'가, 오른쪽에는 'Happy Birthday to Father ♡'라고 적혀 있다. 그리고 펼치면 한가운데에 '아버지의 생신을 진심으로 축하드립니다. 오래오래 건강하세요! 사랑해요♡. 2nd 아들.'이라고 돼 있다.

그러니까 아이가 세상을 떠나기 전 아버지 생일을 맞아 내게 준 마지막 카드인 셈이다. 나는 불현듯 아이 생각이 나면 이 카드부터 꺼내며 읊조린다.

"둘째야, 언제 또 너의 카드를 받아볼까나!"

둘째는 Y대 경영학과 2학년을 마치고, 제 형보다 먼저 공군에 자원 입대했다. 아이가 충주에 있는 부대에서 복무하고 있을 때, 나는 두 번 면회를 갔다. 첫 번째 면회는 부대 배치를 받은 지 얼마 안 됐을 때였다. 영내에서 만나 불고기를 사주었다. 부대 내 장교식당은 평소엔 사병 출입이 안 되지만 면회 온 가족과 함께 음식을 사먹을 수 있었다. 두 번째 갔을 때는 부대에서 외출을 허가해 주어 충주 시내로 나가 맛있는 음식도 사먹고, 영화도 봤다.

군에 있을 때, 가족들이 면회를 오는 것처럼 좋은 일은 없을 것이다. 모처럼 영내를 벗어날 수도 있고, 몇 시간의 자유를 만끽할 수 있기 때문이다. 아이 둘을 군대에 보낸 나는 그러나 아버지로서, 별로 해 준 게 없다. 아이 엄마는 둘째에게 면회를 한 번도 가지 못했다. 지리산 찻집 영업에 온통 신경을 빼앗겼기 때문이다.

나는 대한민국 남자라면 누구든 국방의 의무를 다 해야 한다고 생각한다.두 아이를 거의 강제적으로 군대에 보낸 나로서는 사회 지도층이나 고위층 자제들이 갖가지 이유로 군 면제를 받는 상황이 잘 이해되지 않는다.

우리 아이들은 학생의 신분에도 전혀 불만을 내색하지 않고 아버지의 의사를 존중해 기꺼이 입대했다. 그것이 어려움에 처해 있는 아버지를 도와주는 길이라고 생각했던 것이다.

군복무와 관련해서, 이 땅에는 정말 부조리하고 불합리한 일들이 버젓이 행해지고 있다. 인생의 황금기를 군에 입대해 고스란히 나라에 바치는 젊은이들에게 입사시험이나 임용고시 때 조그만 혜택도 용납하지 않는 나라! 징병제가 존속하는 한, 우리 아들들이 군에 가는 한, 최소한 고위직만이라도 반드시 군필자가 임용(선출)되는 제도가 마련됐으면 하는 게 나의 바람이다.

둘째아이는 이렇게 황금 같은 27개월을 군복무 후 세상에 나왔다. 그리고 3학년에 복학했다. 그는 회계사 자격증을 따고, 앞으로 누구보다 유능한 경영인이 되고 싶어 했다. 아르바이트로 생활비를 벌어가며 열심히 공부하던 아이였다. 하지만 그의 꿈은 중간에 꺾이고 말았다.

막내는 공부도 잘했지만 특히 그림 그리기를 잘해 사생대회에서 상을 받기도 여러 번, 수학경시대회에도 나가 상을 받았다. 모두 내가 데리고 다녔는데 지금 생각하면 인생에서 가장 즐거운 날들이었다.

아파트에서 자취방으로 이사 나온 후 쓸쓸함에 미칠 것 같았다. 포항에서 대학에 다니던 막내가 토요일 오후에 제일 먼저 들렀다.

나는 막내에게 그간의 사정을 이야기하고, 형편이 어려워 당분간 이렇게 지낼 수밖에 없는 상황을 설명했다. 막내는 큰 충격을 받은 것 같았다. 그러나 아버지의 설명을 들은 아이는 이해한다는 반응이었다.

"아빠 사는 곳이 엉망이지? 아빠는 앞으로 모든 것이 달라져야만 한단다. 변화의 모색이지. 와신상담臥薪嘗膽이라고나 할까…."

"권토중래捲土重來겠지요."

아이가 웃으면서 대꾸했다.

"권토중래? 그래 그 말도 맞다. 내가 반드시 재기할 테니, 너희들이 좀 도와주라."

막내는 알았다는 듯 고개를 끄덕였다. 그리고 다락에 있던 옷상자를 내려 겨울 옷가지를 챙겨 가방에 넣고는 잠깐 머물다 방을 나갔다.

"친구들과 해운대에서 만나기로 약속이 돼 있어요. 아빠, 건강 잘 챙기세요. 식사도 잘 하시구요."

아이는 눈에 띄게 여윈 내가 걱정스러운지 얼굴에 수심이 가득했다.

"그래, 잘 가거라. 이제 겨울방학에나 보겠구나."

아이가 하룻밤 자고 갔으면 싶었지만 키가 190cm에 가까운 녀석이 잠을 자기에는 방이 너무 협소했다. 오랜만에 보는데 친구들 만난다고 나가는 아이가 조금 서운했지만, 내색을 하지는 않았다.

막내가 떠난 뒤 나는 글을 쓰기 위해 컴퓨터를 켰다. 그런데 아이가 어느새 컴퓨터에 글을 남겨 두었다. 그는 아버지가 보기 쉽도록 '사랑하는 아버지께'라는 이름의 파일을 바탕화면에 저장했다.

사랑하는 아버지께

지금 시각 오후 5시 10분. 오늘 하루도 참 힘들게 보내네요. 오늘보다 나은 내일을 희망하지만, 이렇게 초라한 집에서 아버지가 생활하실 것을 생각하면 낙루를 금할 수 없습니다. 아무쪼록 건강 조심하시고, 잘 지내시기 바랍니다. 할 말은 너무 많습니다만, 자꾸만 눈물이 나오려고 해 이만 줄입니다.

아버지의 새 둥지에서 막내 올림

나는 아이의 글을 읽으면서 울컥했다. 아이의 눈에 비친 초라한 아버지, 마음에 얼마나 큰 상처를 받았을까 생각하니 콧등이 시려왔던 것이다.

내가 아내와의 이혼이라는 큰 상처를 안고도 견뎌낼 수 있었던 것은 전적으로 세 아이들 때문이다. 아버지의 처지를 알아챈 둘째가 대학 2학년을 마치고 먼저 군대에 갔다. 큰아이는 대학에 다니면서 고시준비를 하고 있었으므로 중도에 입대할 수는 없었다.

막내는 국비장학금을 받으며 기숙사에서 지내 부모의 부담을 덜어주었다. 부족한 용돈은 과외 등의 아르바이트로 스스로 해결했다. 가끔 나를 만나러 오면 엉덩이조차 돌리기 어려운 자취방 부엌에서 밥을 짓고 자칭 자신의 전문요리인 카레와 계란 프라이를 만들어 상에 올렸다.

나는 그런 막내가 좋았다. 아이와 함께 있는 시간이면 온갖 시름을 잊을 수 있었기 때문이었다.

주말에 여유가 생기면 막내를 만나러 포항에 가서 식사를 같이 했다. 보고 싶기도 했고, 매일 기숙사 식당 밥을 먹고 있는 아이가 안쓰러웠기 때문이다. 포항에 가게 되면 대학 부근 식당에서 삼겹살에 소주를 함께 나누기도 했다. 무엇이나 자신감을 보이며 힘이 넘치는 막내를 보면 나 자신까지도 없던 힘이 생기는 것 같았다.

막내는 연극동아리 활동에도 열심이어서 학교 강당에서 열리는 개교기념일 기념 연극에도 주인공으로 출연, 열연을 펼치곤 했다. 어쩌다 공연을 보게 되면 스태프와 출연진의 회식비에 보태라는 뜻으로 적은 액수지만 금일봉도 전달했다. 아이는 고마운 기색을 감추지 않았다. 영원히 잊을 수 없는, 소중한 날들이었다.

나는 외롭고 힘들 때마다 아이들에게 받은 편지와 카드 들을 꺼내 다시 읽어 보곤 한다.

눈길 가는 곳에 놓아두고 우리 부부가 그것들을 틈나는 대로 읽어 보았더라면 가슴 아픈 결별은 없었을지도 모른다. 그리고 어쩌면 둘째와의 영원한 이별도 막을 수 있지 않았을까?

맞춤법이나 철자가 제대로 맞지 않은, 삐뚤삐뚤한 글씨로 '어머니, 아버지께'로 시작되는 아이들의 편지나 카드는 언제 읽어도 눈물샘을 자극하기에 충분하다. 특히 아직 연필 잡는 힘도 없었을 때의 어린 둘째가 시골에서 보낸 편지를 읽으면 쏟아지는 눈물을 주체할 수 없다.

어머니 아버지께

어머니 아버지 우리는 무사이 큰아버지 집에 잘 도착했습니다. 그기서 매미도 잡고 풍댕이도 잡으면서 잘 지내고 있습니다. 그리고 포 도밭에 가서 포도도 보고 돼지도 보고 땅콩도 보고 그리고 잠자리 방아깨비 풀무치 멧뚜기 뱃장이도 잡고 놀았습니다.

또 닭 오리 염소가 있썼습니다. 그런데 염소가 새끼를 나았습니다. 그래서 내가 새끼를 만지러 하니까 염소 어미가 뿔로 박으려고 했다. 그래서 큰엄마가 아기 염소를 만지개 해좋다. 사촌 형이 자전거를 태아좋다. 어머니 아버지 보고 시퍼요. 빨리 대리러 오셔요. 이만 줄이개습니다.

둘째 아들 올림

형이 초등학교 1학년, 둘째는 유아원에 다니다가 여름방학을 맞아 할머니를 따라 시골에 갔다. 몸이 좋지 않았던 아내가 아이들을 건사하기가 버거워 막내만 놔두고 위로 두 형제를 시골 할머니께 보냈던 것이다.

아내는 나 몰래 어지간히도 울었다. 둘째가 할머니를 따라 논밭에 나갔다가 물고랑에 처박히는 등 온갖 사건사고 속에 힘들게 지낸다는 소식을 들었기 때문이다. 할머니도 농사일을 하다보면 아이들을 제대로 건사할 수 없었을 것이다. 경제적 여유가 있었다면 가사도우미를 쓰는 한이 있더라도 아이들을 데려왔을 텐데 아이들은 한 달이 넘게 시골에서 고아 아닌 고아로 지냈다.

아이들은 풍족하지 않은 가정형편에서도 말썽 없이 잘 자라주었다. 맏이는 성적 문제로 어머니와 언쟁을 벌이기도 했지만 부모에 대한 생각이 깊었다. 고2 때의 어버이날 부모에게 보낸 카드에 그의 마음이 잘 나타나 있다.

어머니, 아버지께

매일 얼굴 보구, 얘기 나누면서 또 이런 글을 적으려니 좀 쑥스럽네요. 하지만 말로 표현하기 힘든, 글만의 매력이 또 있으니 어버이날을 맞아 몇 자 적어봅니다.

요즘 어머니, 아버지 여러 가지 면에서 힘들어하시는 거 알고 있어요. 그런 모습을 볼 때마다 가슴 한구석이 조금씩 아려 와요. 저 때문에 그러시는가…하는 생각도 들구, 늘 죄송한 마음뿐이에요. 공부도 열심히 안 하고 생활태도도, 부모님 대하는 것도 엉망인 저 같은 아들을 둬서 이처럼 고생하시는가 싶어서요.

어제 아침, 회사에 가시는 아버지의 해어진 양복을 보니 더 죄송스러워지고, 새삼스레 감사의 마음을 전하고 싶어졌습니다. 어머니, 아버지 진심으로 감사합니다. 아직은 말 뿐이지만, 저의 진실한 마음조차 제대로 전해드리지 못하지만, 꼭 보답하겠어요. 정말 감사합니다.

큰아들 올림

아이는 또 카드 봉투에 이렇게 썼다.

> 따사로운 향기와 산뜻한 아름다움을 주는 꽃처럼,
> 곁에 있다는 사실만으로, 늘 볼 수 있다는 것만으로도
> 그 무엇보다 아름다우신, 두 분께 드립니다.

큰아이는 고등학교 진학을 앞두고 우여곡절 끝에 1년을 쉬었다. 성격이 활달해 교우관계도 좋았고 학예회나 동아리 축제 등에 적극 참여하고 행사를 리드했다. 다음은 고2 때 시화전에 출품한 〈꿈〉이라는 시다.

꿈

> 기다리고 있으면 꿈은 반드시 이루어지리라
> 그렇게만 믿었던 어린 시절,
> 하늘에 흐르는 유성에 바램을 가졌던 시절
> 미소 지으며 현재를 만들어간다.
> 하지만

기다리고 있어도 꿈은 이루어지지 않는다는 것,

그것을 안 것은 언제였을까

어째서 어떤 것도 갖고 싶지 않은 채

산다는 것은 계획대로 잘 되지 않는,

슬픔만을 간직한 채 추억은 어둠 속에 묻히고

넘치는 거짓의 조각들,

행복은 누군가의 눈물에 스며든다.

일그러져버린

멋진 미래를 생각하며

잠 못 이룬 밤을 세어본다.

맏이는 고3 때 대학진학 문제로 많은 갈등을 겪었다. 성적은 상위권이었으나 이른바 'SKY'권에 드느냐 마느냐로 심적 부담을 느꼈던 것. 그해 학예회 시화전에 낸 시에서 그의 마음을 짐작할 수 있었다.

아름다운 모습 그대로

추억의 작은 상자 속 구석에서 잊혀져 가는 것을

슬픔은, 끝지어진 미래엔 없어

쓸쓸함과 허전함에 처음부터 길들어져 있죠.

그래도 눈앞에 내밀어진 가슴에

생각 없이 마음이 흔들려요.

잊어버리려 해도 언제나

우연한 만남이 되풀이되었죠.

그런 아픔에

안타까운 마음만이 당신의 눈물이군요.

애틋한 예감에 어쩔 줄 몰라 망설이면서도

당신의 손을 꼭 잡아요

다시 웃는 것부터 시작해 보고 싶어.

당시에는 그저 '괜찮은 시구나! 하고만 생각했다. 그런데 이제와 다시 보니 아버지인 나의 미래를 예견한 듯한 내용이 아닌가.

아이는 어머니와 아버지의 운명을 예감하고 있었다는 말인가? 자신의 눈에, 뇌리에 박혀 있는 아버지와 어머니의 '아름다운 모습 그대로'를 갈망했던 아이다.

둘째의 글에도 그 비슷한 것이 있다. 아마도 고2 때 냉랭한 집안 분위기를 보면서 지은 것 같았다.

화畵

아직 어둔 캔버스 한켠을

바알갛게 물들이는

그 붉은 것이

한때 품었음직한

꿈인 것 같은

생각에 더욱 붉어지고

시뻘겋게 이글거리며 달구어진 캔버스 위로
어느덧 꿈은
방향을 잃고 날개를 떼인 채
타오르는 듯한
그 위로, 아래로 가라앉고

금세 어둑한 캔버스 가운데
그 노란 것은
보이지 않는 어둠인 양,
마치 슬픈 내 눈동자인 것만 같은.

모든 것에 긍정적이고, 늘 웃음을 머금고 살아 온 둘째가 이처럼 어둑한 시상을 나타낸 건 아무래도 좋지 않은 부모의 미래를 예측한 것은 아니었을까. 아니면 그 보다 몇 년 뒤, 그 자신에게 닥칠 비련을 예견이나 했단 말인가.

맏이가 논리적이고 지적이라면, 둘째는 매우 다정다감하고 아기자기한 사고와 감성을 지녔다. 둘째는 특히 부모의 생일이나 기념일을 유난히도 챙겼으며, 그래서 그가 쓴 편지와 카드가 가장 많았다. 게다가 그는 편지나 카드를 위트와 함께 매우 재미있게 쓰는 소질을 갖고 있었다.

특히 둘째는 병마에 시달리는 어머니에 대한 생각이 누구보다도 애틋했다. 그가 초등학교 2학년 때 한 사찰에서 실시한 겨울방학 수

련회에서 써낸 '발원문'에 그 내용이 잘 나타나 있다.

발원문

제가 법당에서 마음을 담아 부처님께 1배를 올리면 그때마다 병석에 누워계시는 어머니의 상태가 좋아졌으면 좋겠습니다. 만약, 제가 정성을 다해 108배를 올리면 어머니께서 완쾌되시길 간절히 기원합니다.

사랑하는 우리 가족들이 모두 병이 없고, 하는 일마다 잘 되기를 바랍니다. 우리 가족 모두가 화목해지고, 부유하게 살 수 있으면 좋겠습니다. 가족에게 아무 탈이 없는 것이 제 소박한 소원입니다.

그리고 둘째는 용돈을 아끼고 아껴 생일이나 결혼기념일이면 선물을 주곤 했다. 다음은 그가 고2 때 내게 준 생일축하 카드다.

아버님께

아버지 생신을 축하드립니다. 비록 외할머니 제삿날 다음날이라 우여곡절이 있긴 해도, 어김없이 찾아오는 생신이 자꾸만 아버지의 청춘을 빼앗아 가는 것 같아 안타까움을 금할 수가 없군요. 아버지 연세가 벌써 쉰이시라니…. 어느새 많은 시간이 흘렀군요. 어릴 때랑 그다지 변한 건 없는 것 같은데 시간이란 게 참 묘하죠?

생신날에 미역국 한 그릇도 못해드려 죄송하게 생각합니다. 그리고 변변한 선물 하나 못해드려 더욱 송구합니다. 준비한 문화상품권은, 나중에 두 분이 함께 오붓하게 영화를 보시거나 하는 데 쓰시라고….

존경하는 아버지, 고루한 말이지만 만수무강하시고 앞으로도 세상에 많은 발자취를 남기시길 바랍니다. 언젠가 걸어온 길을 돌아보았을 때, 아름다운 추억들만이 가득하도록….그럼 이만 줄일게요.

차남 올림

아내가 친정어머니 제사를 모시러 서울에 가고 없어 내 생일은 그냥 보낼 때가 많았다. 아이들이 용돈을 모아 내 생일축하 파티를 해주곤 했다.

나는 둘째가 생일선물로 준 문화상품권을 아내에게 알아서 쓰라고 주었다. 여기서 또 나의 무감각한 소치가 여지없이 드러났다. 어린 아들이 어머니와 아버지가 함께 영화를 보면서 오붓한 시간을 가지라고 당부하고 소원했는데, 그것을 간과해버린 것이다. 아이의 선물은 진주보다 값진 것이었는데, 그것을 돼지 목걸이처럼 취급해버린 우를 범하고 만 셈이었다.

막내가 유치원에 다니면서 캠프를 가 왼손으로 적어 보낸 편지는 마치 암호문을 해독하는 것처럼 난해해 지금도 그 내용 파악을 제대로 할 수 없을 지경이었다. 막내의 왼손잡이 습성은 결코 고쳐지지 않았다. 그가 초등학교 4학년 겨울, 사찰 수련회에 가서 써 보낸 편지에는 부모에 대한 공경의 마음이 다소 과장될 정도로 잘 나타나 있었다.

부모님께

어제 부모은중경을 배웠습니다. 실로 부모님 은혜는 어떠한 말이나 행동으로도 갚을 수 없는 것입니다. 어머니께서 자식을 낳을 때는 석 섬서 말의 피를 흘린다고 합니다. 아버지가 계시지 않았으면 저는 없을 것이며, 어머니께서 그런 고통을 겪으시며 저를 낳지 않으셨으면 지금 제가 이렇게 편지를 쓸 수도 없을 것입니다.

이렇게 부모님의 은혜가 하늘을 찌르고, 땅을 가르는데 제가 어찌 부모님의 옥체 걱정이 안 되겠습니까? 전 지금 병석에 누워계시는 어머니와 쓸쓸하게 지내실 아버지를 생각하면 눈물이 바다를 이루며, 콧물이 내를 이룰 지경입니다.

어머니 아버지, 부모은중경에는 실로 엄청난 내용들이 담겨 있었습니다. 저로서는 듣지도 보지도 못한 내용이었습니다. 아기가 자라는 과정과 부모님의 열 가지 은혜에 관한 것이었는데, 낳아주신 은혜, 길러주신 은혜, 단 것은 뱉어 아이를 주고 쓴 것은 삼키신 은혜, 진자리와 마른자리를 갈아 주신 은혜 등 평소에는 제가 잊고 살아왔던 것을 다시 한 번 되새겨보게 되었습니다. 앞으로 부모님께 정말 효도하고 살겠습니다.

전 지금 괴롭습니다. 캠프는 재미있지만 하루 4시간도 못 자는 이런 캠프가 싫어집니다. 많은 친구들을 사귈 수 있게 된 것은 고맙지만 잠을 못자서 눈이 벌겋게 충혈 되고, 무리한 절(600배도 넘음)로 제 다리는 끊어질 것 같습니다.

'신체발부는 수지부모'라 저의 몸은 어머니와 아버지의 손에 달려있다고는 하지만, 부모님께서 힘들게 주신 제 몸이 지금 마구 상하고 있습니다. 이럴 때면 부모님이 원망스럽지만, 부모은중경을 읽은 지 하루도 채 지나지 않아서 차마 부모님을 원망할 수는 없습니다.

이제 전 얼마 후면 귀가합니다. 이 아들이 곧 갑니다. 어머니 아버지, 부디 오래오래 옥체 보존하시어 이 귀여운 자식을 저버리지 마십시오. 이만 줄이겠습니다.

막내아들 올림

막내는 특히 승부욕이 강했다. 기어이 학교 시험에서 1등을 하겠다는 의지를 갖고 있었다. 고1때 아버지 생일에 전해준 편지에 그 마음이 들어 있다.

아버지께

아버님, 오늘이 바로 아버지의 생신입니다. 추카- 추카드리구요….

요즘 날씨도 적당하고 하니 건강 걱정은 하지 않아도 될 것 같군요.

음~ 오래도록 건강하시구요, 지금까지 강녕하신 것을 감축드립니다.

요즘 집안 사정이 좋지 않은 것 같습니다. 모두 저희들 때문이겠지요. 그런데도 불구하고 어제도 맛있는 음식이니, 케이크니 하며 오히려 아버지를 힘들게 한 점, 진심으로 사죄드립니다. 에~ 특히 얼마 전에 폰 사달라며 투정을 부린 제 자신이 부끄러워집니다.

보너스 선~물. 아직 확정되진 않았지만(음~ 그래서 밝히기가 좀 뭐하네요) 우리 반 1등이 저인 것 같습니다. 확실하지 않으니 너무 기대하진 마시고요. 이만 끝을 맺어야 하려나 봅니다. 다시 아버지 생신 축하드리구요, 오래오래 건강히 사셨으면 좋겠습니다.

아버지 사랑해요~!

애교둥이 막내아들 올림

막내는 어머니가 찻집 일로 지리산에 가 있었고, 형들은 서울에서 대학교에 다니고 있어 나와 함께 고3을 보냈다. 형제들 중에서 가장 불우한 고3을 보냈다고 할 수 있었다. 아버지가 아무리 잘해 준다고 해도 어머니의 빈자리가 컸을 것이다.

막내는 그러나 입시공부에 지쳐 있음에도 오히려 나를 많이 도와주었다. 스스로 밥을 챙겨먹기도 하고, 집안 청소도 했다. 교복도 직접 다려 입었다.

그가 고교시절 마지막에 맞이하는 어버이날에 전해 준 편지는 나의 가슴을 찡하게 한다.

아버지께

해를 보면 아버지가 생각납니다
한없이 크고 밝은 사랑 주는
모든 곳 환하게 비추며 결코 그치지 않는,
똑바로 쳐다볼 수조차 없는 태양!

바위를 보면 아버지가 생각납니다
비바람에 깎여 가면서도 묵묵히 참고 자리를 지키는,

그 아래 무한한 생명을 품고 있는
누구도 흔들거나 움직이지 못하는 바위!
하지만
아버지를 보면
아무것도 말할 수 없습니다
그보다 크고 절대적일 수는 없기에.

이제 나는 구름이 되어 하늘의 품에 안깁니다
뾰로통한 깃털 구름도
우울한 먹구름도
번개를 뿜어내는 성난 뇌운雷雲도
언제나 그 자리에서
포근한 품속에 품어주는
하늘에.

지난 봄, 돌아가신 할머니께 불효했다고 괴로워하시는 아버지를 보면서 孝라는 것에 대해 많은 것을 느꼈습니다. "계실 때 잘 해드리라!"는 말을 상기하면서도 효를 다하지 못하는 제 모습이 부끄럽습니다. 어버이날을 맞이하여 불효자 막내가 이렇게 못난 글 올립니다.

아버지를 하늘만큼 사랑하는 삼남 올림

나는 이 편지를 읽고 힘을 많이 얻었다. 아이들을 위해서라도 재기하고 성공해야겠다는 다짐을 하게 하는 소중한 편지다.

둘째는 특히 책 선물을 많이 했다. 그는 군대에 있을 때도 편지와 함께 책을 사서 보냈다.

사랑하는 아버지께…

아버지 그간 평안하신지요? 저는 아무 탈 없이 군복무에 충실하고 있으니 걱정 않으셔도 됩니다. 이번 외박을 나온 김에 마침 가까이 있는 서점에 들러 책을 두 권 골랐습니다. 무엇으로든 아버지의 상처를 아물게 할 수야 없겠지만, 마음을 한 번 또 크게 바꾸면 어느 정도 편안해 지리라 믿습니다. 물론 아버지께서 잘 하고 계시겠지만요.

그래서 '생각을 바꾸면 세상이 달라진다'와 '마음을 열어주는 101가지 이야기'를 골라 아버지께 보내드리는 것입니다. 바쁘시더라도 짬을 내어 읽어보신다면 조금이나마 아버지께 도움이 되지 않을까 생각 했습니다.

아버지, 언젠가 저희 형제들에게 이런 말씀을 하신 적이 있으시죠? 일체유심조一切唯心造라구요. 모든 것은 마음먹기에 달려있다고 말입니다. 이제 와 생각하니 아버지의 그 말씀에 공감이 갑니다.

저도 한 때는 엄마를 원망하고, 미워했답니다. 아버지께서는 가난할 뿐 아무 잘못이 없는데, 어머니는 왜 그랬을까 하고요. 그러나 아버지에게는 아버지의 사상이 있듯, 어머니에게도 어머니의 생각이 따로 있겠다 하고 여기니까 이해가 됐습니다.

아버지, 다시 말씀드리지만 과감히 생각을 한번 바꾸어 보셨으면 합니다. 그러면 아버지의 마음이 더욱 편안해지리라 믿습니다.

어머니께도 전화를 했습니다. 그러나 지금까지도 어머니의 생각은 아버지가 생각하고 계시는 것과는 많은 차이가 있어 보였습니다. 그런 어머니의 마음을 돌리기에는 시간이 더 필요하리라 생각 됩니다. 아버지의 그 진실한 마음을 언젠가는 어머니께서 이해하고, 받아들이실 것으로 믿습니다.

아버지, 저희 삼형제는 아버지를 존경하고 또 사랑합니다. 부디 건강 유념하시고, 다시 뵐 때까지 편히 계십시오.

둘째 아들 올림

둘째의 편지를 읽고 나니 여러 가지 상념이 꼬리를 물고 일어났다. 나는 사실 아내와 불가피하게 이혼했다 여기고 언젠가는 다시 결합하리란 각오로 있었다. 그리고 아이들에게도 그런 아버지의 뜻을 전했다. 둘째는 그 문제에 대한 자신의 생각을 편지에 담았다.

나는 동봉한 책을 펼쳐 보았다.

심리학자인 이민규의 《생각을 바꾸면 세상이 달라진다》는 사람의 마음에 따라 사물이 확연히 다르게 나타난다는 사실을 설명해 주는, 흥미로운 책이었다.

어떻게 보면 갸름하고 귀티 나는 젊은 부인으로 보이기도 하고 매 부리코에 주걱턱을 가진 마녀처럼 보이기도 하는 힐의 그림이나, 둥그런 원 안에 검고 흰색을 대비해 그린 '지옥과 천국'이라는 그림 등은 인간의 관점이 얼마나 중요한가를 사례로 여실히 보여주었다. 흰색을 배경으로 검은 그림을 보면 마귀가 보이지만, 검은색을 배경으로 놓고 흰 그림을 보면 천사들이 보이는 것이다.

이 책은 특히 고정관념이 얼마나 많은 모순을 가져다주는지를 설명하고 있는데, 나는 먼저 내 아내를 마녀로 볼 것인가 아니면 천사로 볼 것인가 하는 문제는 힐의 그림을 어떤 관점에서 보느냐 하는 문제와 같다고 생각했다. 마녀라 여기면 증오와 복수의 생각만이 마음을 지배할 것이고, 천사라고 생각하면 꺼져버린 사랑의 불씨를 되살릴 수 있을 것이다.

둘째가 말한 대로 이 책은 마음먹기에 따라 화가 복이 될 수 있다는 것을 강조하면서 어떤 고난이나 어려운 문제도 피할 것이 아니라 직면하여 해결책을 찾으라고 조언하고 있었다.

'가만 있으면 적어도 거절당하지는 않는다고만 여기지, 가만 있으면 얻는 것도 없다는 중요한 진리를 사람들은 간과하고 있다'는 구절에선 절로 고개가 끄덕여졌다. '과거지사에 얽매이지도 말라'는 충고도 적절했다. 아이도 이런 구절을 읽으며 나처럼 고개를 끄덕였던 것일까?

둘째가 보내준 또 한 권의 책은 《마음을 열어주는 101가지 이야기》(잭 캔필드와 마크 빅터 한센 엮음, 류시화 옮김)였다. 사람들이 가슴속 꿈을 더 많은 용기를 가지고 추구할 수 있도록 희망과 영감을 불어넣어주는 이야기들이 실려 있었다.

그 가운데 간디 이야기가 가장 인상적이었다.

'인도의 지성 간디가 막 기차에 올라탔다. 그 순간 그의 신발 한 짝이 벗겨져 플랫폼 바닥으로 떨어졌다. 기차는 이미 움직이고 있었기 때문에 간디는 신발을 주울 수가 없었다. 그러자 간디는 얼른 남아 있는 다른 쪽 신발을 벗어 먼저 떨어져 있는 신발짝 옆으로 내던졌다. 동행하던 사람이 의아해 그에게 물었다. "왜, 나머지 신발 한 짝마저 벗어 던지느냐"고. 이에 간디가 대답했다. "어떤 가난한 사람이 바닥에 떨어진 신발 한 짝을 주웠다고 상상해 보십시오. 그에게는 그것이 아무런 쓸모가 없을 겁니다. 또 내게 남은 신발 한 짝 역시 쓸모가 없지요. 하지만 이제는 누구든 나머지 한 짝마저 갖게 되지 않았습니까?" 그의 말에 모두는 숙연해졌다.'

IMF 이후 신문과 TV에 나오는 가장들의 자살이나 일가족 동반자살 뉴스를 보면서 나는 그것이 남의 일로 생각되지 않았다. 그런 선택을 하지 않고는 견딜 수 없었던 그들의 심정을 이해했던 것이다. 나 또한 그러했으니까.

그러나 그때마다 내가 마음을 다잡은 건 오로지 아이들 때문이었다. 나는 아이들로 인해 삶의 용기와 힘을 얻었으며, 희망을 키워갔다. 우리 아이들이 내게 보여주는 무한 사랑은 내가 온갖 삶의 간난신고艱難辛苦를 이기고 살아갈 수 있는 원동력이었다.

집안이 나쁘다고 탓하지 말라. 나는 아홉 살 때 아버지를 잃고 마을에서 쫓겨났다.

가난하다고 말하지 말라. 나는 들쥐를 잡아먹으며 연명했고, 목숨을 건 전쟁이 내 직업이고 내 일이었다.

작은 나라에서 태어났다고 말하지 말라. 그림자 말고는 친구도 없고 병사로만 10만, 백성은 어린애 노인까지 합쳐 200만도 되지 않았다.

배운 게 없다고, 힘이 없다고 탓하지 말라. 나는 내 이름도 쓸 줄 몰랐으나 남의 말에 귀 기울이면서 현명해지는 법을 배웠다.

너무 막막하다고, 그래서 포기해야겠다고 말하지 말라. 나는 목에 칼을 쓰고도 탈출했고, 뺨에 화살을 맞고 죽었다 살아나기도 했다.

적은 밖에 있는 것이 아니라 내 안에 있었다. 나는 내게 거추장스러운 것은 깡그리 쓸어버렸다. 나를 극복하는 그 순간 나는 징기스칸이 되었다.

나는 징기스칸의 이 말을 가슴 깊이 새겼다. 징기스칸에 비하면 나는 얼마나 좋은 환경이며, 유리한 조건인가!

나는 내 속의 적부터 물리치고 스스로를 극복하기로 했다. 징기스칸이 되기로 결심했다.

14. 글을 마치며

오래 전 읽은 윤조병의 희곡 〈농토〉에는 다음과 같은 멋진 구절이 있다.

'세상 물건에는 다 임자가 있는 거여. 그런데 정을 주는 사람이 참말 임자여. 시상에 태어나서 워디다든지 지가 갖고 있는 정을 다 쏟아주구 가믄 되는 거여.'

'정을 주는 것이 참말 임자'라는 구절은 내 마음 깊이 파고들었지만, 삶 속에서 나는 가족에게조차 그렇게 정을 몽땅 쏟아주지는 못했던 것 같다. 아내의 마음이 내게서 돌아선 것도 그런 것에 기인함이 아닐까?

아내의 사업 때문에 아파트를 전세로 내어주었을 때, 아내는 나를 조금도 배려하지 않았다. 셋집을 얻을 돈조차 남기지 않은 것이다. 할 수 없이 나는 보증금 100만 원에 15만 원짜리 월세 쪽방을 얻어야만 했다. 어둠침침하고 습기가 많은 모기떼가 들끓는 쪽방에서 나는 홀로 얼마나 많은 눈물을 흘렸던가.

　최소한의 살림, 즉 식기 몇 벌과 침구류, 옷가지 등만 챙겨 셋집으로 가져오고 세간과 책은 평소 알고 지내던 A스님이 경남 거제시 한 시골마을에 복지원을 건립, 개원을 앞두고 있어서 그곳에 기부했다. 싣고 보니 4톤 트럭을 가득 채웠다. 섭섭한 마음을 좋은 곳에 보시한 것이라고 마음을 돌려먹기로 했다.

　당시 1천만 원 넘게 주고 산 자개장롱과 책장, 아이들이 보았던 수천 권의 책, 난초 등 많은 화분과 서화 액자 등은 친지와 이웃에 나누어 주었다. 내겐 모두가 사연이 있고 소중한 것이었지만, 함께 할 공간이 없었다. 새로운 출발에 앞서 모든 것을 버리고 비우기로 결심하니 한편으로 홀가분했다.

　나는 이혼의 충격과 어려운 형편으로 인해 아이들을 강제로 군대에 보냈다는 죄책감에서도 하루 빨리 벗어나야만 했다. 그러기 위해서는 세상을 보는 지혜를 다시 터득해야 한다고 생각했다. 모든 것을 새롭게 다시 시작하지 않으면 안 되었다.

　아내를 사랑하는데 너무나 황당하게 헤어짐으로써 겪는 애별리고 愛別離苦는 자칫 나를 나락으로 떨어지게 할 뻔했다. 생의 의미를 잃어버리기도 했다. 그러나 나는 아내에 대한 미움과 원망도 거두었다. 첫째는 내 자신이 어리석었기 때문이다. 어느 순간 눈을 뜨니 간교하고 사악한 세상이 보였다. 오물덩이처럼 뒹굴고 깨어지고 나서야 뜬 눈이었다.

초라한 짐보따리를 푸는데 둘째가 언젠가 크리스마스 선물로 준 책 한 권이 눈에 띄었다. 발타자르 그라시안의 《세상을 보는 지혜》라는 책이었다.

책장을 넘기는데 아이의 카드가 눈에 띄었다.

To. 소중한 사람

메리 크리스마스! 아버지 크리스마스 선물입니다. 아무리 어렵다 해도, 선물하나 없는 싸늘한 크리스마스 싫었거든요. 그래서 제가 서점에 가, 아버지께 권할 만한 책을 골라봤습니다. 그 결과 《세상을 보는 지혜》를 찾았지요. 얼핏 보기엔 내용이 딱딱하고 재미나 감동도 없을 진 모르지만, 인생에 도움이 될 만한 말이 많더군요. 아버지께서 혹 벌써 읽으셨는지는 모르지만, 이 책을 읽어 보시고 무언가 조금이라도 도움이 되신다면 그걸로 저는 충분히 만족합니다. 짬이 나면 읽어 주세요.

아버지, 힘내시고 더욱 열심히 생활해 나가세요. 건강관리도 잊지 마시구요. 그럼 이만 줄일게요. 아버지 사랑해요.

12월 24일 크리스마스를 맞아, 둘째 올림

나는 그때 책을 잠시 훑어보고 어린것이 기특하게도 참 좋은 책을 골랐다고 감탄했다. 그러나 책 내용을 숙독하고 가슴속에 새기지는 못했다. 책을 고른 둘째의 마음처럼 그런 눈으로 세상을 보고 세상을 살아간다면 이 세상은 잘못될 게 하나도 없으리라는 생각을 했다. 나는 아이들의 눈과 마음으로 새로운 출발을 하기로 결심했다.

내게 남은 것은 지금 아무것도 없다. 두 아들은 열심히 공부하며 묵묵히 제 갈 길을 가고 있고, 나는 여전히 빈털터리다. 그런데 제법 마음이 편하다. 나는 이 상태를 법정 스님의 책 제목을 빌려 '텅 빈 충만'이라고 여긴다. 둘째아이를 생각하면 지금도 눈에 눈물이 핑 돈다. 이 세상에서 제일 큰 고통을 겪고 나서 세상을 보는 나의 눈도 많이 바뀌었다. 필요에 따라서는 여우 가죽 아니라 더한 것이라도 뒤집어 쓰겠다고 결심했지만 나는 아직도 어느 것이 사자 가죽인지 여우 가죽인지 잘 분간을 못하고 있다.

두 아이를 위한 나의 최선의 방책은 무엇일까?

아버지니까

초판 1쇄 인쇄 | 2012년 5월 5일
초판 1쇄 발행 | 2012년 5월 8일

지은이 | 송동선
펴낸이 | 조완욱
펴낸곳 | 함께북스
디자인 | 강희연

등록번호 | 제1-1115호
주소 | 121-251 서울시 마포구 연남동 566-64
전화 | 02-326-3016~8
팩스 | 02-326-3460
이메일 | harmkke@hanmail.net